増補新装版

ノーベル文学賞

「文芸共和国」をめざして

Kashiwakura Yasuo
柏倉康夫

吉田書店

夏実、文、魁斗へ

増補新装版　ノーベル文学賞——「文芸共和国」をめざして

【目次】

第1章　最初の十年

アルフレッド・ノーベルと文学

ノーベル賞は二十世紀の幕開きとともにはじまった。

この二十世紀は、科学技術を限りなく進歩させた一方で、二度の世界大戦をはじめとする無数の戦争や革命、民族闘争など紛争の歴史でもあった。ノーベル賞は、こうした歴史の光と影を映し出している。物理学、化学、生理学・医学賞が、人類が獲得した最高の知識にあたえられるのにたいし、文学賞や平和賞は人間存在そのものにかかわるだけに、時代状況を一層敏感に反映することになった。

皮肉屋のバーナード・ショウは一九二五年にノーベル文学賞をうけたが、受賞後のインタビューで、「ダイナマイトを発明したのは、まだ許せるとしても、ノーベル文学賞を考え出すなんて言語

アルフレッド・ノーベル

道断だ」と喝破した。民族的伝統も叙述形式も違う文学作品を、いったいどうやって評価し、優劣を判定するのか。これはショウならずとも疑問に思う点である。

生前のノーベルは文学を愛し、文学の価値について確固とした考えをもっていた。文学は人類の理想に寄与するものだという信念である。

彼は若いときから文学に強い関心をもち、自分でも詩や戯曲を書いている。伝記作者の一人シェック教授は、「アルフレッド・ノーベルは哲学的詩人になってもおかしくはなかった」と述べている。事実、彼には語学の才能があり、八カ国語を話すことができたし、フランス語とロシア語からは翻訳も行っている。晩年の彼が好んで読んだのは、イギリスの詩人シェリーの詩であった。

ノーベルは幾度か遺言を書きかえたが、ノーベル賞の創設をうたった最後の遺言は、一八九五年に書かれた。この頃のノーベルは、イギリスで行われた無煙火薬の特許をめぐる面倒な訴訟に負けたこともあって、失意の状態にあった。そうした鬱憤を晴らすために、ノーベルはイギリスの司法制度を揶揄する戯曲『特許パチルス』を創作した。伝記作家によれば、このことが文学の重要性を、彼にあらためて思い知らせたというのである。

こうしてノーベルはその遺書に、他の分野とならんで、文学をも賞の対象にするという条項を書き込んだのだった。

重荷を負ったスウェーデン・アカデミー

ノーベルは遺言によって、文学賞の選考をスウェーデン・アカデミーに委ねた。これは光栄ある仕事だが、同時に厄介なものでもあった。アカデミー会員のなかでも、この仕事を引き受けるべきかどうか議論があった。しかし、反対意見は常任理事のカール・ダヴィッド・アヴ・ヴィルセンの説得で、次第に少数意見となっていった。

ヴィルセンの主張は次のようなものである。

「もしスウェーデン・アカデミーがこの責任を辞退するなら、せっかく文学賞に割り当てられた基金全体が無駄に失われてしまうことになります。そのためヨーロッパ中の著名な作家たちは、ノーベルが用意した異例の感謝と経済的報酬を享受する機会を失うことになってしまいます。……アカデミーの本来の目的とは無縁のものであると言う人もあります。しかし、たとえこれがわれわれにとって、初めてでかつ厄介な課題であるとしても、文学的性格をもったものである以上、アカデミーと無縁のものではありません。自国の文学の判定を使命としている機関は、外国で発表される傑作を知らないでいるわけにはいきません。計画された今度の賞は、どこの作家であろうと、生きている最も優秀な作家、ということはすなわちアカデミーのメンバーたちがその作品を当然よく知っておかなければならない作家に授与されるべきなのです。」

こうしたヴィルセンの主張が効を奏して、スウェーデン・アカデミーは政府にたいして、文学賞の授賞を引き受ける旨の建白書を提出した。だが問題はいったい誰に候補者の推薦を依頼するかである。当時、スウェーデンと同様のアカデミーをもっていたのは、フランスとスペインの二国にすぎなかった。そこで候補者の指名は機関ではなく、個人に委任してはどうかという案が浮上したのである。

こうして文学賞の授与については定款の第一条として、「ノーベル賞候補者の推薦権は以下のものにあたえられる。スウェーデン・アカデミー会員、フランスならびにスペイン・アカデミー会員、その他のアカデミーの人文科学部門に属する会員、アカデミーと同じ地位をもつその他の機関あるいは文化団体の会員、美学、文学、歴史を教える大学教授など」という草案が考えられた。しかしこの条項には適用がむずかしいケースが幾つかあり、一九四九年になって、次のように修正された。

「ノーベル賞候補者の推薦権は以下のものに委任される。スウェーデン・アカデミーならびに、同アカデミーと同じ構成と目的を有する他のアカデミーや研究所、団体。総合大学あるいは単科大学で言語、文学史を教えている教授。ノーベル文学賞受賞者。それぞれの国の文学活動を代表する作家協会の会長など。」

では、実際にはどのような手続きをへて、選考は行われるのだろうか。

これについては、一九〇〇年六月二十九日に、スウェーデン政府が決めた規則がある。

「候補者の推薦状は、毎年三月三十一日までには提出されねばならない。

文学という用語は、単に純文学ばかりでなく、その陳述の形式、方法が文学的価値を有するものを含めるのが妥当である。

受賞者は、『その前年度において人類にたいして最も大きな貢献をなしていなければならない』と規定した遺言の条項は、『賞は遺言で指定された領域において最も新しい業績にたいしてあたえられるが、それより古いものについては、その業績がごく最近認められたものに限る』と解釈すべきである。」

この規定にしたがって、ノーベル文学賞は特定の対象作品を明記せずに、ある作家の作品全体にたいしてあたえられることが一般となった。

ところでノーベル賞の選考委員たちは、世界中から推薦される作家の作品を、どうやって知り、評価を下すのだろうか。ノーベル財団はこの目的のために、一九〇〇年にストックホルムに、「ノーベル図書館」を設立した。これは現代の文学作品を集める、大変ユニークな図書館で、毎年世界各地で出版される本の、スウェーデン語をはじめとして、英語、フランス語、ドイツ語など主要な言語への翻訳を中心に蒐集し、現在二十万冊をこえる書物を所蔵しているといわれる。本来はノーベル文学賞の選考に寄与するためにつくられたものだが、一般にも公開されていて、世界の文学研究には欠かせない施設となっている。

スウェーデン・アカデミーは定員が十八人、このなかから互選で選ばれた五名によってノーベル委員会が構成されている。委員会は、毎年秋に世界中の有資格者に推薦の依頼状を送り、次の年の三月末までに寄せられた推薦のなかから第一次リストを作る。この時点での候補者は、およそ百五十人ほどになる。このリストは四月初旬のアカデミーの例会に提出され、ここで会員が必要と判断すれば候補者の追加が行われる。

委員会はリストをもとに、さらに候補をしぼる作業をつづけ、比較的早い段階で十二、三人程度に厳選される。スウェーデンではあまり知られていない文学者については、図書館の資料をはじめ、あらゆる資料が参考にされ、アカデミー会員以外の専門家に調査を頼んで、論文を提出してもらうこともしばしばである。さらに翻訳が少ない場合は、選考資料とするために、わざわざ主要な作品の一部を翻訳することもあるという。

こうして作られた十二、三名の第二次リストをもとに、ノーベル委員会の委員が推薦する、五名前後の候補者にしぼった第三次リストが作成され、これがアカデミー会員の全員が出席する例会に提出される。アカデミーの例会は夏休みを除いて毎週木曜日に開かれ、その席で検討が重ねられ、十八名のアカデミー会員が、それぞれ推薦する一名の名前を書いて投票する。最後は多数決で決まる仕組みである。

こうしてノーベル文学賞の受賞者は、毎年十月の第二あるいは第三木曜日に発表されることになる。

最初の十年

ノーベル文学賞の第一回は、一九〇一年にフランスの詩人シュリ・プリュドムにあたえられた。だが、この第一回の選考をめぐって早くも激しい議論が起こった。記録によれば、第一回の候補者としては、公式、非公式に百四十六人の作家や詩人が推薦された。このなかからノーベル委員会によって作成された最初の候補者名簿の筆頭は、フランスの作家エミール・ゾラであった。ゾラを推薦したのはフランスの有名な化学者ピエール・ベルトロであったという。

だが当時のゾラは、スウェーデンでは唯物主義の始祖のように見られており、ノーベル自身が彼の作品を嫌っていたことは委員のみなが知っていたから、審査の対象にさえならなかった。その点洗練された詩句で、人間の根本問題を瞑想的にうたったプリュドムは、ノーベルが明記した条件によくかなっていた。その上彼を推薦してきたのはフランスのアカデミーであり、その推薦を受け入れることは、いわば師弟関係にあるスウェーデン・アカデミーにとって妥当な選択と考えられたのである。さらに二十世紀初頭には、「文学といえば何といってもまず詩だ」という意識が強くあった。

こうして最初の栄誉はシュリ・プリュドムの頭上に輝いたが、たちまち反対の声が巻き起こった。お膝元のスウェーデンの作家や俳優など四十二人が、ロシアの文豪トルストイが選ばれなかったことに抗議し、世界の世論もこの抗議を支持したのである。スウェーデン・アカデミーは最初から批判の矢面に立たされることになった。

翌年もトルストイを受賞させるかどうかが大きな論議となったが、世論に屈した形を取りたくないとする意見が多数を占めて、ロシアの大作家はついにノーベル賞を得ることなく世を去ったのである。

初期のスウェーデン・アカデミーが、ノーベル文学賞をどう考えていたかを知る上で、トルストイ忌避は一つの手掛かりをあたえてくれる。『戦争と平和』や『アンナ・カレーニナ』は確かに不朽の名作だが、同時にトルストイは文明とは無縁の原始的生活を賛美し、政府の存在を否定して無政府主義を唱え、聖書を勝手に書き直したというのである。「あらゆる形態の文明にたいして示されるこのような視野の狭さ、敵意を見せつけられては、ためらいを感ぜずにはいられない」というのが、常任理事ヴィルセンの意見であった。ヨーロッパの社会がよって立つ規範や宗教に批判的な作家は、なかなか受賞できなかった。それよりも愛国心が強く、良きキリスト教徒である方が賞に値すると考えられたのである。こうしてスウェーデン・アカデミーは、倫理的で理想主義の色彩の濃い作家を多く選ぶことになる。

一九〇二年度の賞は、「現在生きている最もすぐれた歴史学者として、また、とりわけ『ローマ史』の執筆者として」、テオドール・モムゼンにあたえられた。これは文学的な価値さえあれば、文学以外の人文科学の分野から広く選ばれることを示した例として歓迎された。

翌一九〇三年、三回目の受賞者は隣国ノルウェーの、ビョルンスチェルネ・ビヨルンソンである。この時期スウェーデンとノルウェーの間は、政治的に緊張状態にあった。しかし、授賞にあたっては国籍にとらわれてはならないという規定が、あらためて考慮された結果、ビヨルンソンの受賞が決まったのである。この年は同国の高名な劇作家イプセンも候補にあがっており、二人の間で票が割れた。最終的にビヨルンソンに落ち着いたのには、イプセンがすでにその創造力を使いはたしてしまったように見えたのにたいして、ビヨルンソンは、このときまだ現役として、旺盛な創作活動を行っていたことが大きかった。

一九〇四年はふたたびフランスの詩人フレデリック・ミストラルと、スペインの劇作家ホセ・エチェガライ・イ・エイサギレにあたえられた。複数授賞の最初であった。

ミストラルの傑作『ミレイユ』は、彼が生まれたプロバンス地方の言葉プロバンサルで書かれた作品で、一八五九年に発表されていた。ラマルティーヌに激賞され、ステファヌ・マラルメなど象徴派の詩人にも大きな影響をあたえたこの長篇詩のあとにも、ミストラルは音楽的でオリーブのように芳しい詩の数々を創作しており、フランス詩壇の長老的存在であった。さらに彼は、細々としか存続していなかった、フランス南部の地方語プロバンサルの復興運動に力を注ぎ、みずから辞書を編纂したりした。授賞理由には、「新鮮な独創性、プロバンス地方の人びとの自然的背景とその郷土精神を忠実に写し出している詩作の真正なインスピレーション、プロバンサル研究者としてのその重要な業績」とあった。

この後ノーベル文学賞受賞者は、ポーランドの作家シェンキェヴィチ、イタリアの詩人ジョズエ・カルドゥッチ、インド生まれのイギリス人ラドヤード・キップリングとつづき、一九〇八年には、ふたたび文学者以外の人物が選ばれた。ドイツの哲学者ルードルフ・オイケンである。彼が二年前に発表した『新しい人生観の基線』が、スウェーデン語に翻訳されたばかりで、これは好評をもって迎えられた。アカデミーのなかで意見は割れたが、彼を強く推す主張が通って授賞が決まったのである。しかし、後年スウェーデン・アカデミーはこの決定に後ろめたい気持ちを味わうことになる。十年をへずして、オイケンの観念哲学は指導力を失ってしまったからである。

文学の広い領域から、毎年たった一人を選ぶというのは、ある意味では無謀な行為であった。トルストイやゾラの例だけでなく、最初の十年をとってみても、世紀末から二十世紀初頭に活躍した文学者が受賞の栄誉に浴していない。マーク・トウェイン、北欧の二人イプセンとストリンドベリ、ロシアのマクシム・ゴーリキー、イギリスのジョゼフ・コンラッドとヘンリー・ジェームス、オーストリアのフーゴー・フォン・ホフマンスタール、ドイツの詩人ライナー・マリア・リルケ、フランスのポール・クローデル……。

スウェーデン・アカデミーの会員たちも、流行のなかに永続性を見抜くのが、どれほど困難なことかはよく分かっていた。その上で彼らはノーベルの遺志を尊重しつつ、世界の文芸の発展に寄与することを信じて選考を進めたのだった。

第2章　異邦人の登場

ベンガルのシェリー

ヨーロッパ以外の文学者で、ノーベル文学賞を最初に受賞したのは、一九一三年のインドの詩人タゴールであった。ラビンドゥラナート・タゴールは、ノーベル賞受賞の報を聞くと、「ストックホルムの滞在先のホテルに、山羊のための部屋を用意してほしい。いつでも欲しいときに乳が飲めるように」と言ったというのだが、実際には授賞式には出席せず、その代わりにインドから一通の電報を打った。

「私は、遠いものを近づけ、一人の異邦人を同胞とした理解の広さを心からありがたく思う旨を、スウェーデン・アカデミーにお伝えしたく存じます。」（福田陸太郎訳）

授賞式では在スウェーデン英国代理大使のクライヴが、タゴールに代わってこの電報を読んだ。

タゴールは、一八六一年にベンガル地方カルカッタの名家に生まれた。十四人兄弟の末っ子である。インドには、今日でもカーストと呼ぶ階級制度が厳然として存在するが、タゴール家は、そのなかでも最上位のバラモンに属する裕福な一族であった。タゴールというのは英語の呼び方で、原語のタークルは「貴族階級」を意味する言葉であるという。

タゴールの父は宗教家で、母は彼が十四歳のときに結核で亡くなった。彼の幼年時代は二冊の回想録『わが回想』と『私の少年時代』に詳しく描かれている。この素晴らしい思い出の記は、十九世紀後半の、喧騒をきわめ、それだけに魅力的なカルカッタの風物を生き生きと伝えてくれる。

「私が生まれたカルカッタは、まるで古めかしい場所だった。貸馬車がもうもうたる埃を捲き上げて、地響きをたてながら走り廻り、骨がはっきり透けて見える痩せ馬に、鞭が振り下ろされた。当時は路面電車はなく、バスも自動車もなかった。商業も今のような息急《せ》き切ったものではなく、毎日がゆったりと過ぎていった。事務員は仕事にでかける前に、水ぎせるをたっぷりと吸い、出勤の途中でキンマ（ビンロウジをキンマの葉に包んだもの）を噛んだものだ。駕籠に乗る者もあり、四人、五人とグループをつくって、一緒に馬車を雇う者もいたが、これは『共同馬車』と呼ばれていた。富裕な人たちは馬車に氏名の頭文字を組み合わせたものを書かせていて、後部座席の上には、ベールを半ば引いたように皮の幌をつけていた。馭者はターバンを粋な感じに片側に傾けて馭者席に坐り、その後ろからは二人の馬丁が、腰にヤクの尾の帯を巻いた姿で続き、『ヘイ・ヨー！』という威勢のいい声で歩行者をびっくりさせて、道をどかせるのである。」（同訳『私の少年時代』）

こうした雰囲気のカルカッタで、タゴールは成長したのだが、自伝によると幼いときから音楽と文学に特別の才能を示したようである。彼は初めのうちは、家庭教師から教育をうけた。二歳年上の二人の少年と一緒であった。この時代になにを学んだか、一切記憶にないが、絶えず蘇ってくるのは、「雨はパラパラ、木の葉はざわざわ」（The rain patters, the leaf quivers.）という詩句であったという。この一節からも分かるように、タゴールは幼いときから英語で教育を授けられたのである。これは当時のインドの貴族階級ではあたり前のことであった。その一方で、読書といえばインドの古典であった。

タゴール

「私の文学への手ほどきは、同じ頃、召使い部屋で人気のあったいくつかの書物にその起源をもつ。その主なものは、チャーナーカの箴言集のベンガル訳と、クリッティヴァサの『ラーマーヤナ』だった。……私は母の部屋の敷居の上に坐りこんで、ぼろぼろになった『ラーマーヤナ』を読み続けにかかった――それは母の年とった伯母の持物で、マーブル紙の表紙をもった本だった。傍らにはあけ広げた内側の建物の四角型の四方をめぐってベランダが延び、その上には曇り空の弱い午後の光が落ちていた。そして私がその本の悲しい場面の一つのことで泣いているのを見ると、大伯母がやってきて私から本を取り上げたのだった。」（山室静訳『わが回想』）

紹介したこの二つのエピソードが、のちにノーベル文学賞を初めて東洋にもたらしたタゴールの原点である。つまり、インドの文明に根づいた感性と、言語を通してのヨーロッパ文明とのつながりである。

こうして彼は八歳で詩を書きはじめ、一八七一年十一歳のときに、父に連れられて旅に出て、ガンジス河を初めて目にした。さらにその足でヒマラヤにも行き、大きな感銘をうけた。タゴールの家庭教師の一人は、梵語学者ヴェダンタヴァギシュの息子で、シェイクスピアの『マクベス』をベンガル語に翻訳させたりしたという。

早熟だったタゴールは、十代の前半ですでに雑誌「知識の目覚め」に詩を投稿し、彼の兄たちが中心となって創刊された「世界」の同人になり、詩や評論を執筆した。

彼が宗主国イギリスに初めて渡ったのは十七歳のときである。兄と一緒であった。最初のうちは、ブライトン校に入学してしばらく学んだあと、ロンドンに移って下宿生活をしながら、さらに上の学校をめざしてラテン語を学び、のちにはユニヴァーシティー・カレッジの講義にかよって、英文学の講義を聴講した。しかし、結局大学の課程を修了することなく、一年半後にはインドに戻った。帰国する兄と一緒に戻るよう、父親が命じたのである。

イギリス滞在中の成果は、未完の長篇抒情詩『破れた心』の草稿を得たことである。

タゴールはこの帰国を喜んだ。イギリス滞在中に不愉快な思いをしたことはなかったが、自分がどれほど祖国の文明と強い絆で結ばれているかを、あらためて実感したのであった。同時にこのイギリス留学によって、タゴールの英語の力は大いに進歩したが、英語に征服されてしまうことはなかった。タゴールは英語を用いて詩や散文を書いたが、その英語はイギリス人の英語ではなく、あくまでもインド人の感性のこもった英語である。

インドに戻ると、彼は父からベンガル地方のある領地の管理を任され、その職務に励むかたわら詩、小説、戯曲、音楽劇を次々と創作していった。こうして一八八二年に最初の詩集『夕べの歌』が出版された。そして、この一冊の詩集によって、彼は「ベンガルのシェリー」と評されることになったのである。

これもタゴール自身が語っていることだが、詩集が出版されてまもなく、彼は友人の結婚式に招かれたことがあった。その席には、文壇の大御所ボンキム・チョンドロ・チョットパッダエが主賓として招かれていた。だがチョットパッダエは、彼の姿を認めると、主賓に贈られる花輪をみずからの首からはずして、「この花輪は『夕べの歌』の作者にこそふさわしい」といって、その将来を祝福したというのである。このときタゴールは二十一歳であった。

『夕べの歌』の一篇、「切ない願い」の冒頭を引用してみよう。

この嘆きは　むなしい！

この燃えさかる欲望は　むなしい。
日が沈んでゆく。
森は暗く、空は明るい。
ゆっくりと　昼のあとにつづく。
夕べが　伏目がちに
夕べの微風が　別離の悲愁を
運ぶともなく　運んでゆく。
おまえの両の手を握り、飢えたまなざしで
おまえの両の目に見入る。
わたしは探し求める――おまえはどこか、
おまえはどこか！
おまえの内奥に秘められた
不死なるものは　どこにあるのか？
昏《くら》い夕べの空の
孤独な星にふるえる
天上の光の限りない神秘のように、

おまえの瞳の
内深い暗さのなかに　外の世界に呼応するように
　魂の神秘な焔が　ふるえている。
　そうしてわたしは　おまえの瞳に見入る。
……（『初期詩抄』森本達雄訳）

この詩もそうだが、初期の詩篇はベンガル語で書かれたのであった。

この年、タゴールはその文学に決定的な意味をもつ精神的体験をした。『わが回想』の伝えるところでは、カルカッタのサッダー街にある兄の家のヴェランダに立って、通りの向こうにある葉の繁った樹の頂きに朝日が昇るのを見ていたとき、「突然、わたしの眼から覆いが落ち去ったような気がした。そしてわたしは、世界がすばらしい輝きに浴しつつ、美と歓喜の波が四面に高まってゆくのを見た」。

この瞬間タゴールは、ある永遠なるものの存在を感得したのである。この神秘的な経験を境に、この世界にはなに一つ意味のないものはなく、「すべてが全存在という大海の一つ一つの波のように思われるようになった」という。こうして有限なるもののなかに、永遠が反映しているという確信が、以後タゴールの全作品の主調音となるのである。

「ギタンジャリ、神に捧げる歌」

タゴールにノーベル賞があたえられるにあたって、直接の対象となったのは、一九一〇年に出版された英文の詩集『ギタンジャリ』である。一〇三篇の散文抒情詩からなるこの詩集には、タゴール詩の精髄が収められている。もっともこれはベンガル語で書かれた同名の詩集の完全訳ではなく、原典から選ばれた五十三篇に、他の詩集『歌の花環』と『ささげもの』から五十篇を加えて、詩人自身が自由に英語に訳したものである。詩集に収められた詩の特徴について、これを美しい日本語に訳した森本達雄はこう述べている。

「……思想と感情の極度な深化によって凝縮された言葉は、ちょうど液体が煮詰められて気化するように、ますます簡潔に素朴になり、ついには、たまりかねて旋律と韻律をともないつつ歌となって詩人の口から流れ出たかのようである。事実、このころのタゴールの歌は、歌詞にメロディーを付けるのではなく、詩とメロディーが同時に作者の口をついて出たという。そのために、詩と調べは精神《こころ》の必然性によって融け合い、はなから完全な歌として生まれたのである。」(『タゴール著作集』第一巻、解題)

わが神よ、わたしの乾いた心に　幾日も幾日も雨は降っていない。地平線は　無残にも肌をさらけだしている――柔らかな雲の薄い覆いの陰もなく、遠くに涼しい夕立の降るかすかな気配さえ感じられない。

御心ならば、死の影をおびた陰惨な怒りの嵐を送ってください。稲妻の笞《むち》で　空を隅々までふるえあがらせてください。

けれども、主よ、このみなぎる　静まりかえった熱気を拭い去ってください――怖ろしい絶望で心を焼きつくす　沈黙の　きびしい　残酷な熱気を。

恵みの雲を　空から低く垂れてください――父の怒り立つ日に　涙をたたえて見下ろす母のまなざしのように。（詩篇第四十）

インドでは今日も、タゴールの詩は都会の音楽会で多く演奏されるほか、農村の仕事歌として、子どもたちの遊び歌として、さかんに歌われているという。

『ギタンジャリ』を出版したあとの一九一二年の五月、タゴールはふたたびイギリスに旅した。船中のつれづれに、タゴールは自作のベンガル語詩篇の英訳をこころみたのだった。そして、ロンドンに滞在中にたまたまこの英訳の詩稿が、友人の手をへてアイルランドの詩人W・B・イェイツの読むところとなったのである。

このときの衝撃を、イェイツはこう語っている。

「私はこの訳稿を幾日も持ち歩いて、汽車のなかや、乗合バスの上で、あるいはレストランで読んだ。私は自分がどんなに感動しているかを他人に見られないように、手帳を閉じなくてはならないことがしばしばだった。」（イェイツ『ギタンジャリ・序文』）

イェイツの言葉に励まされて、タゴールの友人は数人の芸術家や詩人を自宅に招いて、タゴールの詩の朗読会を催した。数篇の詩が朗読された。しかし客は沈黙するばかりである。タゴールは不安になった。やがて賞賛の言葉が次々に発せられた。人びとは感動のあまり、しばし声もなかったのである。

こうして同じ年一九一二年の十一月には、英語版『ギタンジャリ』が七百五十部だけ限定出版され、大変な好評をもって読書界に迎えられた。そしてこのわずか百頁たらずの詩集にたいして、翌一九一三年にノーベル文学賞があたえられたのである。ノーベル賞委員会は、授賞理由をこう述べている。「タゴールは完璧な手法で、繊細で新鮮な美しい詩を生み出した。そしてそれを英語で表現することで、自分の詩的な思想を西洋文学の一部とした」。

この評価にみられるように、アジアで最初の詩人の仕事は、西欧の文学を豊かにしたという点で評価されたのであった。

「日本紀行」

タゴールは、生涯に十二回の海外旅行を行ったが、そのうちの三回は日本への旅である。タゴールが名声を得るにつれて、このインドの哲人詩人への関心は、日本の知識人の間でも大いに高まった。そして一九〇〇年代になると、岡倉天心、画家の横山大観、菱田春草といった人たちが相次いでインドを訪れ、タゴール邸の客となった。こうした明治を代表する芸術家との交遊から、タゴールも日本と日本の芸術に関心を抱くようになったのである。

タゴールの日本訪問は、一九一六年の春に実現した。時代は大きく変貌しており、ヨーロッパでは、人類史上かつて例をみない凄惨な戦いがはじまっていた。五月二十九日に神戸に第一歩をしるしたタゴールは、九月七日にアメリカに向けて出発するまでの三カ月余り、日本各地を見てまわった。この間横山大観の屋敷や、軽井沢にある三井八郎衛門の別荘などに滞在して、執筆をかさねるかたわら、大勢の芸術家と意見を交換する機会をもったのである。この滞在で得た日本についての感想は、『日本紀行』として実をむすんだ。このなかでタゴールは次のように書いている。

「一つのことが、この国の巷で目につく。街に人はあふれているが、いっこうに騒々しくはない。……当地に住むベンガル人に聞いた話では、自転車どうし、または自動車と自転車が衝突して血を流すようなことがあっても、双方ともに大声をだしてわめくことなく、服の塵をはらって立ち去るそうである。

これが日本の力の拠って来たる根源であると、わたしは考える。日本人は無益な叫びや口論によって、自らの精力を浪費することはしない。生命力の無用な消耗をしないことで、必要時に力不足を招かずにすむのである。心身のこの平静と忍耐が、彼らの国民的な修行《サダナ》の一部になっている。……

このようにして、自己表現を思いきり簡素化することは、彼らの詩にも見いだされる。世界のどこにも三行詩〔俳句〕は存在しない。……」（森本達雄訳）

東洋で初めてノーベル賞を受賞したタゴールの人気は素晴らしく、各地は歓迎の人波でうまった。だが詩人は東京帝国大学や慶応大学などで行った講演で、ようやく台頭しつつある日本の軍国主義と、西欧文明の無反省な模倣を厳しく批判したのである。そして、こうした批判が繰り返されるにつれて、タゴール歓迎のムードも急速に冷めていったのだった。

平和への関心

ノーベル賞をうけてから二年後、イギリス王室はタゴールにナイトの称号を贈った。しかし、やがて彼はイギリスの対インド政策に抗議して、このナイトの称号を返上することになる。事の顚末は次のようなものであった。

一九一九年四月十三日、イギリス軍がパンジャーブ州アムリッツァルで、無防備の民衆に向かって機関銃の無差別掃射をあびせるという事件が起こった。死傷者は千数百人にのぼったが、政府はただちに戒厳令をしき、情報が外部にもれないように、新聞などの報道機関にたいして徹底した検閲を実施した。しかし、このアムリッツァルの大虐殺の報はやがて全インドの知るところとなった。

民族運動の指導者たちは、事件の大きさに茫然自失して、しばらくの間は有効な抵抗運動を組織できないでいるなかで、事件を聞いたタゴールはすぐにカルカッタに行き、「このような危機に国民全体が黙って座していてよいものか」と訴えて、大衆行動を組織することを提案した。だが政治指導者たちは、それぞれの思惑から腰が重く、タゴールのアピールに応ずる気配をみせなかった。こうした状況のなかで、タゴールは強大な大英帝国を相手に一人で戦う決心をしたのである。

彼はインド総督チェルムスファドに手紙を書き、イギリス国王から贈られたナイトの称号の返還を申し出たのである。この手紙は総督にあてて投函されると同時に、国民の前に公表された。ガンディーとも親交のあったタゴールは、植民地インドの状態に敏感な人でもあった。さらにその政治的関心は、単に自国の運命だけではなく、危機を増す世界の動向にも広く向けられた。彼のこうした信条は、フランスの文学者ロマン・ロランとの間で交わされた往復書簡や、ガンディー、ネールあての手紙によく現れている。

タゴールとロランの間では、一九一九年四月十日付けのロランの手紙にはじまって、一九四〇年四月十日のタゴールの手紙まで、電報を含めて合計四十八通の手紙が交換された。きっかけはロマン・ロランの、「ほとんど世界的ともなっている、精神の抑圧や奴隷状態に抗おうと欲する、幾人かの自由な精神の持ち主が、この『精神の独立宣言』の計画を立てました。私たちの仲間にお加わりいただけませんでしょうか」という呼びかけであった。ロランは手紙のなかで、タゴールが東京で行った講演を引用したことの許可を願っていた。

タゴールはすぐに返事を書いて、「ヨーロッパの最も高貴な良心が、その地のすこぶるすぐれた精神の持ち主の一人の声によって、熱狂する政治家たちの醜いわめき声をこえて立証された、ということを知っただけで、私は十分だと思います。それで私はよろこんであなたの頼みに応じて、ヨーロッパで『精神の独立宣言』の計画を立てられた自由な精神たちの列に加わります」と伝えたのだった。

こうして二人は終生変わらない友情でむすばれ、タゴールがヨーロッパを訪れたときには対談を行い、ロマン・ロランはタゴールの絶唱『四重唱・カトュランガ』のために序文を寄せた。ロランとの往復書簡は、単にタゴールの反戦思想を伝えるだけでなく、文学や思想を知る上で逸することのできないものである。

タゴールは後年になると作品のなかでも、インドが抱えるさまざまな困難を積極的に取りあげるようになる。短篇『空腹な石』や『新築祝い』には、政治への強い批判がこめられている。

タゴールの次にアジアの作家が受賞するには、一九六八年の川端康成まで待たなければならない。さらにアラブ世界の作家が受賞するのは一九八八年のエジプトの詩人ナギーブ・マフフーズで、ノーベル賞が創設されてから八十八年目のことである。

タゴールは一九四一年に亡くなったが、現在でもベンガル最高の詩人と評価され、インドの人びとに読みつがれている。

第3章　第一次大戦の波紋

授賞中止

一九一四年のノーベル文学賞の候補者名簿には、例年に劣らぬ、そうそうたる名前がならんでいた。しかし、この年の六月二十八日、かつてのユーゴスラビア（現ボスニア・ヘルツェゴビナ）のサラエボで鳴り響いた一発の銃声は、ノーベル文学賞の受賞者をも消し去ってしまったのである。

この日オーストリアの帝位継承者フランツ・フェルディナンド夫妻は、自領のボスニア州サラエボを巡行中、反オーストリアの秘密結社に属する一青年が撃った銃弾に倒れた。これは大セルビア主義への反抗を示す事件で、七月二十三日オーストリアはセルビアにたいして苛酷な最後通諜を送った。

ドイツのウィルヘルム二世は、オーストリアのフランツ・ヨーゼフ皇帝と連携して、着々と制圧の準備を進めていた。一方フランスの大統領レーモン・ポアンカレは、このときちょうどロシアを訪問していた。ロシアの首都サンクト・ペテルスブルクで、ニコライ二世を公式訪問したあと、ポアンカレを乗せたフランス艦隊は、帰途スウェーデンに立ち寄った。

七月二十五日、スウェーデンのグスタフ五世がフランス共和国大統領を迎えて、歓迎式典が行われていた。その最中に、一通の電報がポアンカレのもとにもたらされた。オーストリアがセルビアと国交を断絶したという知らせであった。歓迎式典はただちに中止され、ポアンカレは急ぎ帰国の途についたのだった。

それから三日後の七月二十八日、オーストリアはドイツの支持のもとに、セルビアにたいして戦端を開いた。八月一日、ドイツが総動員令を発布してロシアに宣戦を布告、ドイツ軍は時を移さずルクセンブルクを蹂躙した。三日にはフランスにも宣戦が布告され、ドイツ軍は中立国ベルギーに殺到した。これをうけて、イギリスもドイツ、ついでオーストリアに宣戦を布告した。

ドイツはオーストリア、イタリアと三国同盟をむすんでおり、一方ロシア、フランス、イギリスは、それぞれ同盟や協商をむすんで結束していた。こうした複雑な同盟関係でかろうじて保たれていた均衡は、一発の銃声によって崩れ、ヨーロッパ全体が戦火に巻きこまれてしまったのである。

ノーベルの故国スウェーデンも激動の埒外にいることはできなかった。徴兵が実施され、四十歳以上の市民からなる国民軍が結成された。仮想敵はロシアであり、伝統的に膨張政策をとるニコライ二世の軍が、いつスカンジナビアに攻め入るか緊張が走った。

ヨーロッパ全土を巻きこむ事態は、ノーベル賞が目的とする国際理解とは、およそ正反対のものであった。一度戦端が開かれると、過去のノーベル賞受賞者も否応なく混乱に巻きこまれることになった。

一九〇五年に『クォ・ヴァディス』で受賞したポーランド人作家シェンキェヴィチは、危うくオーストリアで監禁されそうになり、ようやくスイスに難を逃れる始末だった。イギリスのキップリングはいち早く戦線におもむき、今や祖国を失ったベルギーのモーリス・マーテルランクは、ドイツの残虐行為を激しく非難する文書を公けにした。

こうした状況のなかでもスウェーデン・アカデミーは選考を進めて、スイスの作家カール・シュピッテラーを候補にあげていた。彼は啓蒙思想の伝統を受けつぐ人物で、『イマーゴ』では、ブルジョアの腐敗を痛烈に批判していた。しかし、戦火がヨーロッパ中に広がり、ノーベル賞の他の分野の選考機関が、次々と授賞取りやめを決めるにおよび、文学賞も授賞を見合わせることになったのである。

選考委員の一人イェネル教授は、委員会の報告にこう書いている。

「国粋主義的な傾向や国際的ヘゲモニーをめぐる紛争が、現代の文学によって助長されているかぎり、アカデミーはノーベルの精神に基づいて行動し、あらゆる種類の行き過ぎに対して、それを緩和し、抑制するように働きかけを行うために、全力をつくす義務がある。……われわれが今日目撃しているのは、科学、文学、芸術の最も著名な代表者ともあろう人たちが、まさかと思われるような場合においてすら、自分たちを取り巻いている愛国主義の熱に抗しきれずに、突如としてそれに押し流されて行くさまであり、それと同時に彼らの多くが熱中のあまり心の平衡を失い、政治上の敵となった人たちの文化的業績と触れ合うことを拒み、公然とその人たちの仕事を口汚く攻撃するほどに身を落としていく姿である。それは世界的憎悪の支配に屈服し、客観的な意見を形成し、それを持ちつづける力を失ってしまったことを証明している。現在まだ生きている何人かのノーベル賞受賞者、マーテルランクやハウプトマン、オイケン、キップリングらは、時代の危機の進行を左右するわけでもないつまらない議論にかかわりあい、お互いを激しく攻撃しあっている。……」

こうした状況のなかでは、ノーベル賞を誰かにあたえることが、混乱に油を注いで憎悪の火の手をさらに燃えあがらせる結果になることを、委員会はおそれたのである。そこには同時に、火の粉が自分たちの上に降りかかってこないかという、小国ならではの心配も当然ながら働いていた。

こうして一九一四年度のノーベル文学賞授賞は中止となり、内々に白羽の矢が立っていたカール・シュピッテラーの受賞は、一九二〇年（前年度のノーベル賞として）までお預けとなってしまうのである。

ロマン・ロランの反戦主義

一九一五年度のノーベル賞は、一九一六年になってフランスの作家ロマン・ロランにあたえられることになった。「その文学作品の崇高な理想主義、ならびにさまざまな人間を描写する際に示した真実への共感と愛に敬意を表して」というのが授賞の理由であった。

ロマン・ロランはこの頃、毎年夏をスイスですごす習慣で、この年もレマン湖畔の町ヴヴェーに滞在していた。一九一四年はひときわ暑い夏であった。

ロランは若いときから日記をつける習慣があったが、なかでも第一次大戦が勃発して以降の二十一冊のノートは、のちに『戦時の日記』として刊行されることになった。その冒頭一九一四年七月三十一日にはこう書かれている。

「ヴヴェー、モーゼル・ホテル

ヴヴェー駅に掲示した連合州議会の電報は『ロシアにおける総動員とドイツにおける戦争状態の宣言』を報じている。一年のうちでもっとも美しい日の一つ、すばらしい夕である。光にみち蒼みをおびるかるい靄のなかに山々は漂う。月光は湖のうえに赤い金色の流れをひろげている。それはサヴォアの湖岸、ブーブレーとサン＝ジャンゴルフとの間から発して、ヴヴェーにまで達している。大気は甘美で、藤の花の香りが闇のなかにたゆとうている。そして星はじつに純粋な光りに輝く！　この神々しい平和とこのやさしい美のなかで、ヨーロッパの民族たちは大殺戮をはじめるのである。」（宮本正清訳）

ロマン・ロランは、一八六六年一月にフランス中部の小さな町クラムシーで生まれた。ロラン家は土地の旧家であったが、彼の教育のためにという母の説得が効を奏して、一家をあげてパリに移り住んだ。ロマンが十四歳のときである。

パリで彼は名門のルイ・ル・グラン高等中学校に入学、ここでのちの外交官で詩人のポール・クローデルと友達になった。高等中学時代は、音楽と文学、わけてもシェイクスピアとヴィクトル・ユゴーに夢中になり、臨終の床にあったユゴーを見舞ったりした。おかげで高等師範の入学試験には二度失敗したが、一八八六年の三度目の試験では十番の成績で合格、入学したあとは史学科を選んだ。本当は文学と哲学に興味があったが、当時の高等師範の文学の講座は保守的な人物が占めており、その点史学科は歴史家ミシュレの学問を継承するガブリエル・モノーが教授をつとめていたことに魅力を感じたからである。

在学中はのちの詩人アンドレ・シュアレスやジョルジュ・デュマと親交をむすび、幼いときからの母親の影響もあって音楽に熱中した。だがなんといっても一番熱心だったのは、トルストイを読破することであった。すっかりトルストイに夢中になったロランは、二度手紙を書き、二度目にロシアの文豪から直筆の返事が来た。

手紙には、「芸術家としての真の条件は、芸術にたいする愛ではなくて、人類にたいする愛である」と書かれてあった。この一言がある意味でロマン・ロランの将来を決定したのである。

大学教授資格試験に合格して高等師範を卒業すると同時に、ロランは二年間ローマに留学する幸運を得た。大作『ジャン・クリストフ』は、このローマ滞在中に着想されたといわれている。

一八九一年にイタリアから帰国したロランは、翌年に結婚。九五年には文学博士の学位をとり、母校高等師範の教授に迎えられ、社会的な地位は着々とかたまっていったが、家庭生活は順風満帆とはいかなかった。孤独を好むロランと社交好きの妻との間は、次第にうまくいかなくなり、結局一九〇一年には離婚してしまったのである。そしてその後はモンパルナスのアパルトマンで、妹との二人暮らしがつづいた。

しかし、仕事の方は着々と成果をあげつつあった。高等師範の教授からパリ大学の音楽史の講座担当に変わり、ベートーヴェンの音楽を中心にドイツ音楽を研究するかたわら、『ジャン・クリストフ』の執筆がねばり強くつづけられたのである。

ロマン・ロラン

『ジャン・クリストフ』全十巻は、一九〇三年七月に開始され、擱筆は一九一二年六月。まる十年の歳月を費やして完成された。

主人公ジャン・クリストフ・クラフトは、尊敬するベートーヴェンを理想化した天才的音楽家であり、この主人公の人生観、社会観さらに芸術観のうちに、ロランは自分の思想を注ぎこんだ。シュテファン・ツワイクは、「『いかにして人生をみるか?』もっと適切にいえば『いかにして人生をみることを学ぶか?』これがこの小説の根本的テーマである。この意味では、この小説を〔ゲーテの〕『ヴィルヘルム・マイスター』と同じジャンルの教養小説と呼んでいいだろう」と評している。

大河小説の先駆といわれるこの作品は、主人公のジャンや彼の周囲にいるオリヴィエ・ジャナンやアントワネットの成長の物語であると同時に、世紀末から第一次大戦前夜におけるヨーロッパの社会状況を描いた作品である。その意味では、鋭い文明批評を盛った社会小説でもある。

ロマン・ロランは、ヨーロッパ各国の独自の精神を糾合した、一つの精神の共和国をつくりたいと考えていた。『ジャン・クリストフ』の終わり近くで、主人公はこんな感慨をいだく。

「ドイツの兄弟たちよ、諸君たちも、諸君たちに次のようにいうフランス人たちに気がつかないのだ。《われわれは握手しているのだ。多くの嘘や憎しみがあろうとも、われわれは決して引き離されることはないだろう。われわれの精神やわれわれの民族を偉大にするためには、きみたちはぼくたちを必要とするのだ。われわれは西ヨーロッパの両翼だ。一方の翼が破れると、他方の翼も飛べなくなる。戦争がはじまるものならはじまるがいい。たとえ戦争でもわれわれの握手を解きほぐすことはできないだろうし、われわれの友愛精神の飛躍を妨げることはできないだろう》

クリストフはそんなふうに考えていた。両国の民衆がどれほどまで互いに補い合っているか、彼らの精神や、芸術や、行動は、相互の援助がないときには、どんなに片輪なものになるかということを、彼は感じていた。両国の文明が一つの流れにまじり合っているライン河のほとりに生まれた彼は、子供のころから、両国の文明の協力の必要を本能的に信じていた。彼の一生を通じて、彼の天才の無意識的な努力は、力強い両翼の均衡を保つことであった。彼は、ゲルマン的な夢想に富んでおればおるほど、ラテン的な明快な精神と秩序とを必要としていた。そのために、フランスは彼にとってはじつに大事なものだった。彼はそこで、自分をよりよく知り、自分を制御する恩恵を受けていた。フランスにいると、彼はまったく完全に自分自身であることができた。」（新庄嘉章訳）

だがこうしたロランの理想は、第一次大戦によって打ち砕かれてしまったのである。戦争が起ってみると、ドイツ精神とフランス的明晰の融合の結果である、理想的な人物クリストフは、空中分解を起こしかねない事態となった。ロマン・ロランの苦悩は深かった。

「わたしは圧しつぶされた。死んでしまいたいほどだ。このように気の狂った人類のなかに生き、文明の破産に、無力のまま、立ち会っているのは恐ろしい。このヨーロッパ大戦は、数世紀来の、歴史最大の破局であり、われわれ人間的な友愛への最も聖なる希望の破滅である」と日記に書く。

しかも、彼が頼りにするヨーロッパの知識人たちが、双方に分かれて非難の応酬をはじめる始末であった。一九一二年度のノーベル文学賞受賞者ドイツのゲルハルト・ハウプトマンは、八月二十九日付けで、自国の行動を正当化する文章を新聞に発表した。いたたまれない思いのロランは、即日ハウプトマンあてに手紙を書き、これをスイスで発行されているフランス語の新聞「ジュルナル・ド・ジュネーヴ」と「ラ・トリビューヌ・ド・ローザンヌ」紙に掲載した。

「生きたベルギーを責めるだけでは満足しないで、あなたたちは死者たちに、幾世紀の栄光に対して戦いを挑んだ。あなたたちはマリーヌを砲撃し、ルーベンスを焼き払った。ルーベンスは今や一塊の灰にすぎない——芸術、科学の宝をもったルーヴァン、聖都ルーヴァンが！だがいったいあなたたちは誰なのか？　今やあなたたちは何という名で呼ばれたいのか、ハウプトマン、野蛮人という名称を拒否するあなたたちは？　あなたたちはゲーテの孫なのか、それともアッティラ〔フン族の王〕の孫なのか？」（宮本正清訳）

はたしてこの手紙は大きな反響を呼んだ。アンドレ・ジッドは次のような手紙を寄せた。

「今度の戦争が始まってから、またとくにハウプトマンにあてたあなたの公開状を新聞で読んでから、私はあなたに幾度も手紙を書こうと思ってはたせませんでした。……あなたの言によれば、ドイツの友たちはなにも知らない——自分の国の軍隊の残忍行為を知らない、ということです。……しかし彼らにその恐ろしい行動を知らせることによって、あなたはなんというおかしな結果を期待していらっしゃることでしょう。彼らに自分の祖国を嫌わせようとなさるのですか。それはできません。彼らは心をこめて自分の祖国を愛さずにはいられなく、祖国のはなはだしい欠点のすべてについても、誤った幻想を抱かずにはいられないんです。ああ、こういうことについて、私はどんなにあなたとお話がしたいことでしょう。」

このジッドの考えは、フランス人の文学者のなかでは穏当な意見であって、開戦とともに多くは反ドイツ一辺倒に傾いていた。ベルクソン、ジュリアン・バンダ、アナトール・フランスなど作家や哲学者が、こぞってドイツとの戦争を是認した。この点では社会主義者も例外ではなく、モーリス・バレスは「フランスは野獣に打ち勝つ」と叫んでいた。

九月十三日には、ハウプトマンの回答が「ジュルナル・ド・ジュネーヴ」紙に載り、ロランはこれにたいする再反論を書いて同じ新聞に送った。この公開書簡のやりとりをきっかけに、彼は十六篇の文章を書き、これらはのちに『戦乱をこえて』としてまとめられて刊行された。だが、これらの文章はドイツはもとより、祖国フランスにおいても、ロマン・ロランにたいする反感を助長する結果をもたらしたのである。

彼を非難する人のなかには、ロランを中世の武勲詩「ロランの歌」にひっかけて、そのなかに出てくる裏切者ガロンヌの名で呼ぶものもあり、学校や家庭では『ジャン・クリストフ』を子どもたちに読ませないようにするところも出る始末であった。彼の主張する良心への訴えが、戦っているフランスの士気を破壊するものと映ったのである。

九月十七日には、文学上の年少の友シャルル・ペギーが戦場で死んだ。

こうした非難や悲報にもめげず、ロランはその後もスイスにとどまって、国際赤十字戦時捕虜情報局に勤め、平和運動に専念したのだった。第一次大戦ではおよそ八百万人の兵士が戦場にたおれ、四百万の市民が命を失うことになる。

遅れた受賞

こうしたなかでスウェーデン・アカデミーは、一九一六年十一月九日、一九一五年度と一六年度のノーベル文学賞を同時に発表し、一六年度は自国の作家ヴェルネル・フォン・ハイデンスタムに、そして前年度のものはロマン・ロランにあたえるとしたのである。アカデミーは、『ジャン・クリストフ』に描かれた理想主義とともに、『戦乱をこえて』に示された勇気に注目したのであった。戦争は依然つづいており、こうした態度の表明は、北の小国にとって冒険的にすぎるとの配慮が働いたのだろうか、授賞理由には明記はされなかったが、スウェーデン・アカデミーはロマン・ロランの孤独な戦いに、支援を送ったのである。

ノーベル文学賞授賞を、スイス駐在スウェーデン大使からの手紙で知らされたロランは、最初これを断ろうとした。これが自由を妨げ、さらに新たな迫害を招くかもしれないと考えたからである。しかし、最終的にはこれを受諾した上で、賞金を国際赤十字とフランスの慈善団体に寄付したのだった。

一九一八年に戦火がやむまで、ノーベル賞受賞者がストックホルムを訪れることはなかった。式典自体が中止されていたからである。ロマン・ロランはスウェーデン・アカデミーに手紙を送って感謝の意をあらわした。

「私の三十年の仕事に対してお認めくださったこの高い敬意は、私がそれを返そうとするわが国に対する誇りを私にいだかせるものであります。なぜなら、私の理想主義の最良のものと兄弟としての人類への打ちこわされることなき信仰を、まさしく私は祖国に負っているからです。私は、モンテーニュや、ヴォルテールのごとき人たち、また十八世紀フランスの哲学者たちの遺産である、理性と寛容と憐憫の精神のあまりに弱い通訳であり、忠実な下僕にすぎないのです。あなたがたの投票が、この血なまぐさい時点で、現在のさまざまの悲惨さにもかかわらず、未来の英知や和解したヨーロッパに対してわれわれがいだいている希望に、新しい力をもたらしてくださったことに感謝したいと存じます。」（山口三夫訳）

彼は感謝のしるしとして『ジャン・クリストフ』の原稿をスウェーデン・アカデミーに寄贈した。これは現在パリのロマン・ロラン文書館に預けられ、一般に公開されている。

第4章　二人のアイルランド人

国際競争

第一次大戦が終わった一九一八年の段階で、ノーベル文学賞の受賞者を国別に見てみると、ドイツが最も多くて四人、次いでフランスの三人、スウェーデン、デンマークの各二人で、このほかにノルウェー、スペイン、ポーランド、イタリア、ベルギー、インドがそれぞれ一人ずつである。意外なのはシェイクスピア以来の伝統を誇るイギリスが、一九〇七年のキップリング以外には受賞者を出していないことである。北欧三国で合計五人の受賞者を出しているのに比べて、イギリスの一人というのはいかにも少なかった。国際世論は、当然スウェーデン・アカデミーの見識を問題にした。

グンナー・アールストレームの解説によれば、事情は次のようなものであった。

ノーベル賞がスタートした年には、イギリス文芸協会からは一人の推薦もなく、スウェーデン・アカデミーの説明が足りなかったのではないかとの非難が出された。しかしこうした事態はすぐにあらためられて、翌年にはロンドンの作家協会は、ノーベル委員会を組織して、メンバーのなかから候補者を募ったのである。この結果、一九〇二年にはイギリスから六十通をこす推薦状が送られてきたし、それ以後も推薦状の数は減らなかった。しかも、推薦される作家はどれも一流の人たちばかりであった。最初の年に最高の票を集めていたのはハーバート・スペンサーであり、それからもチャールス・スウィンバーン、ジョージ・メレディス、トマス・ハーディーという、そうそうたる顔触れが推されていた。しかし、彼らの誰一人として賞をあたえられず、かわりにポーランドのシェンキェヴィチ、イタリアのカルドゥッチが選ばれるにおよんで、イギリス作家協会のなかでは、ノーベル文学賞の選考基準にたいする疑問の声が急に高くなったのである。

ノーベルの遺言には、「本賞は国籍のいかんをいささかも問うことなく授与されるよう、厳に願うものである」という一節があったが、いざはじまってみると国の名誉を云々する雰囲気が次第にできあがっていった。こうした圧力は、当然スウェーデン・アカデミーにとっても無視できないものであった。シェイクスピア以来の伝統だけでなく、大英帝国の威信が今や問題にされ出したのである。

イギリス文壇は、この年ふたたびスウィンバーンを推したが、一つ問題があった。それは前年の受賞者イタリアのカルドゥッチが、受賞のあと半年もしないうちに亡くなったことである。このことで、ノーベル賞はもっと若い作家にあたえるべきではないかという反省が出され、その結果スウェーデン・アカデミーは、イギリスの四十二歳のラドヤード・キップリングを選んだのである。

キップリングは一八六五年に当時の植民地インドのボンベイに生まれ、最初は詩人として出発した。その詩「東と西のバラッド」で、こううたっている。

東は東、西は西、両者
永久に出会うことなし
東も西も、国境、人種、家柄もあらじ
ふたりの強者、地のはてから来たりてならび立つとき

いまでは冒頭の二行だけが人びとに記憶されているが、インドをよく知るキップリングは東西の融合のむずかしさとともに、その必要をも実感していたのである。

キップリングは、やがてよく知るインドを舞台とした小説を書き、一九〇一年の『キム』は、アイルランド人の少年が仏僧とともに聖なる河を求めてヒマラヤをさまよう物語で、一躍彼の文名を高めた。次いで出版された『ジャングル・ブック』で、彼の人気は世界的になった。この若い作家の将来に、多くの期待が寄せられたのである。

しかしスウェーデン・アカデミーの選択が、はたして妥当であったかどうかがイギリスの文学界

では大いに議論された。このことが影響したのかどうか、このときから一九三〇年代にいたるまで、イギリス人作家への授賞は見送られることになる。

W・B・イェイツ

アイルランドの詩人ウィリアム・バトラー・イェイツが、ノーベル賞を受賞したのは一九二三年だが、この場合ほど選考委員の見識の高さを示した例はまれだといわれる。

今日残っている委員会の報告書によると、スウェーデン・アカデミーのメンバーの幾人かは、イギリスのトマス・ハーディーへの授賞を強く推している。ハーディーはこのときすでにかなりの老齢であったのにもかかわらず、なおみずみずしい感性にあふれた作品を発表しつづけていた。

下馬評では、この年こそイギリスに文学賞の栄冠がもたらされるのではないかとの噂がもっぱらであった。それというのもスウェーデンの皇太子が、イギリス王室の一員と結婚することになっていたからである。

この年の有力な候補としては、ドイツのトーマス・マン、ノルウェーのシグリ・ウンセット、イギリスのジョン・ゴールズワージーの名前があがっていたが、ハーディーはこれらの人びとに比べて決して遜色はなかった。それどころか作品の数、質の高さの点では、彼が一頭抜きん出ているようにみえた。だが蓋をあけてみると、ハーディーはまたしても賞からもれてしまったのである。会員の一人エステルリングが書いているように、アカデミー会員の多くにとって、「ハーディーのペシミズムと冷酷な宿命論は、ノーベル賞の精神と相容れない」とみられたのだった。一部の支持者はこの後も繰り返しハーディーを推したが、一度できあがった評価を覆すことはむずかしかった。

こうして一九二三年の栄冠は、イングランドではなく、アイルランドの詩人ウィリアム・バトラー・イェイツにあたえられることになった。ジャーナリズムのある者は、これをスウェーデンの伝統的なイギリス嫌いのせいにし、緊張状態にあるイギリスとアイルランドの間にあって、アイルランドにエールを送るものだという者もいた。

イギリスでは、ハーディーを棚あげしてしまったスウェーデン・アカデミーを、面と向かって論難する文学関係者が多かった。こうした議論の背景には、イェイツの作品が、イギリスではそれほど知られていないという事情もあった。

しかし選考経過報告によると、スウェーデン・アカデミーは一九〇二年から、イェイツをノーベル賞の候補としてマークしていたというのである。すなわち、この年アイルランドの歴史家で『十八世紀イギリス史』の著者W・E・H・レッキーが、早くもイェイツを推薦し、「わたしは、彼が現存する詩人のなかで、もっとも偉大だと言うつもりはないし、また、もっとも人気があると言うつもりもない。しかし、彼ほど、まぎれもない詩的な才能と同時に、あなたがたが求めている理想主義的な傾向を併せ持っていて、現代イギリス文壇に、こうした傾向を盛んにするのに貢献した詩人はいない」（出淵博訳）という推薦状を送ってきたのだった。

そしてノーベル文学賞委員会のハルストレーム委員長は、一読いらいイェイツの熱烈な賛美者になったのである。これに加えて、インドの詩人タゴールを西欧の読者に紹介するのにイェイツが大きな役割をはたしたことが、彼の名前をスウェーデン・アカデミーの会員に強く印象づけることになった。

こうして一九二三年の候補者リストにイェイツの名前があがると、強い反対は出されなかった。彼の詩と戯曲は、「常に霊感に導かれ、高度の芸術形式をもって民族全体の精神を表現しており」、まさにノーベル賞にふさわしいとされたのである。

この授賞はイェイツにとっても幸いし、さらに大きな力をあたえる結果となった。当時の彼は経済的に困窮していたが、賞によって得た大金は彼をその境遇から救い出し、創作に専念する機会をあたえたのである。受賞が刺激となって、すでに抒情詩人として名声を馳せていた彼は、そののちも驚くほどの創作力を示し、次々に傑作を発表するのである。

心の故郷

イェイツは詩のなかで、家族や少年時代にすごした土地を繰り返しうたっている。イェイツの先祖はアイルランドの首都ダブリンの裕福な貿易商だったが、十八世紀以降は家運が傾き、苦しい時代をすごした。祖父はそんななかで、初めて学問を身につけスライゴーの教区牧師となった人物である。イェイツはダブリンで生まれたあと、ゴールウェイやロンドンでもすごしたが、彼にとっては少年時代をすごしたこの祖父の教区スライゴーこそ、心のふるさとであり、繰り返し詩にうたった場所であった。

今度こそ腰を上げて、私は帰りたいイニスフリーへ。
そして、泥と小枝で造ったささやかな小屋を一軒建てたい。
森の一隅には九列の豆を植え、蜂蜜の巣箱を造り、
独り静かに暮らしたい、――蜂の飛び交う音を聞きながら。

……

そうだ、今度こそ帰ろう――あの湖の岸辺にひたひたと
打ちよせる波の音が、夜も昼も私の耳から離れないからだ。
この都会の街路や灰色の舗道にふと佇むときも、
あの波の音が絶えず私の心の奥底に響いてくるからだ。（平井正穂訳）

これは詩集『薔薇』（一八九五年刊）のなかの一篇「イニスフリー湖島」の一節で、イニスフリーとは、スライゴーの街の近くにあるギル湖に浮かぶ小島である。スチブンソンはこの詩を読んでイ

ェイツの才能に驚嘆したといわれている。若い頃のイェイツの特徴は、こうした淡い叙情を詠ずるところにあって、「黄昏・twilight」の詩人と呼ばれる。

しかしイェイツの文学生活はそのあとで、大きな変貌をとげることになった。

詩集『葦間の風』の成功のあと、一八九九年以降は劇作家グレゴリー夫人の影響もあって、アイルランド演劇の普及に全力を注ぐようになった。みずから戯曲を書くとともに、「アビー劇場」の経営者となり、シングの『西の国の伊達男』を上演した。この成功はアイルランド演劇界に大きな影響をあたえたのである。

彼がノーベル文学賞をうける前年の一九二二年に、故国は憲法発効によりアイルランド自由国となった。そうした状況のなかで、イェイツは積極的に政治にもかかわることになる。イギリス国防軍がアイルランドで猛威をふるい、一九二〇年にはゴート地方でも暴虐事件が起こった。

イェイツの最も優れた作品と言われる『一九一九年』（表題にもかかわらず、一九二〇年の事件をうたったもの）は、こう書き出されている。

ほんのありふれたものを撒き散らす
月の軌道から護られて、
多くの俗衆には全くの奇跡ともみえた
精巧で美しい数多くの事物は過去のものとなった。

かつては装飾の青銅や石の間に、
オリーブ材の古い像が立っていた――
フィディアスの芸に成れる、世にも名だたる象牙彫りも、
黄金のきりぎりすも蜂も、今はない。

おお、なんとわれらは立派な思想を抱いていたことか、
極悪の詐欺師や無頼漢が死んでしまったと考えたあげくに。
……

歯はみんな引っこ抜かれ、あらゆる昔ながらの策略は忘れられ、
大群の兵隊も、ただもう見かけ倒しの見せ物となった。
大砲が鋳なおされて鋤さきになったことがなくったって
何ごとかあろう。イギリスの議会も国王も、考えた、――
もし、少しでも火薬が燃えなければ、ラッパ手たちが
張り裂けよとばかり、ラッパを吹き鳴らしても
栄光の影だに見出だせぬことにもなりかねん、そして恐らくは
近衛兵たちはねぼけた軍馬を跳《おど》り立って進みはせん、と。（尾島庄太郎訳）

一九二三年十月、イェイツはノーベル賞を受け取るためにストックホルムにやってきて、こう演説した。

「三十年前に多くのアイルランド作家がいろいろな会合で相会しては、自国の文学を情容赦なく批判し始めました。その文学を地方的偏狭さから解放することによって、自分たちの文学をヨーロッパで認めてもらえるかもしれない、というのが彼らの夢だったのです。私は彼らに多大の恩恵をこうむっております……、今は私と同様に年老いてしまったこれらの男女がこの偉大な栄誉のなかに、あの若き日の夢が実現されたことに気が付くでしょう。私は心のなかで、もし彼らが存在しなければこの栄誉に私がどんなに値しないものであったか、わかっております。」（水之江有一訳）

バーナード・ショウ

もう一人のアイルランド人、希代の風刺作家ジョージ・バーナード・ショウが賞をうけたのは、一九二六年のことである。もっとも授賞自体は一年前にさかのぼって一九二五年度とされている。老年を迎えつつあったショウは、一九二五年に戯曲『聖女ジャンヌ・ダルク』を発表し、これが好評だったことが授賞の大きな要因であった。独立不羈の精神に徹した、最も輝かしい才能にたいしてノーベル賞が遅ればせながら贈られたのである。

しかし、ノーベル賞などを信じていなかったショウの受賞をめぐって、大騒ぎがもちあがった。一九二六年十一月十一日、スウェーデン・アカデミーは、恒例にしたがって、授賞決定の電報をショウに送った。これにたいするショウの最初の反応は、新聞記者とのインタビューとなって返ってきた。ロイター通信はこんな文句を世界中に配信した。

「私にとってこれは謎だ。たしかにその年度はなにも書かなかったから、この賞をもらったのだと思うよ。」

イギリスの新聞をはじめ世界中のマスコミが、「バーナード・ショウ、ノーベル賞を拒絶」と見出しにかかげた。ノーベル賞とショウの組み合わせは、たしかにショウ文学の愛好家には奇妙に映ったし、断固拒否した方がショウらしくもあった。第一ショウが対決するのに、ノーベル賞は格好の相手であるように見えた。

あわてたのはスウェーデン・アカデミーの方である。ショウは一九一一年以来たびたび候補者リストに名前を連ねていたが、アカデミー会員のなかには、彼の風刺の過激さに批判的な者が少なくなく、授賞は見送られてきたのである。

バーナード・ショウ

一九〇五年に発表された『バーバラ大佐』で、ショウは資本主義社会における博愛主義の無力を暴いたが、主人公のアンダーシャフトは軍需産業によってぬくぬく太る「死の商人」として描かれており、ダイナマイトの発明で財をなしたノーベル自身を思わせるところがあった。しかし、傑作『聖女ジャンヌ・ダルク』の出現は、そうした批判を打ち消すのに十分と判断されたのである。

ひそかにショウとの接触がこころみられ、説得が重ねられた。ロンドン駐在のスウェーデン公使は、ショウのスウェーデン語の通訳をつとめるミス・ローに協力を頼んだ。彼女はかつてショウの女友達の一人で、ショウに信頼されていた。努力のすえに彼女は説得に成功し、騒動は一週間目にようやくけりがついた。

十一月十八日付けで、ショウからはイギリス大使を通じて、こんな手紙がスウェーデン・アカデミーあてに送られてきた。

「この文学賞は、すでにすぐれた受賞者をもつわが母国アイルランドに、よろこんで迎えいれられれましょう。わたし自身にとっても、個人としても、このような国際的な評価をあきらかにする機会を、わたくしがあたえられるようになりましたことに、おおいに満足しております。とは申せ、授賞指名と賞金は区別せねばなりませぬ。授賞指名に関しましては、ただ心から感謝を申しのべるしだいでありますが、熟慮いたしました末、賞金は受領いたしませぬ。わたくしの読者ならびに観客より、生活に必要とする金は、十分にいただいております。名声につきましても、わたくしの精神衛生のためには、すでにあまりにも大なるものがあります。このような情況にありますので、賞金は、すでに岸にたどりつき身の安全を保証されている人間に救命帯を投げるようなものであります。……

ロンドン市中の最良地の多くに宣伝事務所が開設され、……果実、農産物、剝製の鳥獣など、あらゆる物産が、顧客をひきつけております。ところが、ほとんど展示されていないものが書籍であります。スウェーデンは、紙の宣伝はしておられますが、そこにはなにも印刷されておりません。スウェーデンの紙は、オーストラリアのリンゴの包装用かと思われます。しかし、スウェーデンの文学こそ、もっとも貴重な輸出品であります。不幸にして英国では、その文学についてよく知られておりません。……

あえて提案させていただければ、ノーベル賞に伴う賞金は、スウェーデン・アカデミーに返還あるいは、ロンドン駐在のスウェーデン公使に預託されて、その利子がスウェーデンと英国諸島間の協力、文学的芸術的な絆を強めるために使用されることが望ましいと考えます。」（戸張規子訳）

こうしてショウは、賞金をスウェーデンとイギリスの文学交流を促進するための基金の設立に費やすことにしたのである。この解決はスウェーデン側にとっても満足のいくものであった。ともかくショウは賞を受け取り、賞金はショウの意志にしたがって使われることになったからである。創設されたイギリス・スウェーデン文学財団は、スウェーデンの現代文学および古典の紹介、彼がとりわけ個人的に強い関心を抱いていたストリンドベリの戯曲の翻訳紹介のために使われたのである。

ショウの批判精神は「ショウ流の機知」としてつとに有名だったが、彼自身はこのショウ流shawianという言葉の響きが気に入らず、名前をラテン語風にshaviusと変えて、そこからshavianという形容詞を造語して使っていた。このショウ流のウィットは、戯曲のなかだけでなく日常生活でもいかんなく発揮された。

あるときでっぷりと肥えた批評家のG・K・チェスタートンが、痩せたショウをつかまえてこう言った。「あなたを見ていると、人はイギリスに飢饉があったのではないかと思いますよ」。するとショウはすかさずこう答えた。「君を見ていると、人はその飢饉の原因は君だと思うだろうよ」。

こうしたショウの言動はマスコミの好むところで、当時の文学者としては珍しく、彼の姿はニュース映画に数多く記録されている。一九九一年の末にNHKで『ノーベルの世紀』という番組を放送したが、その一シーンに一九二一年度の物理学賞を受賞したアインシュタインを迎えての祝賀会があった。この席にはショウも招かれて祝辞を述べた。彼が席を立って、やおらマイクの前に立つ。そして曰く――

「プトレマイオスが創造した宇宙は一四〇〇年続いた。ニュートンの宇宙は三〇〇年もった。だがアインシュタインが創造した宇宙は、はたして何年もつか分からないよ」。フィルムで見ると、かたわらのアインシュタインは、例の鼻下の髭をゆらして笑うばかりである。

ショウ流の風刺は、自分自身をも容赦しなかった。友人の作家ネスビットにあてた手紙のなかで、第三者の名前を借りて、彼は自分をこうやっつけている。「ショウという奴はまったく無知な男だ。

……母校の面汚しだ。彼は学校でラテン語は駄目、ギリシャ語にいたってはもっと駄目だった。中等教育もろくに受けず、ロンドンなどという誰も知らない辺鄙な田舎に出てきた。公けの事件や法律や医学や航海法等々の知識をもっているが、それがバーナード・ショウの劇や序文の本質だなどと言っている。馬鹿げている」。

ショウの実生活も変わっていた。彼は四十二歳のとき、同じアイルランド人で社会主義者のシャーロット・タウンシェンドと結婚し、結婚生活は彼女が亡くなるまで四十二年間つづいたが、性的な関係は一度もなかったという。少なくともそう彼は語っているのである。晩年のショウは、ハートフォードシャーの別荘で大半をすごした。『人と超人』にはこんな台詞があるが、これは彼の本心にほかならなかった。

「もし私が自分の意志をこえた目的に取りつかれていなかったら、哲学者よりも百姓になる方がましだ。百姓は哲学者と同じくらい長生きだし、哲学者よりよく食べ、よく眠り、最愛の妻にかける心配も少なくてすむのだから。」

第5章　文学以外の受賞者

アンリ・ベルクソン

ノーベル文学賞は、規定にあるとおりいわゆる純文学の著者にだけあたえられるものではない。事実一九〇二年の第二回受賞のテオドール・モムゼンは、『ローマ史』の著書で有名な歴史家であり、一九〇八年度のルードルフ・オイケンは著名な観念論哲学者であった。

こうした非文学者の受賞のなかで、最も話題となったのが一九二七年度のフランスの哲学者アンリ・ベルクソンである。

ベルクソンの対抗馬には、ロシアのマクシム・ゴーリキーやギリシャの詩人コスティス・パラマスがいた。ゴーリキーの場合には、文学的に価値の高い自伝や、革命中に彼がはたした知的役割については異議はなかったものの、政治的な色彩の濃い後期の作品をどう評価するかで、スウェーデン・アカデミー会員の評価は分かれた。パラマスの場合は、会員のほとんどがその作品を原語で読むことができず、わずかの翻訳書と外国の専門家の評価を頼りに、決定を下すのは躊躇されたのである。

その点ベルクソンの業績は文句がなかった。記憶作用を含む人間心理の研究は、それ自体が画期的なものであったし、それが当時の文学におよぼした影響もはかり知れないほど大きかった。ベルクソンの直接の影響のもとで、マルセル・プルーストはすでに畢竟の大作『失われた時を求めて』を発表していた。

私が二度目にパリに滞在したときの家はパリ十六区にあって、ベルクソンが晩年をすごしたパッシーの家とはごく近かった。散歩の折には、彼が住んだ家の窓をよく見あげたものである。その窓からベルクソンが仕事の手を休めて、緑濃いパッシーの公園を見おろしている姿を想像するのは、大きな楽しみだった。

ベルクソンの家のある通りはボセジュール大通りと呼ばれ、有名なブーローニュの森に近く、地下鉄九号線のミュエット駅から南東に延びる全長六五〇メートルの通りである。この通りの四七番地の建物の壁には、「哲学者ベルクソンはここで晩年をすごし、一九四一年八十二歳で亡くなった」と記した大理石の碑がはめこまれていた。

通りのすぐかたわらを鉄道線路が走っているが、これは都心と当時郊外だったヌイイ地区やパッシーをむすぶために、十九世紀中頃に建設されたものである。ベルクソンが存命の時代は、頻繁に列車の往来があり、彼も利用したに違いない。しかしパッシーがパリの高級住宅地となった今日では、線路は敷かれたままだが廃線となっている。

アンリ・ベルクソンは一八五九年十月、パリ九区のラマルチーヌ街に生まれた。このあたりは当時パリ随一の繁華街で、単に「ブルバール（大通り）」と呼ばれていたモンマルトル大通りに近く、一日中賑わいを見せていた場所である。父のミッシェル・ベルクソンはポーランド生まれのユダヤ人で、音楽家として一家をなしていた。母はヨークシャーのドンカスター出身のイギリス人である。彼はこの家の次男であった。

ベルクソンは、パリの名門コンドルセ高等中学校で十年間学んだあと、一八七八年に国中から秀才が集まる高等師範学校に入学した。入学のときの席次は第三位であった。一位はのちに社会学者として、また政治家として社会主義運動のリーダーとなるジャン・ジョレスである。在学中の二人は常にライヴァルであり、一級下にはのちの実証主義社会学者エミール・デュルケームがいて、秀才の名をほしいままにしていた。デュルケームもユダヤ人司祭の息子であった。

アンリ・ベルクソン

一八八一年、教授資格試験に通って卒業し、アンジュ地方の郡都アンジュの高等中学校の哲学教師として赴任した。これがベルクソンの長い教師生活のはじまりであった。

以後の彼の生活はいわば単調なもので、高等中学で教鞭を執るかたわら、思索を深め、著作に励むというものであった。しかしこの一つの頭脳から生み出される考えが、世界を変えたのである。

ベルクソンの作品が印刷に付された最初は、一八八二年の『専門』で、アンジュの出版社から刊行された。これは当時奉職していたアンジュの女子高等中学での講演を印刷したものであった。ベルクソンはこの後も、学校でしばしば記念講演を行い、一八八五年に行ったクレルモン・フェランの高等中学校での講演、『礼儀正しさについての講話』は、パリのコルベル出版社から刊行された。これより前一八八四年には、講師を兼任していたクレルモン・フェラン大学で、「笑い、人は何を笑うか、なぜ人は笑うか」という題で講演した。これはすぐには出版されなかったが、一八九九年に『笑い』として雑誌「パリ評論」に掲載され、翌年哲学を専門にするアルカン社から刊行される本の母体となったものである。『笑い』のなかでベルクソンはこう書いている。

「人と人との間の出来合いの一致だけでは社会にとって十分ではない。それは相互的適応の絶えざる努力を求めるであろう。だから性格なり精神なりないしは肉体なりのこわばりはすべて社会の懸念の種になる。というのは、それは活動が眠っているかもしれぬしるしであり、また活動が孤立して、社会が引きつけられているその共通的中心から外れていっているかもしれぬしるしであり、要するに『中心はずれ』excentricitéしているかもしれぬしるしだからである。しかもそれにも拘わらず社会はそのために具体的に損害を受けているのではないから、この際、具体的な取締りによって干渉するわけにはいかない。社会は自分に不安を感じさせる或る物に直面してはいるが、しかしそれもただ徴候としてだけのことで——殆ど一つの脅威ともいえぬもの、せいぜい一つの身振りである。だからして社会がそれに呼応するにも、一つの身振りをもってするのだ。笑いはこの種の或る物、一種の社会的身振りであるに違いない。その吹き込む懸念によって、笑いは『中心はずれ』を矯《た》め抑える。」（林達夫訳）

訳者の林達夫氏は訳書のあとがきで、「笑う人間は自らそうとは気附かずして一箇のベルクソニアンにほかならぬ」と指摘している。つまりベルクソンの思考の方法は、硬直したものにたいして反発し、自発性や流動性なものをなにより大切にするのであって、その意味で笑いはベルクソン的であるというのである。この初期の論考は、十七世紀の喜劇作家モリエールを論じたものとして、またベルクソンの芸術論としても読むことができる。

哲学教師

ベルクソンが文学博士号を手にしたのは、一八八八年に提出した論文『意識に直接与えられているものについての試論』によってである。彼はこの論文にラテン語の論文『アリストテレスの場所論』を添えてソルボンヌに提出した。審査の結果、翌年に学位があたえられ、二つの論文はただちにアルカン社から出版され、大きな反響を呼んだ。この間ベルクソンは、クレルモン・フェランからパリの名門ルイ・ル・グラン高等中学、ついでロラン学院に転任したが、身分は依然として高等中学校の哲学教師であった。

ある国がどんなところかを知ろうとすれば、教育を見ればよいとよくいわれる。フランスの大学入学試験は、日本のように大学ごとに試験を行うのではなく、全国一律に行うシステムで、合格すれば原則としてどの大学にも入る資格を得ることができる。そこでこれを大学入学資格試験・バカロレアと呼ぶのだが、この入学試験では必ず「哲学」の試験が課せられるのが大きな特徴となっている。

フランスでは高等中学校の最上学年を哲学級と呼ぶように、この一年間の教育では、哲学の授業が非常に大きな比重を占めている。哲学教師の資格をもった先生が、一つ一つの概念を厳密に定義し、「意識とはなにか」、「情熱とはなにか」、「他人とは」、「時間とは」、「言葉とはなにか」といった基本的な観念を、古今の哲学者の文章をテクストにしつつ学んでいく。同時にどうやって物事を分析し論理を展開するか、その方法を徹底的に教えるのである。

十六、七歳の学生にとってこの哲学の授業は生やさしいものではなく、試験の点数にしても、二十点満点で平均十点前後というところだろうか。だが大人になってみると、「最終学年のあの哲学の授業は役に立った」というフランス人を大勢知っている。そう言えるには、良い教師に習うことができるかどうかが鍵だが、フランスの場合は、ベルクソンをはじめ、アラン、サルトルといった有名な哲学者は、みな高等中学校の哲学教師をした経験をもっている。なかでもベルクソンは後輩のアランとならんで典型的な哲学教師であった。

学位論文

ソルボンヌに提出されたベルクソンの学位論文『意識に直接与えられているものについての試論』は、表題のとおり意識に直接あたえられる具体的な事実を、あるがままに記述することで、この時代に支配的だった哲学概念を批判することをめざしていた。さらにベルクソンは、それまで比較的軽視されてきた「時間」の本質を、私たちが生きて体験しているとおりの具体的な「持続」としてとらえることによって、「自由」を根拠づけようとしたのだった。その点で、この論文の本質は英訳に際してベルクソンが認めた、『時間と自由』というタイトルによくあらわれている。

「私がこの行を書いている瞬間、隣りの時計が時を告げて鳴る。しかしうわの空の私の耳は、いくつかの時を打つ音がすでに鳴ってしまったあとでそれに気づく。だから私はその数を数えてはいなかったのである。にもかかわらずすでに鳴った四つの音を総計し、いま私が聞いている音を加えるには、遡行的な注意をはたらかせる努力で十分である。もし自己自身に立ちもどって、こんどは注意深く、たったいま起こったばかりのことについて自問すれば、最初の四つの音が私の耳を打ち、私の意識を動かしさえしたが、最初に鳴った四つの音のおのおのによって生み出された感覚は、並置されるかわりに、全体に固有の様相を与えるような仕方で、つまりそれを一種の楽節にするような仕方で、互い互いのなかに融け合っていたのである。鳴った音の数を後からさかのぼって数えるために、私は頭のなかでこの楽節を再構成しようと試みた。想像で一つ、二つ、三つと時を打ってゆき、四つという正確な数に達しないかぎり、相談を受けた感受性は、全体の効果が質的に違っていると答えたのである。だから想像力はそれなりの仕方で、打った四つの音の継起を確かめたのだが、加算とはまったく別の仕方で、はっきり区別された項が並置されているイマージュを介入させることなしに確かめたのである。つまり打った数は質として知覚されたのであって、量としてではない。持続はこのようにして直接的意識にあらわれるのであり、延長から引き出された記号的表象に席をゆずらぬかぎりこうした形式を保つのである。」（市川浩訳）

この論文に学位をあたえるかどうかの公開審査の際、審査委員の関心は、ベルクソンの精神物理学にたいする批判や、第三章の自由の問題に集中し、彼が最も重要だと考えていた持続の直観の問題は、議論の対象とされなかった。のちにベルクソンはこのときの心境を、「私は怒り狂っていた」と述べている。文学博士号は問題なくあたえられたが、ベルクソンが展開してみせた問題の新しさが、ソルボンヌのお歴々に本当に理解されたのかどうかは疑問である。

ベルクソンは、一八九四年ソルボンヌを退職した古代哲学担当のヴァダングトン教授の後任に立候補したが、教授会の議題にもされなかった。学位は得たが、彼は相変わらず高等中学校の哲学教師をつとめながら、『物質と記憶』や『笑い』を完成し次々に発表していったのである。

一九〇〇年五月、ベルクソンはレヴェーク教授の後任として、コレージュ・ド・フランスの教授に任命され、ギリシャ・ローマ哲学を担当することになった。さらに一九〇四年からは待望の近代哲学の講座がまわってきたのである。

コレージュ・ド・フランスは、フランス最高の知性が自由にテーマを選んで講義を行い、聴講も公開されていて、一般の人びとも自由に出席できるシステムをとっている。フランソワ一世によって十六世紀に創設されて以来、フランスの最高学府として独特の権威を保ってきた。

ベルクソンはこの自由な雰囲気が大層気に入ったのだった。彼の講義は旧態依然としたソルボンヌ（パリ大学文学部）の哲学の授業とは大違いで、いつも満員であった。ガブリエル・マルセルは、その思い出をこう述べている。

「火曜日の夜、ソルボンヌの茂みを出て、コレージュ・ド・フランスへベルクソンの講義を聞きにゆくと、空気が吹きぬけ、光にあふれた林間の空地に出る思いがした、というのが、一番正確に印象を伝えるイメージである。」

最初のうちは学者や学生が聴衆だったが、やがてベルクソンの講演が面白いという評判がたち、パリの有閑マダムを先頭に、一般の人たちがつめかけるようになった。そんななかで最も熱心だったのがシャルル・ペギーであった。ペギーはいつも紺のラチネ織りの頭巾をかぶって、講義に列席していたという。

毎週火曜日の講演の日には、コレージュ・ド・フランスのあるデ・ゼコール通りには高級車がずらりとならび、まるでオペラ座やコメディー・フランセーズが初日を迎えたような騒ぎであった。何時間も前から、学生や使いの者がならんで席取りをし、講堂に入れない人たちは廊下にまであふれた。このため、それまでは開かなかった講堂の窓を開けるための工事が行われ、廊下からも講義を聞くことができるようになったのである。それでも入りきれない聴衆がいて、いっそのこと講義の場所をソルボンヌの階段教室かオペラ座に移してはどうかという案が真剣に検討されたほどである。

ベルクソンはメモ一つ持たずに大講堂に姿をあらわし、いつものようになにも持たない両手を組み合わせると場内はしんとなった。ベルクソンは、まさに今考えつつあることを話すといった風に話しはじめるのだった。

一九一四年にベルクソンがアカデミー・フランセーズの会員に推挙されると、講義の日の演壇は花束で埋めつくされた。ベルクソンは教室に入ってくるなり、「私はバレリーナではありません」と抗議する口調で言ったという伝説が残っている。

ベルクソンは、ゆっくりと音楽的な調子で話した。「その声はまるで、彼が今しがた発見したばかりの、あなただけに打ち明けるある秘密を開示するかのようだった」と、ジャン・ギトンは述べている。この独特の魅力が、哲学には門外漢の大勢の女性の聴衆を魅了したのである。もっとも彼の思想の虜となったのは単に女性の聴衆だけでなく、シャルル・ペギーや社会学者のジョルジュ・ソレルといった人びとにも大きな影響をあたえたのである。

ノーベル賞受賞

アンリ・ベルクソンをノーベル文学賞の候補に最初に推薦したのは、イギリスの学者でイギリス文学協会会員のラング教授であった。スウェーデン・アカデミーは、ただちに二人の哲学者、アクセル・ハーリンとヴィターリス・ノルストレームに作品の検討を依頼した。

そして、翌一九一三年と一四年の二回にわたって、アカデミー会員のノルストレーム教授自身が、ベルクソンを候補者に推薦したのである。しかし一九一四年のノーベル文学賞自体が第一次大戦のために中止されてしまったのは、さきに述べたとおりである。

ベルクソンは一九一八年と一九二一年にも候補に推されたが、このときも受賞は実現しなかった。一九二一年度に受賞したのは、同じフランス人の作家アナトール・フランスである。

一九二八年にはスウェーデン・アカデミーは、二人の受賞者の審査を行わなければならなかった。保留にされていた二七年度と二八年度である。候補者として三十六人が推挙されていたが、ベルクソンにたいしては強い反対意見はなかった。このときはベルクソンが会員であるフランスの道徳・

科学アカデミーの推薦のほかに、フランス・アカデミーの会員十六人全員が推薦人に名前を連ねていた。このなかには元首相のレーモン・ポアンカレとルイ・パストゥール、詩人のアンリ・ド・レニエ、ポール・ヴァレリーなどがいた。彼らは全員で、同僚のアカデミー会員ベルクソンを推したのである。

これだけ強力な応援団に後押しされたベルクソンを前にしては、他の候補者たち、ルネ・バザンに推されたフランス人小説家ポール・ブールジェ、スウェーデン・アカデミー推薦のマチュ・ド・ノアーユ伯爵夫人などの入る余地はなかった。翌二八年度の受賞者には、スカンジナビア諸国において、その名声が絶頂にあったノルウェーの女性作家シグリ・ウンセットが選ばれた。

授賞の直接の対象は、一九〇七年に執筆された『創造的進化』である。ベルクソンは、一九二八年にリューマチの発作に襲われ、歩行が困難であった。そのため一九二八年十二月十日に行われた授与式に、ストックホルムに行くことはできなかったが、式典ではスウェーデン・アカデミーを代表して、常任理事のペール・ハルストレームが歓迎演説を行った。そのなかの一節でハルストレームはこう述べている。

「『創造的進化』というこれほどまでに決定的な学説のうちで、ベルクソンは、厳密に科学的な用語をないがしろにせず、心をとらえる壮大な一つの詩、衰えを知らぬ力と飛翔に恵まれた霊感をもつ一つの宇宙論を、創造しました。こうした彼の学識、彼の炯眼、あるいはまた彼の精神の深さから利益をうることには、多少の困難がともなうかもしれません。けれども、そこからつねに力づよい美的印象を引き出すことは、さして困難ではありません。
この詩は見かたによれば、一種のドラマの観を呈しているといってもよいでしょう。」

たしかに『創造的進化』一篇は、厳密な思想をもった詩的作品であり、その文体は文学賞に十分値したのである。

ところで、ベルクソン自身はこのノーベル賞をどのように考えていたのか。十九世紀から二十世紀にかけての最高の知性と賞せられる彼の考えをぜひ知りたいところである。

幸いベルクソンは授与式のために一文を草して、授賞式のあとシティー・ホールで催された盛大な祝賀会の席上、スウェーデン駐在のフランス大使アルマン・ベルナールによって朗読された。ちなみに大使はこの日、一九二八年度生理学・医学賞の受賞者C・J・H・ニコルのためにも受賞演説を代読しなければならなかったのである。ニコルは発疹チフスに関する研究で受賞したのだが、このとき彼が議長をつとめる国際細菌学会がエジプトのカイロで開かれており、どうしてもストックホルムには来られなかったからである。二人の同国人のために二度も壇上にのぼるのは、大使にとっても大変な名誉に違いなかった。

ところで、ベルクソンは受賞演説でノーベル賞の意義をこう語っている。

「ノーベル賞の威信は多くの理由によるものですが、とりわけその理想主義と国際主義という二重の性格にかかっております。すなわち、ノーベル賞が高度な霊感をうけた作品に与えられることになっているという点で、理想主義的であり、また、異なった諸国の制作を綿密に研究し、全世界の知的総意を集計したあとで、それが授与されるという点で、国際主義的であると言えます。審査員の方々は、他のいかなる配慮にもとらわれず、精神的な価値だけを考慮にいれることによって、その思想のうえでは哲学者たちが精神社会と呼んできたところに身を置いております。……

彼〔ノーベル〕の生きた時代に広く流布していた幻想を、明らかに彼は共有しておりませんでした。十九世紀は機械の発明に驚くべき飛躍をはたしましたので、人びとはあまりにもそうした発明がその物質的な諸結果のたんなる積み重ねによって人類の道徳的水準を高めるものと信じていました。ところが、経験がしだいに明らかにしたところによると、反対に、社会的施設の発展からは、社会における生きた道徳的人間改善が自動的にうみ出されることもありえず、ましてや、人類が自由にしうる物質的手段の増大は、それに対応する精神的努力がともなわなければ、さまざまな危険をひき起こしうるということでした。私たちがつくりあげる機械は人工的な器官であり、これが私たちの自然的な器官につけ加わって、それを拡張し、かくして人類の身体を強大にしていきます。この身体をくまなく満たしつづけ、さらに身体のあらゆる運動まで規制するためには、こんどは魂が膨張しなければならないでしょう。」（松浪信三郎訳）

ベルクソンの予測のとおり、人類は機械を発明し身体をますます強力にしていったが、魂の強化は遅々として進まなかった。

ノーベル文学賞を受賞したベルクソンは、一九三二年に最後の大作『道徳と宗教の二源泉』を発表したが、この頃からベルクソンの著作は一部の人たちを除いて、次第に読まれなくなった。これはマルクス主義の流行、社会科学的アプローチが、フランスだけでなく世界的流行となったことの反映であった。こうした傾向は第二次大戦のあともしばらく続いたが、その一方で、ベルクソンの哲学的体系のなかに先験的なアイディアを見て、それを継承する人も出てきた。サイバネティックス理論を提唱したアメリカのウィーナーは、人間の脳を「中央電話局」にたとえ、人間を高度な有機体とするベルクソンから影響を受けたし、フランスの哲学者メルロー＝ポンティーは、ベルクソンの「直観」から多くの示唆を得たと語っている。

ところで、ベルクソン以降の文学者以外の受賞としては、一九五〇年のイギリスの哲学者バートランド・ラッセル卿と一九五三年のチャーチル卿の二人だけである。ウィンストン・チャーチルは名文家として知られ、第二次大戦後はほとんど毎年候補にあがっていた。彼の受賞は全六巻におよぶ『第二次世界大戦回想録』が直接の授賞対象となった。しかし、このチャーチルの文学賞受賞は、賞の定義をめぐって大きな議論を呼び起こし、その結果スウェーデン・アカデミーは、以後文学賞は純文学に限るという決定を下したのである。

第6章　ナチス・ドイツの影

トーマス・マン

「ノーベル賞は政治的な状況に左右されるべきではない」という規定があるにもかかわらず、政治がときに大きな影を落とすことがある。ドイツの大作家トーマス・マンの受賞が、一九二九年度になってようやく実現したのは、第一次大戦の影響であった。

ヨーロッパがかつて経験したことのない惨禍をもたらした第一次大戦。その元凶と目されたドイツは、ノーベル賞の各分野で爪弾きにされたのである。文学賞もその点で例外ではなかった。

トーマス・マンの名前はドイツからの推薦によって、毎年候補者名簿にのせられていたが、授賞が大戦後十年たってようやく実現したのもそうした事情であった。授賞理由には、わざわざ「主として現代文学における古典的作品の一つとして、年毎に輝きを増しているその偉大な小説『ブッデンブローク家の人びと』により」と明記されている。

トーマス・マンが、このブルジョア家庭の年代記を著したのは一九〇一年のことであり、そのときからすれば二十八年がたっていた。トーマス・マンは、この間一九二四年にもう一つの大作『魔の山』を発表していた。『魔の山』を無視した授賞理由について、マンはアンドレ・ジッドにあてた手紙のなかで、控え目ながら不満を述べている。

「ブッデンブローク家の人びと」

「ドイツのためのヨーロッパではなく、ヨーロッパのためのドイツ」――これが晩年にトーマス・マンが祖国にたいして抱いた願いである。この願いの裏には、世界に多くの美しいものをあたえたにもかかわらず、再三再四にわたって世界の厄介者となったドイツ民族への懐疑があった。彼の文学的生涯は、激動するドイツ、なかでもヒトラーのナチス・ドイツの台頭と崩壊に深くむすびついていた。

トーマス・マンは一八七五年に北ドイツの港町リューベックの裕福な商人の家の次男に生まれた。四歳上の兄は、これものちに作家となるハインリッヒである。父は穀物商を営んでおり、市の参事会員の要職をつとめ、オランダ国王から商業上のオランダ領事に任じられていた。母親のユーリアは、リューベックから南米のブラジルへ出稼ぎに行って大成功した父と、ブラジルで大農場を経営するポルトガル系移民の母との間に生まれた人であった。母親が亡くなったあと、リューベックに帰ってきていて、トーマスの父と出会い結婚したのだった。ピアノを弾き、歌を愛し、みなが振り返るほどの美人であった。トーマス・マンは、父親からは厳格な秩序を好む北方的な性格を、情熱的で芸術好きの性格は母から受け継いでいた。

「私たちの母は、ずばぬけて美しい人でした。スペインの血を引いていることは、その立居振舞からもはっきり判りました——私は後年になってから、有名な踊り子たちに同じ人種の血を、同じ身のこなしを示すある種の特徴を再確認したものです——。南欧特有の象牙色の肌、上品な形をした鼻、私がこれまでに見た最も魅力的な口」（『母の肖像』山口知三訳）と語っている。

トーマス・マン

彼の文学を語る人は、リューベックに生まれた影響を取りあげるのが常である。リューベックは、バルト海に注ぐトラーベ川の河口からおよそ二十キロ上流にある港町である。有名なハンザ同盟の中心的な都市として、中世以来北欧やロシアとの貿易を一手ににぎり、その経済力を背景に、自治権を神聖ローマ皇帝から買い取ったのであった。中世以来繁栄を謳歌した町には、十五世紀に建てられた重厚壮大なホルステン門をはじめ由緒ある建物が多く、古い商家が軒をならべていた。

町の運営は市の自治体参事会があたったが、この参事会のメンバーは貿易によって利益をあげた大商人たちで、トーマス・マンの父親もその一人であった。ルター派のプロテスタントが大部分を占める市民は、労働を重んじ勤勉であった。

マンが生まれ育った十九世紀末には、協定によって軍事をプロイセンに委ねており、自治都市としてのかつての自由な雰囲気は次第になくなりつつあった。その一方でリューベックにはまだ大きな工場はなく、多くが手仕事の世界であった。徒弟制度が生きており、仕事は職人的律儀さで処理されていた。マンの文学にも、こうしたものが色濃く反映している。

マンはギムナジウム（高等学校）を第二学年で中退したが、これは兵役義務を一年志願だけですませる資格が取れれば十分という考えからであった。学校生活は苦手だったようである。

高校を退学したあとは、母親のいるミュンヘンに行ってしばらく一緒に暮らした。父親は彼が十六歳のときに敗血症で亡くなっており、マン商会は店じまいしたが、母子には四十万マルクの遺産が残されていたから、生活に不自由はしなかった。やがて彼はミュンヘンに家を借り、会社勤めをするかたわら最初の小説『転落』を書いた。

一八九五年の夏には兄がいるローマへ旅行し、二年後ふたたびローマに行き、このときは二年間滞在した。そしてこの間に長篇『ブッデンブローク家の人びと』が書きはじめられるのである。以前に発表した短篇が好評で、S・フィッシャー書店が作品を書くように依頼してきたのがきっかけであった。出版は一九〇〇年、完成には三年の歳月が費やされた。

二巻本の大作『ブッデンブローク家の人びと』は、「ある家族の没落」という副題が示すように、ドイツのあるブルジョア一族の四代にわたる物語である。最初は人生を単純に生きる実業家としてスタートした一族は、時代が進むにつれて芸術的、精神的なものに重きを置くようになる。一家の人びとは世代が変わる度に、複雑な性格を帯びてゆくが、その分生への強い意欲は薄れてゆくことになる。こうした一家の変遷が、北ドイツの歴史のなかに詳細にたどられる、文字どおりの年代記である。トーマス・マンは、小説に現実と歴史を取り込むことで、フィクションに確固とした信憑性をあたえようとした。

リューベックの中心部に近いメング通り四番地に、典型的な北ドイツ風の正面をもつ三階建ての建物がある。ここはトーマス・マンの祖父が十九世紀半ばに買い取って住んでいた家で、マン一族のものであった。『ブッデンブローク家の人びと』は、ここを舞台に展開する。マンは物語の細部にリアリティをもたせるために、自分自身の記憶はもとより、家族たちからも取材した。小説は食卓の光景からはじまるが、これには母親が手紙で知らせてきた、マン家の祝宴の際の料理、とくに「プレッテン・プディング」の作り方が大いに役立ったといわれる。彼はさらに家に伝わる家族文書を活用した。マン家の歴代の家長はみなきわめて筆達者であり、この点でも彼は間違いなくマン家の一員だったのである。

この一作で弱冠二十五歳のトーマス・マンは一躍有名になった。

結婚

『ブッデンブローク家の人びと』のあとも、彼は次々に問題作を発表した。一九〇三年には「マンのウェルテル」といわれる短篇『トーニオ・クレーゲル』が、翌年には戯曲『フィオレンツァ』が書かれた。そして一九〇五年、トーマス・マンはミュンヘンの名家プリングスハイム家の次女カチアと結婚したのだった。

リューベックからミュンヘンに移り住んで、作家としての地歩を固めた彼は、カフェに出入りして芸術家たちと付き合うようになった。その一方で地元の上流階級が開くサロンにも姿をあらわしたが、新進作家の登場はどこでも大歓迎された。そのなかでも一番よく出かけたのが、女性作家エルンスト・ロースマーのサロンであった。彼女は実生活では弁護士マックス・ベルンシュタインの夫人で、れっきとした上流階級の一員であった。そしてベルンシュタイン家と通り一つ隔てたところにプリングスハイム家があり、この家のサロンこそ当時のミュンヘンの社交界の中心であった。

プリングスハイム家の当主アルフレートはミュンヘン大学の数学教授だったが、祖父がシュレージエン鉄道の経営者として築いた財産を相続しており、ミュンヘンきっての資産家であった。ルネサンス様式の大広間には二台のグランド・ピアノが置かれ、集まりごとに、所蔵の楽譜のなかからワーグナーをはじめさまざまの音楽が選ばれて、一流の演奏家によって演奏された。プリングスハイム家のサロンは、ミュンヘンの精神世界の中心であった。
トーマス・マンを最初に気に入ったのは、夫人のヘートヴィッヒだったといわれる。彼女の父はベルリンの風刺新聞「てんやわんや」の創始者で、この父から文学や美術への関心を引き継いでいたのである。

こうしてマンは、一九〇五年二月プリングスハイム家の美しく聡明な娘カチアと結婚式をあげた。当人たちにとってはまったく問題にならなかったが、アルフレート家は彼女の祖父の世代までユダヤ人であった。祖父はユダヤ教からプロテスタントに改宗し、母はドイツ人、つまりカチア自身は半分ユダヤの血を引いていることになる。このことがやがてナチス・ドイツの台頭とともに、マン一家に災難をもたらすことになる。

トーマス・マンが『ブッデンブローク』に次ぐ大作『魔の山』に取りかかったのは、一九一二年のことである。妻のカチアが軽い肺疾患を患って、半年ほどの間スイスの療養地バヴォスのサナトリウムに入院した。その妻を見舞ったマン自身も上部気道のしつこいカタルに罹ってしまい、サナトリウムの医師から半年ほどの療養を勧められたのだった。このときの経験をもとに、翌一九一三年の夏に、「『ヴェニスに死す』といわば対をなすユーモアにみちた作品」として書きはじめられたのである。だが一九一四年にはじまった第一次大戦は、トーマス・マンの生活をも変えずにはおかなかった。彼は『魔の山』の執筆を中断して、評論「フリードリッヒと大同盟」に取りかかった。
八月三日、ミュンヘン市内のオデオン広場には群衆がつめかけ、フランスにたいする宣戦布告を支持して歓呼の声をあげた。そしてこの群衆のなかには、帽子を振るアドルフ・ヒトラーの姿もあった。民衆は興奮して、数日間は「世界に冠たるドイツ」の歌声が絶えなかったと伝えられる。

興奮したのは一般民衆ばかりではなかった。ゲルハルト・ハウプトマンが、新聞に「虚偽に抗して」と題した記事を送り、独仏の文書合戦に火をつけた。ハウプトマンは、「この戦争は宿命であって、ドイツは進歩と自由のために戦うのだ」と主張した。これにたいして、フランスの作家ロマン・ロランは「ジュルナル・ド・ジュネーヴ」紙上で、ドイツの知識人たちに、自分たちの政府を弾劾して、ドイツで指揮を執っているフン族の輩にたいして抗議の声をあげるように促した。フン族とは、かつてウィルヘルム二世が北京に送ったドイツ軍をフン族と呼んで、その活躍を賞賛したのをうけたものである。

こうして独仏双方の文学者は二手にわかれた応酬を繰り返したが、そのなかにはトーマス・マンも含まれていた。彼は一九一四年の状況を、『戦時の思想』のなかでこう規定した。「ドイツ人であることは、容易なことではない。イギリス人であるように快適なことでもなければ、フランス語で生活するように明快で愉快なことでもない……。しかし、だからといって、人間性や理性や、いわんや偽善のためにドイツ的特性が地上から消滅することを望む者は、とんでもない犯罪を行うのである」。こう述べつつ、彼はドイツの勝利のみがヨーロッパに平和を保証し、ドイツ的な魂の保持と発展が文化を高めると主張した。

このときの彼は完全にドイツの特性を信じる民族主義者であった。こうした文章を三十年後に書かれた次のものと比較するとき、その後彼のうちに起こった変化が、いかなるものであったかが分かる。

一九四五年、亡命中のワシントンで行った講演『ドイツとドイツ人』で、彼はこう語ったのだった。

「ドイツの国粋主義的熱狂の狭量でやりきれないところは、この〔国民という概念と自由の概念の〕一致が決して形作られなかったことに基づいているのです。……悪しきドイツと良きドイツの二つのドイツがあるのではないということ、ドイツは一つだけであり、その最良のものが悪魔の策略にかかって悪しきものになったのだ、ということであります。……私がみなさんにドイツについてお話しようと試みたこと、というよりも、わずかなりともわかっていただこうと努めたことは、どれひとつとして、よそよそしく冷やかな局外者的知識にもとづくものではありません。私は、私自身の内部にもそれを持っているのです。私は、そのすべてをわれとわが身で体験したのです。」（青木順三訳）

この赤裸々な告白こそ、第一次大戦のときの体験から得られた言葉であった。そして、この自己切開を行わせたものこそ、ナチス・ドイツの台頭と、自らを含めたドイツ人がこの狂気に搦めとられた苦い体験だった。

亡命

未曽有の惨禍をもたらした第一次大戦は、一九一八年十一月ようやく終わった。翌年ヴェルサイユ講和条約が結ばれ、ドイツではワイマール共和国が誕生し、苦難の道がはじまった。そうしたなかでマンは二十年ごしの『魔の山』を完成し、一九二四年に出版した。短篇小説『マリオと魔術師』が発表されたのは、それからさらに五年後の一九二九年のことである。

イタリアのさる保養地で、手品師で催眠術にも長けた男チポルラが、観客のなかの一人の若者マリオを選んで舞台にあげ、催眠術によって頽廃的な陶酔状態に陥れてしまう。催眠から覚めたマリオは、人間性をマヒさせた魔術師をピストルで撃って殺してしまうという筋で、ここで暴かれるのは、魔術師が被験者と観客の上に行使する、人間を白痴化してしまう暴力的な力である。この作品はナチズムへの警鐘を鳴らしたものとして、大きな反響を呼んだ。そしてこの年、スウェーデン・アカデミーは、トーマス・マンにノーベル文学賞を授与したのである。

彼は授賞式の演説で次のように述べた。

「最近十五年間にドイツで精神的芸術的に実現されたのは、決して好ましい状況の庇護のもとに、保証された心的物質的情勢のうちに実現されたのではありません。どのような作品も保証と快適とのなかで円熟することはできませんでした。芸術と精神とは極度に苛烈な一般的問題性の制約のなかで、悲惨、混乱、苦悩の、ほとんど東方的な、ほとんどロシア的な苦悩の混沌のなかで生きねばなりませんでした、この混沌のただなかにあってドイツ精神は、西欧の、ヨーロッパの原理、すなわち形式の尊厳を守りとおしたのです。……この表彰がほかならぬ北方からもたらされたこと、リューベックの子である私を、幼いころから生活形式のおびただしい符合が、そして作家になってからは北欧の精神と音調とに対するおびただしい文学的共感と讃嘆とが結びつけてきた、このスカンディナヴィアからもたらされたということに、私は深く感動し、かつ満足しているのです。」(円子修平訳)

マンのノーベル賞受賞は、ドイツだけでなくかつての敵国フランスでも大歓迎された。しかしこのとき祖国ドイツでは、ナチスの影が、追い払うことができないほど大きくなっていたのである。

ナチス政権下のドイツ民衆

一九三〇年九月十四日に行われた総選挙では、ナチス党が驚異的な得票をあげた。こうした状況のなかで、トーマス・マンは十月十七日、ベルリンのベートーヴェン・ホールで、「ドイツの挨拶――理性への訴え」と題する演説を行った。ここで彼はナチスに引きずられてゆく市民たちに向かって、市民階級と社会主義との結束だけが、自由、精神性、文化といった市民的幸福を追求することができるのだと訴えた。

演説の最中、会場は大混乱となった。タキシードを着込んで偽装したナチス党員が、騒動を起こしたのである。マンは喧騒のなかで演説を終えたが、友人のブルーノ・ワルターの手引きで、音楽堂の暗い廊下伝いに逃れ、隣接したベルリン・フィルハーモニーの出口から、人目につかないように、待たせてあった車で脱出する始末だった。

ミュンヘンの自宅には、脅迫の手紙や電話がひっきりなしに掛けられ、ある日別荘に一個の小包が送られてきた。開けてみると、黒こげになった一冊の『ブッデンブローク家の人びと』だった。

一九三三年一月大統領ヒンデンブルックは、アドルフ・ヒトラーを首相に任命した。

マンは二月十日、ワーグナーの没後五十年を記念して、ミュンヘン大学で『リヒァルト・ワーグナーの苦悩と偉大』と題する講演を行い、翌日同じ講演をアムステルダムやブリュッセルでするためにドイツをあとにした。そして、これがその後十九年にわたる亡命生活のはじまりとなった。スイスにいたマン夫妻の元に子どもたちから電話があり、「もう絶対にミュンヘンに帰ろうなどと考えてはいけない。捜索と没収がはじまった。死の危険がある」と知らせてきた。彼はこうして家と財産と書物を失ったのである。

マン一家は最初スイスのチューリッヒ近郊に住んだあと、一九三八年にはアメリカに移住した。この間三六年にはドイツの市民権を剝奪され、それに次いでボン大学から名誉博士号を剝奪するという通告を受け取った。

こうした迫害にもかかわらず、マンは不屈の闘志で作品を書き、鋭いナチス批判を繰り広げたのだった。大作『ヨセフとその兄弟』、『詐欺師フェーリクス・クルルの告白』、『ワイマルのロッテ』、『ファウスト博士』が次々に発表され、一九四〇年からはヒトラー打倒のドイツ向け放送を、ＢＢＣを通じて五年間にわたって行った。

アメリカに移住したあとも、マン家では家族の間ではドイツ語を使うことが義務づけられ、彼自身も朝九時から午後一時頃まで執筆する日課をきちんと守った。トーマス・マンが亡命生活のなかで創作した作品は、いずれも「ドイツ人とはなにか」という根源的な問いをめぐるものであった。

オシーツキーの場合

ナチス政権は祖国にとどまった知識人にはさらに苛烈だった。そうした標的にされた一人にジャーナリストのカール・フォン・オシーツキーがいる。

オシーツキーは、一九三一年に週刊誌の編集者だったとき、ドイツの再軍備計画の秘密を暴露した記事を掲載した廉《かど》で連行されたのである。このときは六カ月の投獄で釈放されたが、その後もナチス批判の筆を折らなかった。一九三三年にヒトラーは政権を握ると、政敵を次々に逮捕したが、オシーツキーもそのなかに入っていた。彼は強制収容所を転々とさせられ、その間肺結核と心臓病におかされて、健康は日に日に衰えていった。

一九三四年になって、友人の一人がノーベル平和賞の候補に彼を推薦するにおよんで、オシーツキーの存在が広く注目されることになった。オスロにいたウィリー・ブラント（のちの西ドイツ首相）は、そのために活発に動き、アインシュタインは推薦方をノーベル平和賞の受賞者アダムスに依頼した。アインシュタイン自身は物理学賞の受賞者で、平和賞の推薦資格がなかったからである。

こうした運動が効を奏して、オシーツキー受賞の機運がにわかに高まった。これにたいしてドイツ外務省は、もし彼に賞があたえられれば重大な結果をまねくとノルウェー政府に警告した。

だがこうした脅しにもかかわらず、ノルウェーのノーベル賞委員会は、一九三五年度の平和賞をオシーツキーにあたえることを決定した。彼は政府から迫害された人物がノーベル賞を受賞した最初の例となった。病院でこの報せを受けたオシーツキーは「過大な栄誉をうけて感謝している」と語った。しかしこのとき彼の病状は回復不可能なまで悪化していたのである。一九三八年に彼が死ぬと、ナチスは彼の遺体を密かに焼いて埋葬した。また平和賞の賞金のほとんどは弁護士が着服してしまったのである。

ドイツ政府は、オシーツキーの受賞をドイツにたいする侮辱であるとして、ノルウェー政府に抗議するとともに、ヒトラーは以後ノーベル賞をドイツ人が受賞することを禁じてしまった。一方、委員会の方はそれにお構いなく、ドイツ人にも賞をあたえた。しかしこの人びとが実際に賞を受け取ることができたのは、戦後になってからである。

オシーツキーの復活も第二次大戦の終了を待たなければならなかった。戦後ベルリンの通りの一つに彼の名前が冠され、一九八九年に東西ベルリンを隔てていた壁が取り払われたとき、あらためて壁の両側から栄誉があたえられたのである。

時代状況が多少とも授賞者選考に影響をあたえたもう一つの例が、一九三八年のパール・バックの場合である。この年の文学賞の候補には、彼女とベルギー・フランドルの作家スティーン・ストロイベル、それにドイツの小説家ヘルマン・ヘッセがあがっていた。選考委員の間では、ストロイベルが優勢であったが、最終的には三人のなかで最も一般的な人気のあったパール・バックに落ち着いたのである。こうして彼女はアメリカ人女性として初のノーベル賞受賞者という名誉を得たが、これには日中戦争で苦しむ中国の姿を描いて、広く欧米世界に紹介したという文学上の成果以外の要素も大いにあずかっていた。

授賞理由には「中国農民の暮らしを描いた、中身の濃い壮大な叙事詩と、優れた自伝的作品にたいして」とあった。

パール・バックは中国で布教活動に専心する父の影響のもとに、生涯の大半を中国大陸ですごした人である。彼女が生きた中国は、日清戦争、義和団の乱にはじまって、蔣介石の北伐と南京事件、共産党と国民党の提携、分裂といった新中国の胎動の時代であった。パール・バックは、こうした時代に生きる中国民衆の姿を『大地』のなかで描いている。

この大作は、アメリカの文学史上でもまれにみる大ベスト・セラーとなり、三十カ国語以上に翻訳された。しかしノーベル文学賞委員会の選択にたいしては、さまざまな批評があった。アメリカの批評家たちは、「パール・バックが受賞するなら、次はアニタ・ルース（『紳士は金髪がお好き』の著者）や『風と共に去りぬ』のマーガレット・ミッチェルが獲るぞ」と冗談を言い合った。だがこれは冗談ではなく、実際にマーガレット・ミッチェルは、一九三八年の候補者の一人として推薦されていて、ノーベル賞委員会は『風と共に去りぬ』の授賞を真剣に検討していたという。

戦争の足音

ナチスの台頭は文学者たちを立ちあがらせた。一九三五年六月二十一日には、「文化擁護のための国際作家会議」が、パリのミュチュアリテ会館を会場に開催された。二十五日まで五日間にわたって行われた会議には、世界三十八カ国を代表する二百五十名の作家、イギリスのオルダス・ハクスリー、ドイツのローベルト・ムジール、ベルトルト・ブレヒト、ハインリッヒ・マンなどが参加し、フランスからはロジェ・マルタン・デュ・ガール、アンドレ・マルロー、アンドレ・ジッド、アランたちが彼らを迎えた。第一次大戦後、世界平和を訴えた「クラルテ」の運動を主導したアンリ・バルビュスやロマン・ロランの顔もあった。

大会では、文学者、芸術家、知識人の立場と役割、個人と社会、知的労働と肉体労働、作者と読者の関係といった問題にはじまって、民族と文化、階級と文化、思想の尊厳と言論の自由などを中心に、芸術と政治の関係が多角的に議論された。

1935年国際作家会議の会場の様子と議長席のアンドレ・ジッド

大会初日、アンドレ・ジッドが開会演説を行い、その日の夜、ドイツで迫害されている知識人たちの現状が紹介された。会場ではシュルレアリストが発言の機会をまっていた。彼らの番がまわってきたのは、真夜中の十二時をすぎてからで、エリュアールがアンドレ・ブルトンのテクストを読みあげた。それは知識人に向けて、最近締結された仏ソ相互援助条約への注意を喚起したもので、条約締結はフランス人の心に祖国への忠誠を促しているが、これはドイツへの敵対心を煽るものだと警告した。だがエリュアールがここまで読みあげたとき、時刻は十二時半をすぎ、主催者は会場がこの時間までしか借りられていないと宣告して、ブルトンのテクストの残りはざわめきのなかに虚しく消えていった。

一日目が終わると、ドイツから逃れてきた劇作家のブレヒト、トルストイ、ボリス・パステルナークや他の多くのソビエトの作家たちは、サン・ジェルマン大通りとフール通りの角にあった「パレス・ホテル」まで歩いた。

そこにはフランスの詩人レオン＝ポール・ファルグ、ジッド、マルロー、アラゴンたちも宿を取っていて、彼らは連れ立って帰った。

バルビュスは、翌日の「モンド（世界）」の紙面で、「エリュアールは、仏ソ相互援助条約とフランスとソビエトの文化協力に反対する発言をした」と書き、「コミューン」誌は、「若干のトロツキストの卑劣さ、幾人かのシュルレアリストたちのプチ・ブル的精神は、すべての者にとって軽蔑もしくは憐れみの対象でしかない」と弾劾した。こうした論調からも明らかなように、「文化擁護のための国際作家会議」は全体として、共産党主導の色彩の強いものであった。そしてフランス最大の左翼勢力である共産党は、「インタナショナル」よりも「ラ・マルセイエーズ」を歌うように立場を変えていった。このように、緊迫するヨーロッパ情勢は文学者たち個々の態度決定を迫った。

その後ノーベル文学賞は、他の賞と同じく一九三九年のフィンランドの作家フランス・エーミル・シランペーの受賞を最後に、一九四三年まで四年間中断されてしまう。第二次大戦の勃発で、国際間の知的交流は門戸が閉ざされ、ノーベル賞の授賞はスウェーデン国家の勅令によって中止に追い込まれたのである。

戦争は多くの文学者の運命を変えた。戦後トーマス・マンがドイツを訪れたのは、一九四九年のことである。この年はゲーテの生誕二百年にあたり、記念式典がゲーテゆかりのフランクフルトとワイマールで行われ、戦後東西に分かれたこの二つの町で、マンは『ゲーテの年の挨拶』と題する講演を行った。そして、このとき久しぶりに生まれ故郷リューベックにも足をのばしたが、『ブッデンブローク家の人びと』の舞台となったメング通りの家は、正面の壁を残して跡形もなかった。

マン一家は一九五二年アメリカを去ってヨーロッパに帰ってきたが、落ち着いた先は、ドイツではなくスイスのチューリッヒであった。

第7章　隆盛の時代

南米初の受賞

一九四五年十二月のストックホルム。四年ぶりに再開されたノーベル賞の授与式は、喜びに包まれていた。

スウェーデンも戦争で大きな打撃をうけ、物資は乏しく、戦前に比べれば式典に華やかさはなかった。しかしノーベル賞の授賞式がふたたび行われることは、全世界を巻きこんだ戦争の間も、人類の知的活動が根絶やしにはされなかったことの証であった。

式典には、文学賞の受賞者二人が招待されていた。一九四四年度の受賞者、デンマークの作家ヨハネス・V・イェンセンと、一九四五年度の受賞者で南米チリの女性詩人ガブリエラ・ミストラルである。戦争中祖国をナチス・ドイツに占領されていたイェンセンは、この年ようやくストックホ

ポール・ヴァレリー

ルムに来る自由を得たのであった。

ガブリエラ・ミストラルは、半分インディオの血をひく人で、教育者、外交官として活躍するとともに、その情熱的な詩は南アメリカのスペイン語圏ではつとに有名であった。彼女の業績は、戦前スウェーデンではまったく知られていなかったが、幸いにも詩人ヤルマール・グルベリィの手でスウェーデン語に翻訳され、原詩のもつ力強さをよく伝えていると評判になった。こうしてミストラルは南米のスペイン語作家のなかでの最初の受賞者となったのである。

ミストラルの受賞については、一つの裏話が残されている。本当ならこの年の賞は、彼女ではなくフランスの詩人ポール・ヴァレリーにいくところだったのである。

ヴァレリーはフランス象徴派の影響をうけて出発し、『若きパルク』から『魅惑』まで、抒情詩の分野で最高の地点をきわめた詩人であった。彼は一九三〇年以降幾度も候補にのぼったが、スウェーデン・アカデミーの会員は、彼の選出になかなか首を縦に振らなかった。高齢の会員にとって、ヴァレリーの詩は難解にすぎたのである。

しかしこうした空気は、戦争中に高齢のメンバーの幾人かが亡くなり、メンバーが入れ代わったことで変化した。新たに選考委員長に就任した、詩人で評論家のアンダーシュ・エステルリングは、一九四五年のノーベル賞をヴァレリーにあたえるべく運動し、会員全員の賛成を得るところまで事ははこんでいた。

だが不幸なことにポール・ヴァレリーは正式決定を前にして、一九四五年七月二十日に亡くなってしまったのである。フランスの臨時政府主席ドゴールは、ヴァレリーを国葬で送ることを決定した。

ヴァレリー死去の報は、ノーベル賞委員会にもむずかしい問題をもたらした。死後の授賞を認めるかどうかである。過去に一度一九三一年に、スウェーデンの詩人エリク・アクセル・カールフェルトが死後に受賞した例があった。彼の場合もヴァレリーと同じく定められた方法で選考が進み、その推薦が正式に検討されている最中に亡くなったのである。ただカールフェルトの場合は特別の事情がからんでいた。実は一九一九年に一度選ばれたのだが、彼自身が選ぶ側のアカデミーの要職にあったために、自分には権利がないと辞退した経緯があった。こうした事情を考慮して、一九三一年の場合は死後にもかかわらず彼に栄冠があたえられたのだった。

ヴァレリーにもカールフェルトの前例を適用するかどうか、アカデミー内で議論がたたかわされ、結局ヴァレリーへの授賞は見送られたのである。

こうして幸運はガブリエラ・ミストラルにまわってきたが、彼女の詩はヴァレリーとは性格を異にするとはいえ、魅力にあふれたもので、スペイン語を話す人たちの間で愛唱されていた。

一九二二年、彼女三十三歳のときの処女詩集『荒地』から——

海がどこで私を潮のなかに投げ込んだのか　それを
忘れさせようとするきょうもまた深い霧
たどりついた国に春はなく
長い夜が母親のように私を包む

この住家めがけて嗚咽と悲鳴の風の輪舞が舞い
ガラスの刃のように私の叫びを砕く
荒野の地平の果てに見る
いたいたしげな　大きな落日

ここまで来てひとりの女は誰にむかって叫べばいいのか
もっと遠くへ行ったのは死んだ人たちだけであった
自分の手と愛するひとの手の間に物言わぬ氷の海の
伸びてゆくのを死者たちは見つめている
……（荒井正道訳）

彼女はこの最初の詩集で、若くて美しいが浮気な鉄道員と女性教師の情熱的な恋愛をうたったが、それはミストラル自身の体験に他ならなかった。彼女は本名をルシラ・ゴドイ・アルカイガといい、早くから教師として南米各地で教鞭を執っていた。この恋愛で子どもまで得たが、一九〇九年十一月のある日、恋人は自分の額を撃ち抜いて果てたのである。

ミストラルはその後ヨーロッパに移って、スペイン、フランス、イタリアで母国チリの代理領事や国際連盟の文化協力機関のチリ代表をつとめた。このときこの機関の長だったのがポール・ヴァレリーで、彼らは親交をむすび、ヴァレリーはミストラルのフランス語訳撰集が出版されたときに、喜んでその序文を引き受けた。二人が同じ年のノーベル文学賞候補になったのは、まさしく奇縁であった。

ミストラルは、授賞式の席上こう挨拶した。

「新しい国の子としてのわたくしはこのスウェーデン精神の先駆者となった方々に敬意を表します。……

身にあまる幸運の訪れによって、わたくしは今、直接にはわが民族の多くの詩人を代表して、また間接にはスペイン語とポルトガル語という二つの言語を代表し、古くから文学詩歌の伝統を持つ北欧の祭典に招かれたことを心から喜んでおります。」(同訳)

大家への授賞

ノーベル文学賞がその名声を確立したのは、第二次大戦をはさんだ一九四〇年から六〇年代にかけてである。この間に選ばれた人の顔触れは、世界文学全集が編まれる場合には必ず入る、時代を代表する作家や詩人たちである。

ノーベル文学賞は、初めのうちは理想主義的な傾向をもっていたが、次第に社会の不正にたいする抗議の姿勢をもった文学者に光があてられるようになった。世界中を巻きこんだ戦争という未曽有の経験をへた作家たちは、未知なる人間存在と新たな現実を、斬新な手法で書くことになったのである。

一九四六年度のヘルマン・ヘッセ、四七年アンドレ・ジッド、四八年詩人のT・S・エリオット、四九年のウィリアム・フォークナー。彼らはみな文学の世界に新しい財産をつけ加えた人たちであった。

ヘルマン・ヘッセは、一九〇四年に出版した最初の長篇小説『郷愁（ペーター・カーメンツィント）』で名声を確立し、以来続々と作品を発表した。その後は第一次大戦のときドイツを離れてスイスに移住して、一九二三年にはスイスの国籍をとった。こうして彼は第二次大戦の最中も、混乱に巻きこまれることなく創作活動を続けることができたのである。彼の創作力は晩年になっても衰

ヘルマン・ヘッセ

アンドレ・ジッド

えをみせず、一九四三年には、戦争と雑多な文化の横溢する二十世紀の現実の対極にある、高度な精神文化の理想郷を描いた大作『ガラス玉演戯』を刊行して、世界の読者を喜ばせた。

アンドレ・ジッドは、第二次大戦中もフランスにとどまっていた。ただ彼の作品の多く、『地の糧』、『背徳者』、『狭き門』、『一粒の麦もし死なずば』、『贋金つかい』などはこのときすでに発表されていて、フランス文壇の長老としての地位は戦前に確立されていたのである。

ノーベル文学賞が、八十歳になるこの大作家にあたえられたことは、ある種の驚きをもって迎えられた。それというのも、戦争によって中断を余儀なくされるまで、一九四〇年代のノーベル文学賞は、どちらかといえば新しい名前を掘り起こし、それに照明をあてることを主眼にしているように見えたからである。しかし、前年のヘルマン・ヘッセ以降、賞は世界の文学をリードした著名な作家たちの手に渡される傾向があらわれたのであった。

ジッドは、この頃大部の『日記』の刊行をはじめたばかりであり、これによって八十歳になる文学者の内面の軌跡が、あらためて世界の注目を集めていた。

授賞理由は、「人間の諸問題と条件が、果敢な大胆さと同じほどの心理の洞察力をもって表明され、芸術的に完成された幅の広い作品による」とされていた。

T・S・エリオット

ノーベル文学賞の新たな傾向が確認されたのは、一九四八年詩人のT・S・エリオットを選んだときである。エリオットは間違いなく現代の最も重要な詩人だが、彼の詩は万人に理解されるといった類のものではなかった。

彼は一八八八年アメリカのミズーリ州セント・ルイスに生まれ、ハーバードで教育を受け、一九一四年の春にはドイツに留学して、一時マールブルク大学に籍をおいた。しかし第一次大戦が起こったためにイギリスにわたり、オックスフォード大学でアリストテレスを中心にギリシャ哲学を研究したという経歴の持ち主である。

エリオットの詩作は高校生のときにはじまり、文学的な才能豊かな母親シャーロット（彼女はのちに詩集を出し、エリオットが序文を書く）が注目したほどである。

ハーバード在学中に、アーサー・シモンズの『文学における象徴主義運動』に出会って、フランス象徴詩の魅力の虜となった。こうしてハーバードから出ていた雑誌「ザ・ハーバード・アドヴォケイト」に詩を発表するようになったのである。

この頃のエリオットにとって、フランス象徴派詩人の感化は絶大であった。彼はのちに、「もしシモンズの著書を読まなかったならば、ラフォルグもランボーも知らず、ヴェルレーヌやトリスタン・コルビエールの詩を読むこともなかったであろう。その意味で、このシモンズの本は自分の人生のコースに影響をあたえた一冊だ」と語っている。

もう一つエリオットの文学に決定的な影響をあたえたのは、詩人エズラ・パウンドとの出会いだった。一九一四年の九月、彼はロンドンのパウンドを訪問し知遇を得た。一方のパウンドも、その日のうちにアメリカの詩誌「ポエトリ」の主宰者ハリエット・モンローに手紙を書き、新しい詩人が出現したと報じたのだった。この後まもなくエリオットはロンドンに家を見つけて定住した。

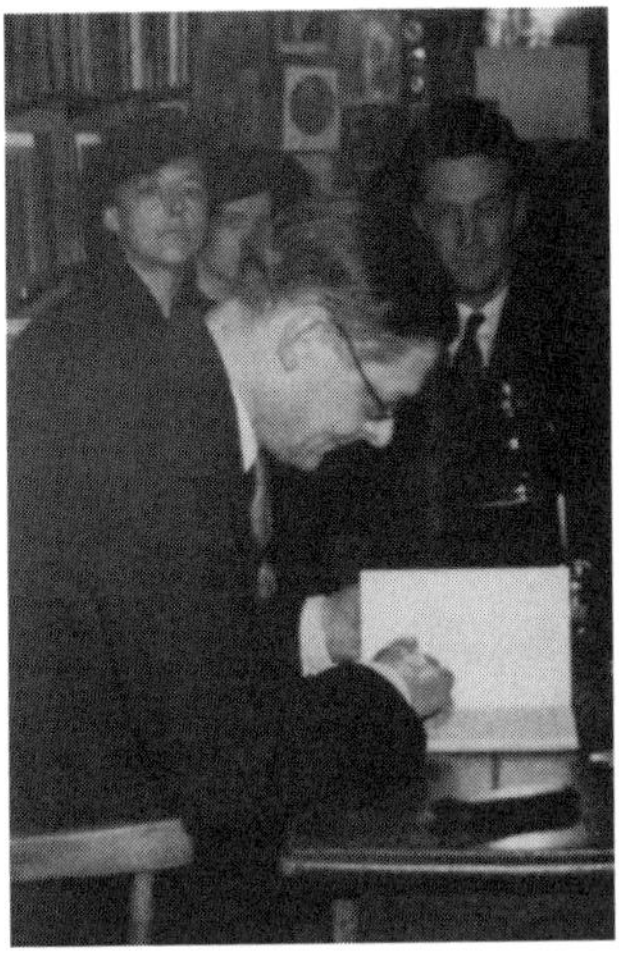
本にサインするT・S・エリオット

こうして彼の出世作『J・アルフレッド・プルーフロックの恋歌』が、パウンドの紹介で雑誌

「ポエトリ」に掲載され、英米の文壇で注目されることになった。一九一五年バレー・ダンサーのヴィヴィエンヌ・ヘイウッドと結婚。翌一六年には、博士論文をハーバード大学に送り、学校での研究生活に一区切りをつけた。そして第一次大戦で出征する編集者のあとを引き受けて雑誌の編集にたずさわるかたわら、詩や評論を意欲的に発表しはじめたのである。

一九二一年の秋、パウンドの厚意で滞在していたスイスのローザンヌで、およそ八百行からなる『荒地』のもとになる作品を完成し、パウンドに託した。そしてその後パウンドの助言を入れて、これをおよそ半分の長さに改稿したのち、エリオット自ら編集者をつとめる雑誌「クライティーリオン」の創刊号（一九二二年十月）に発表した。

これは二十世紀の文学にとって一つの事件であった。この長篇詩はアメリカとイギリスで単行本として出版されると、毀誉褒貶さまざまの評が紙面をにぎわした。しかし時間がたつとともに多くの読者を獲得したばかりでなく、同世代の詩人たちに計り知れない影響をあたえることになったのである。

当代きっての鋭い鑑識眼の持ち主であった小説家E・M・フォースターは、「『荒地』はエリオット氏の最大の詩業である。……英文学の伝統、法則、秩序などとは（ほぼ）無関係のもので、……世界にたいする個人的感想にすぎず、シェリーの『プロミーシュース』同様に個人的、孤立的なものである。……彼が難解であるのは彼が何か恐ろしいものを見てしまって、（おそらく読者の物分かりということを過少評価して）それを明瞭に言うことを拒否したからだ」（二宮尊道訳）と述べている。
詩的ラプソディー『荒地』の主題は、第一次大戦後の荒廃したヨーロッパ世界の危機的様相だが、これをエリオットは神話を基礎に据えることで一般化した。ここで用いられている神話は、中世の聖杯伝説――病気や怪我で王が病むと国土は荒廃し（「荒地」の原義はここにある）、これを癒すために騎士が危険を冒して教会にある槍と聖杯を持ちかえり、それで水を注ぐと国土はふたたび豊穣に導かれるという伝説である。

空虚の都市
冬の夜明け、鳶色の霧の中を
ロンドン・ブリッジの橋の上を群衆が
流れたのだ、あの沢山の人が、
死がこれほど沢山の人を破滅させたとは思わなかった。
たまに短い溜息がつかれた。
どの人も足もとをじっと見ながら歩いた。
小山をあがり、キング・ウィリアム街を
下って、聖メアリ・ウルノス寺院が
枯れた音を出して九時の最後の一打ち

を鳴らしてミサの時間を告げる方へと
群衆は流れて行った。
そこで僕は知人を見かけたので、
「ステットスン」と叫んで呼びとめた。
「ミューライの海戦では僕と同じ
艦隊に君もいたのだ！
昨年君の畑に君が植えた
あの死骸から芽が出はじめたかい？
今年は花が咲くかな？
それとも苗床が不時の霜にやられたか。
オー、人間の親友だが、犬を其処へよせ
つけないことだ、また爪で掘りかえして
しまうよ！
おい、君！　偽善家の読者よ！　同胞よ兄弟よ！」（西脇順三郎訳）

イメージがイメージを呼び、しかもシェイクスピアをはじめとするヨーロッパ文学からインド思想にいたるまで、さまざまの原典が取り入れられているために、読者はこの詩を解読するのに膨大な知識を要求される。このためエリオットは、これを一冊の本として出版した際には自ら注釈を付け加えたほどである。

「死者の埋葬」、「チェス遊び」、「劫火の説教」、「水死」、「雷神の言葉」の五部からなる『荒地』は、サンスクリットの「平和あれ・Shantih」という祈りで結ばれている。不毛な荒地に再生はもたらされないまま終わるが、希望は完全に閉ざされてはいない。

「四つの四重奏」

『荒地』で詩人としての地位を確立したエリオットは、一九二六年秋にはケンブリッジ大学のトリニティー・カレッジに講師として招かれたのを機会に、それまで勤めていたロイズ銀行をやめて教職に就いた。それとともに翌年にはイギリスに帰化して、英国国教会の一員となった。この頃から詩や散文に、宗教的色彩があらわれるようになったのはそのためである。一九三〇年に発表された『聖灰水曜日』は、そうした作品の一つである。

聖灰水曜日とはキリスト教の四旬節の一日目であって、この日信者は食を絶って、過去の罪を悔い、神のもとに向かうことを祈る。この詩は当時のエリオットの心境を反映していた。同じことは、一九三五年にカンタベリーの祭りのために執筆された詩劇『寺院の殺人』についてもいえる。

この作品は寺院で上演するべくエリオットに委嘱されたもので、彼はカンタベリー寺院で一一七〇年十二月に実際に起きた、大司教トマス・ベケットの殉教を主題に取りあげたのだった。この事件については、すでにテニスンも劇化していたが、彼の場合はシェイクスピアの史劇をまねて、歴史絵巻にラブ・ロマンスをからませたものであった。これにたいしてエリオットは、主人公ベケットの内面の葛藤に焦点をあて、殉教の意味を解明したのである。これ以後エリオットは数々の詩劇を書くことになる。

最大の傑作『四つの四重奏』が完成し、一巻にまとめられたのは一九四三年のことである。最初の四重奏『バーント・ノートン』が書かれた一九三五年から十年以上が経過していた。この間一九三九年には第二次大戦が勃発し、エリオットが懸命に追求したヨーロッパの再生と統一の夢は無残に打ち砕かれてしまった。「荒地」はさらなる荒廃にさらされたのである。

足音が記憶のなかでこだまする
通ったことのない通路を通り
開けたことのない戸口に向かい
ばら園のなかへと入ってゆく。わたしの言葉も
このように、あなたの心で、こだまするのだ。
　　　　だがいったいなんのために
お碗のようなばらの花弁につもった塵をゆすぶったりするのか

わたしの知らぬ。

これは『バーント・ノートン』の第一部の一節だが、四重奏を四つ重ねることで、楽園を追われ現代の荒地をさまよう人間が、自覚と神の愛に導かれ永遠の生命に触れる過程を描いている。

われわれは探究をやめることはないだろう。
そしてわれわれのすべての探究の終わりといえば
われわれの出発したところへ達すること
そしてはじめてその場所を知るということになるだろう。
まだ知らぬ覚えのある門をくぐるのだ
まだ発見されぬ大地の最後が
かっての始まりであったところとなるときに。
……
かくてものなべてよかるべし
あらゆるものなべてよかるべし
焔の舌がひとつに集められ
冠なす火の結節となり

この火とばらが一つとなるときに。（安田章一郎訳）

一九四八年、六十歳の誕生日を迎えたエリオットは英国王からオーダー・オブ・メリットを、フランス政府からはレジョン・ドヌール勲章を贈られた。そしてスウェーデン・アカデミーは、現代詩の革新の担い手にノーベル賞を授与することを決めたのである。

エリオットは受賞演説でこう述べた。

「詩は、一般に、あらゆる芸術のうちでいちばん地方的固有性の強いものと考えられております。絵画や彫刻、あるいは音楽は、目が見え、耳の聞こえる人なら誰でも享受できますけれども、言葉、特に詩の言葉はそういうわけにはまいりません。詩は、国民と国民を結びつけるというよりは、むしろ分けへだてるものと考えられなくもないのであります。……〔しかし〕ヨーロッパの詩の歴史を考えてみる時に、ある国語で書かれた詩が、別の国語の詩に実に大きな影響を与えてきたことであります。実際、いやしくも多少の重要性を持つほどの詩人はみな、自国語以外の詩人にきわめて多くのものを負っていることを忘れてはなりません。もし他国語で書かれた詩から栄養を補給されないとしたら、いかなる国、いかなる国語の詩も衰弱し、死滅せざるをえないと想像されるのであります。こうして、一人の詩人が母国の読者に語りかける時、実はそこに、その詩人に影響を与えた他国の詩人のすべてが同時に語りかけているのです。そればかりではない。彼の声はまた、他国語の若い詩人たちの耳にも達しているのであって、この若い詩人たちが彼らの国の人々に語りかける時、最初の一人の詩人の見たイメージや、この最初の詩人の属した国の人々の精神もまた、少なくともその幾分かが若い詩人たちの声を通じて語られることになるのです。」（安西徹雄訳）

十九世紀フランスの詩人ボードレールに多くを負っていると自認するエリオットは、その衣鉢を英語世界だけでなく、世界中の詩人たちに伝達したのであった。

一九五〇年代に入ってもノーベル文学賞の傾向は変わらなかった。五二年フランスのモーリヤック、五三年イギリスのチャーチル、五四年アメリカのヘミングウェイ、五五年アイスランドのラクスネス、五六年スペインのヒメネスと、年を追うごとに隆盛をきわめることになる。

第8章　アメリカ文学の勝利

青春の文学

アメリカは文学の分野でも、過去にマーク・トウェインや詩人のエドガー・アラン・ポー、ホイットマンなど数々の遺産を世界文学にあたえてきた。それにもかかわらず、ノーベル文学賞がアメリカ人にあたえられたのは、一九三〇年度のシンクレア・ルイスが最初である。その後は、劇作家ユージン・オニール（一九三六年）、パール・バック（一九三八年）と、第二次大戦前は都合三人の受賞者を生み出したが、記録によるとノーベル賞がはじまった最初の五年間、世界の十七カ国から合計七百二十一人の候補者の推薦があったにもかかわらず、アメリカからの推薦は皆無であったという。

そのアメリカが第二次大戦のあと、たて続けに受賞者を出すことになった。すなわち一九四九年度のウィリアム・フォークナー、五四年度のアーネスト・ヘミングウェイ、下って一九六二年のジョン・スタインベックである。この三人に、惜しくもノーベル賞こそ受賞しなかったが『USA』を書いたドス・パソスを加えた四人の作品は、世界の文学に深甚な影響をあたえずにはおかなかった。ヨーロッパの旧大陸を中心とした現代文学に、まったく新しい視点が加わったのである。

彼らの文学的な出発は、第一次大戦を契機としている点で共通している。ドス・パソスは一九二一年に発表した『三人の兵士』で、軍隊にたいする嫌悪をあからさまに表現し、ついで一九二六年にフォークナーの『兵士の報酬』が出版され、ヘミングウェイは三年後の『武器よさらば』で、同じように軍隊という組織を断罪した。三人の作品は構成も文体も異なっていたが、どれも軍隊にたいして反発する脱走兵を主人公にしている点ではよく似ていた。第一次大戦から共通の体験を得た点で、彼らはまさしく同世代に属していた。

ウィリアム・フォークナー

フォークナーは、一八九七年九月二十五日にミシシッピー州の北よりの小さな町ニュー・オールバニーで生まれた。ミシシッピー州は個人の収入が全米の中で最も低く、黒人の人口が全体の三六・三％と全米で最高という特異な州である。フォークナーの文学はこうした環境と深くかかわっている。

フォークナー家は一時鉄道を経営していたが、その経営権を他人に譲り渡したあとは、母親の出身地であるオックスフォードに移り住んだ。オックスフォードは郡役所の所在地で、ミシシッピー大学もここにあった。このときからフォークナーは、その生涯の大半をこの地ですごすことになる。

大学は地元にあったが、フォークナーはハイ・スクールを中途退学すると、祖父の経営する銀行やニュー・ヘヴンの武器工場で仕事に就いた。しかしそれも長続きはしなかった。ただこの間も読書だけは欠かさなかったようである。

アメリカは一九一七年に第一次大戦に参戦したが、フォークナーはその一年後の一九一八年七月にカナダのトロントに行き、そこでイギリス空軍に入隊して、航空隊員としての訓練をうけることになった。ヨーロッパに渡って戦争に参加したいという義務感が直接の動機だが、長年つきあっていた女友達エステルが他の男と婚約してしまったことも大きな原因だった。だが第一次大戦はフォークナーの訓練が終わらないうちに終戦となり、結局彼は大西洋を渡る機会を逃してしまったのである。この年の末に除隊となると、しかたなく故郷のオックスフォードに戻った。

フォークナーは帰郷した翌年の春から夏にかけて詩作に励み、そのうちの一篇「半獣神の午後」が、週刊誌「ニュー・リパブリック」の一九一九年八月六日号に掲載された。彼の作品が活字になった最初である。表題から明らかなように、フランスの詩人ステファヌ・マラルメをはじめ、当時ようやくアメリカにも影響をおよぼしつつあった、フランス象徴詩の系列に連なるものであった。

その後は地元の雑誌に詩や短篇を発表し、最初の詩集『大理石の半獣神』を一九二四年に刊行。

一九二六年には最初の長篇小説『兵士の報酬』が、ニューヨークの出版社から出版された。このときからフォークナーは散文に専念することになる。

第二作『蚊』も好評をもって迎えられ、第三作『サートリス』では、初めて架空の町ヨクナパトーファを舞台に作品を書いた。復員兵ベイヤード・サートリスは、戦場での苦い記憶とそこで負った心の傷から、自己を破壊するような行動を次々と重ねる。この作品はサートリスという一個人の物語であると同時に、南部に深く根を下ろしたサートリス一族の物語でもあって、虚無につかれた主人公の破滅的行動は、南部の歴史とむすびついて展開する。彼は戦争の痛手とともに、一族の過去からも隔絶され、故郷に安住の地を見出せないことに絶望するのである。フォークナーはこの作品を書くことによって、ようやく自分の本質を探しあてたといわれている。

実生活では、離婚して自由となったかつての恋人エステルと結婚し、彼女の二人の子どもを引き取って自分の子どもとしたのだった。

こうしてアメリカ文壇に登場したフォークナーは、新しい叙事文学の流れのなかでさまざまな実験的こころみを行った。一作ごとに手法を変え、言語を思いどおりに駆使する才能によって、次々と問題作を生み出していった。彼こそ天性の作家であった。

代表作の『響きと怒り』、『死の床に横たわりて』、『サンクチュアリ』、『八月の光』などが一九二九年から三〇年代の初めにかけて書かれるが、これらはフォークナー家の出身地であるアメリカ南部ミシシッピー州に姿を借りた架空の土地ヨクナパトーファを舞台に展開する。フォークナーはその後も続々と傑作を発表した。ノーベル賞の直接の対象となったのは、一九四八年に書かれた『墓場への闖入者』である。

サルトルはフォークナーを論じた「フォークナーにおける時間性、『響きと怒り』について」（一九三九年）で、興味深い視点を披露した。「プルースト、ジョイス、ドス・パソス、フォークナー、ジッド、V・ウルフなど現代の大作家の大部分の人たちは、それぞれの仕方で時の手足をもぎとろうとこころみた。ある人たちは時から過去と未来を奪い取り、時を瞬間の純粋直感に還元した。……プルーストとフォークナーはただ時の首を切り落として、時からその未来、すなわち行為と自由の次元を取り去った」といい、「フォークナーの主人公は決して予見しない。自動車が後向きの彼らを運ぶ」として、フォークナーの作品が過去にとらわれていると批判した。

だが、「切手のように小さな」故郷の探求のはじまりだった『サートリス』以下、フォークナーの全作品を眺めてみると、彼が過去を包含した現に生きている時代を描いていたことが分かる。作品群はおおむね次のように分類できる。

（一）南部の旧家と旧体制の崩壊をあつかった作品

『響きと怒り』――主として、一九一〇年から二八年のコンプソン家

『アブサロム』――主として、一八六五年から一九一〇年のサトペン家

『征服されざる人びと』――南北戦争と再建時代のサートリス家

『行け、モーセよ』――十九世紀末から一九四〇年頃までのマッキャスリン家
(二) 一九〇〇年から五〇年の情況を描いたもの
『死の床に横たわりて』――プアホアイトの一家
『サンクチュアリ』――現代女性と現代の都市の堕落。一九三〇年頃
『八月の光』――ジェファソンの十日間の出来事。一九三〇年頃の八月
『墓場への闖入者』――黒人のリンチ事件と一九四〇年代のヨクナパトーファ郡
『尼僧』――堕落した白人と黒人の二人の女性の再生の物語
『村』、『町』、『館』――現代の典型であるスノープス家の進出の顛末
『自転車泥棒』――一九〇五年の時代の回想
(三) 歴史的出来事をあつかったもの
『パイロン』――一九一〇年代の飛行機乗りの挿話
『寓話』――第一次大戦

このように分類してみると、フォークナーの作品のほとんどが第一次大戦をはさむ前後三十年の出来事を素材にしていることが分かる。これはまさに彼自身が身をもって体験した二十世紀前半と重なり合っている。彼はヨクナパトーファという架空の土地を舞台に、自らが生きた時代を言語世界に定着したのだった。

フォークナーが授賞式で行ったスピーチは、歴代の記念講演のなかでもとりわけ感動的なものであった。そこにはフォークナーの文学に寄せる熱い思いが語られている。

「私は賞が私という人間にではなく、作品にあたえられたと感じています。人間精神の苦悩と汗から生まれ、名誉やましてや利益を求めた結果ではなくて、人間の精神を素材に、それまで存在しなかったものを創造しようとした努力の結果としての一生命たる作品にたいしてです。したがってこの賞は、私だけのものではありません。賞金からいっても、この賞の本来の目的と意義に値するには、献身的な努力が必要です。

私と同じように苦悩と努力に身をささげ、いま私が立っているこの場所に、将来立つことになるかもしれない若者たちが、この場からならきっと私の言葉に耳を傾けてくれることを信じて、私にいまあたえられている喝采も意味あるものだと言いたいと思います。

今日の私たちの悲劇は、一般的で普遍的な物理的な恐怖をもつにいたったことです。それはあまりに長くつづいているため、私たちは耐えることさえできるようになってしまいました。その結果もはや心の問題は存在せず、あるのは次のような疑問ばかりです。いったい自分たちは、いつ吹き飛ばされてしまうのか。

こうした状況にあって若い作家たちは、葛藤に悩む人間の心の問題を忘れてしまっています。しかし本当はこの問題だけが、秀作を生み出すのです。それを書くことだけが、汗と苦悩に値するのです。

作家はこのことを学び直さなければなりません。物理的な恐怖は、下等なものと知るべきです。そうさとることで、それを捨て去るのです。そして古来からの真実である、心の真実以外のものが、入りこんでくるのを阻止すべきです。古えからの真実、つまり愛、栄誉、憐れみ、誇り、同情、犠牲――こうしたものを描かない限り、物語ははかなく滅びてしまうでしょう。これらの主題を書かない限り、作家の労苦は呪われたものになるでしょう。彼の書くものは愛ではなく単なる情欲となり、価値あるものを失うことのない敗北、希望も憐れみも同情もない勝利を書くだけになるでしょう。彼の書く悲しみは人びとの骨身にしみず、傷を残しません。それは心を描くのではなく、リンパ腺を描くようなものです。このことを再度認識しなければなりません。そうでなければ、彼はあたかも人類の終焉に立ち会い、それを書くようなものです。

私は人類の終わりを認めません。人間は忍耐ができるから不滅なのだというのは簡単です。あかあかと消えゆく終末の落日、終生変わることなく一所にころがっていた岩に、最後の審判の鐘が鳴り響き、やがて鐘の音が消えてゆくときに、もう一つの音が聞こえるはずだというのは簡単です。そしてその音は営々と語りつづける、ひそやかだが尽きることのない人間の声だというのは簡単です。しかし私はそんなことは認めません。

人間は耐えるばかりでなく、勝利するものだと私は信じています。人間は不滅です。それは万物のなかにあって、人間だけが尽きることのない声をもっているからではなくて、魂を、同情と犠牲と忍耐とができる精神をもっているからなのです。

詩人や作家の義務とは、こうした事柄について書くことにほかなりません。人の心を引き立て、かつて人間の誇りであった、勇気、栄誉、希望、誇り、同情、憐れみ、犠牲を人びとに思い出させることで、人が耐えるのを助けること。それが詩人や作家の特権です。

詩人の声は、単なる人間の記録である必要はありません。人間が耐え、勝利するのを助ける柱の一つとなることができるのです。」

この記念すべきスピーチは、翌一九五一年三月小冊子として出版された。フォークナーはこのあとも作品を発表しつづけ、一九六二年には最後の作品『自転車泥棒』を書いたが、この年の七月六日、健康診断をうけるために入院したミシシッピー州オックスフォードの病院で心臓マヒを起こして亡くなった。六十四歳だった。

アーネスト・ヘミングウェイ

作家ヘミングウェイが、世界文学にあたえた影響のなかで最大のものは、短く区切られたスピーディーな文体と、会話の多用という手法であった。彼はこの独特の文体を、パリ滞在中に親しく付き合ったガートルード・スタインから学んだといわれる。

このスタインがヘミングウェイを「ロスト・ジェネレイション」と呼び、この呼称が一九二〇年代にデビューした作家たちの総称として用いられるようになったことはあまりに有名である。一九二一年から五年間ヘミングウェイはパリで生活し、その様子は『移動祝祭日』に描かれているとおりである。だが『日はまた昇る』をもって文壇へデビューしたときは、彼の作品はこうした呼称とは別のものになっていた。

この小説が好評だったのは、第一に不必要な修飾語を省いた簡潔な文体、いかにも人物にぴったりの会話のみごとさ、スピーディーな場面転換といった小説技法の斬新さとともに、第一次大戦後のパリに集まったボヘミアンたちの生活が、現実味をもって描かれていたからである。

ヘミングウェイは、一九一八年にイタリア軍付き赤十字の要員としてパリをへてミラノに行った。その直後の七月九日早朝、フォッサルタ・ディ・ピアーヴの戦闘で脚部に重傷を負い、ミラノ陸軍病院に三カ月間入院したのだった。このときの経験はのちに『武器よさらば』のなかで生かされることになる。ミラノの病院へ入院中に、ドイツ系アメリカ人の看護師アグネス・フォン・クロースキーと恋仲となり、夜勤の彼女にせっせと手紙を書いて、外出が許されると一緒に競馬に出かけたりした。帰国後ヘミングウェイは結婚を真剣に考えたにもかかわらず、年上のアグネスがこれを拒否して、恋愛は実らずに終わったのである。

この苦い体験は、短篇集『われらの時代に』のなかの『ごく短い物語』に描かれており、また『武器よさらば』の主人公たちの恋愛の骨格も、このアグネスとの恋愛にもとづいているといわれる。

『武器よさらば』は出版の翌年ハリウッドで映画化され、それによってヘミングウェイは大金を得た。フロリダの避寒地に大きな庭園のついた別荘を買い、友人を大勢招いて海に出ては大物釣りを楽しみ、賞金を出して拳闘の相手を募集するといった、いささか傍若無人な生活がつづいたのである。

ヘミングウェイはプロのボクサーと見紛う筋骨逞しい肉体を持ち、その肉体で実際にボクシングをやり、大酒を飲み、アフリカでは猛獣狩りに熱中した。結婚も四回を重ね、スペインでは闘牛士と友達になり、スペイン内戦にはみずから銃を持って参戦した。そうかと思うとカリブ海では豪快な釣りを楽しんだ。そしてこうした経験は彼の作品に豊富な材料を提供することになった。

アーネスト・ヘミングウェイ

一九三六年スペインで内戦が勃発すると、ヘミングウェイはスペイン政府・人民共和派のために先頭に立って資金の調達にのりだし、年末までに四万ドルを集めた。さらに一九三七年の一月には、「アメリカ・スペイン民主主義友好協会」に参加して、医療関係の委員長をつとめた。そして二月末には「新聞連合」の特派員となってヨーロッパに渡り、三月末爆撃をうけた直後のバルセロナへ飛び、その足でバレンシアへ行った。ここで政府側が撮影中の映画『スペインの土』の制作を手伝ったのである。

このときたまたまバレンシアを訪れてヘミングウェイと会ったイギリスの詩人スティーヴン・スペンダーは、次のようなエピソードを語っている。

黒髪にもじゃもじゃの口ひげ、毛むくじゃらの腕をした大男は、彼の小説から思い描いた風貌にぴったりで、初めはヘミングウェイ的なヒーローの役割をみずから演じているという印象をうけた。いったいこの逞しい大男のどこに、あのツルゲーネフ風の繊細さと感受性がひそんでいるのかといぶかしく思えた。

ある日バレンシアの町を一緒に散歩しているうちに、スペンダーが町の本屋でスタンダールの『パルムの僧院』を見かけたと話すと、ヘミングウェイは急に熱をこめて、あの小説の冒頭のファブリスがワーテルローの戦争に巻きこまれる部分は、戦場描写として無類のものだと、しゃべりはじめた。戦場にいると右も左もまるで分からない、戦争は本当にあんな具合のものだと夢中で話すのを聞きながら、スペンダーは初めてヘミングウェイの生地に触れた喜びを感じたという。

もっともスペンダーがつい釣られて、シェイクスピアの戦争場面の話をもちだすと、ヘミングウェイは急に困惑の表情を浮かべて、「シェイクスピアだって！　君、ぼくは本なんて読まない男だよ」と呟くと、いそいで拳闘かなにかの話に話題をそらせてしまった。そして海岸の酒場に入ると、ヘミングウェイは文学論などそっちのけで、ギターを手にスペインの歌をうたいつづけた。彼はまたもやヘミングウェイ的な作中人物に戻ってしまったというのである。

ヘミングウェイは一度アメリカに帰ると、「全米作家会議」の席でファシズム打倒の演説を行ってセンセーションを巻き起こした。会議のあとふたたびスペインに戻り、一九三八年の一月まで滞在した。すでに首都マドリッドはフランコ側の包囲のもとにあり、連日砲撃と爆撃にさらされ、滞在するホテル「フロリダ」にも三十発をこす砲弾が命中した。そんななかで彼は戯曲『第五列』や他の短篇を書きつづけたのだった。

このホテルには、フランスの作家でスペイン内戦に航空隊を率いて参戦していたアンドレ・マルローも滞在していて、二人は意気投合し、この戦争を二人で分担して書く約束をしたという。約束にしたがってマルローは内戦の進行中に、ルポルタージュ形式の小説『希望』を書きあげた。一方ヘミングウェイの方は、マドリッドが陥落し内戦がフランコ側の勝利に終わろうとする一九三九年の春になって、小説の執筆にとりかかった。こうして書かれたのが『誰がために鐘は鳴る』であった。彼はスペインでの見聞をすべてこの『誰がために鐘は鳴る』に注ぎこんだ。

小説の主人公はスペインでフランコ側と戦うアメリカ人教師。このアメリカ青年と野性的なスペイン娘との愛と死の四日間が、スペイン内戦を背景に描かれている。一九四〇年に小説が発表されると売れに売れ、さらに一九四三年には、ゲーリー・クーパーとイングリット・バーグマンの主演で映画化され、原作を一層有名にした。

スペイン内戦は、欧米の知識人の多くを巻きこんだ闘いだった。スペインには、今でもヘミングウェイにゆかりの場所が残っていて、観光客で賑わっている。

アフリカの体験は、彼に二篇の傑作短篇をもたらした。『フランシス・マコウマーの短い幸福な人生』と『キリマンジャロの雪』である。老人の漁師と巨大なカジキマグロの死闘を、まるで古代の物語のように描いた『老人と海』はキューバが舞台である。

一九五三年十月二十八日に開かれたスウェーデン・アカデミーのノーベル文学賞選考委員会は、わずか三十分で討議を終えた。前年に発表されたヘミングウェイの『老人と海』が文句なく選ばれたのである。「現代の小説家たちの間に一流派を作り、ごく最近『老人と海』において確立された、力強い文体の完成」というのが授賞理由であった。

スウェーデン・アカデミーは二通の電報を、パリの代理人とヘミングウェイが十年来住んでいるキューバにあてて打った。ヘミングウェイはこのときハバナの近くの漁村兼海水浴場の小さな村の「見晴らし農園」にいたのだった。この年の初めに、中央アフリカのウガンダの密林で航空機事故にあい、静養していたのである。ヘミングウェイは喜んで賞をうけると返事したが、ストックホルム行きはかなわなかった。医者ががんとして止めたのである。

晩年の十年間ヘミングウェイは沈黙を守った。彼は一九六〇年、アイダホ州ケッチャムの自宅で、猟銃を頭にあて引き金をひいて自殺した。晩年の彼はノイローゼに悩んでいた。これ以上の創作活動は不可能と感じていたのである。

だが死後には膨大な草稿が残されており、これらは未亡人の手でボストンに建設されたジョン・F・ケネディー図書館に寄贈され、やがてこれらの遺稿を整理して、『移動祝祭日』、『海流のなかの島々』、『エデンの園』が出版された。

ヘミングウェイは間違いなく二十世紀の文学に大きな影響をあたえた作家であり、今でも世界中の人びとに読みつがれている。

ジョン・スタインベック

フォークナー、ヘミングウェイとならぶジョン・スタインベックがノーベル文学賞を受賞したのは、三人のなかでは最も遅く一九六二年のことである。このときスタインベックは六十歳。すでに代表作のほとんどを発表しており、アメリカ文学が誇る大家であった。

スタインベックは一九〇二年にカリフォルニアの小さな町サリーナスに生まれた。彼が好んで描く民衆の物語の多くは、この小さな町にほど近い肥沃なサリーナス渓谷で繰り広げられるものである。一九三五年に発表された『トーティーヤ・フラット』は、非社交的なパイサノたちをめぐる滑稽で陽気な物語で、彼の作品としては初めて一般に好評をもって迎えられた。

この成功にもかかわらず、スタインベックには大衆うけを狙う小説を書く気はなかった。彼はカリフォルニアの果樹園や綿花畑で発生した深刻なストライキや、虐げられた民衆の生活に興味があった。知能の足りない大男レンニーが、愛情から手に触れる生き物をことごとく、押しつぶしてしまうという悲劇を描いた『二十日ねずみと人間』（一九三七年）によって評価を得た彼は、二年後には大作『怒りのぶどう』を書いて名声を不動のものにした。

大恐慌のさなか小作農家のジョウド一家が、オクラホマの家を離れて、カリフォルニアに仕事を求めて旅立つ物語は、大衆の共感を呼び大ベストセラーとなった。

この作品を執筆中の日記で、彼はこう書いている。「これだけははっきりしている。この本は望んでいたような傑作でないということだ。これは平凡な作品だ。だが忌わしいことに、これは間違いなく私のベストをつくした結果なのだ」。

ジョン・スタインベック

作品は好評をもって迎えられ、一九四〇年にはピューリッツァー賞をうけた。だが、社会問題にたいする鋭い切り込みのせいで、スタインベックは一部の批評家から共産主義のシンパというレッテルを貼られたのである。「移民労働者の惨めな生活を故意に誇張した」というのである。ミズーリ州のカンザス・シティー、東セント・ルイス、カリフォルニア州カーン郡では禁書となり、物語の発端の地オクラホマ州では新聞が読者の非難や反論を報道し、ラジオや学校で討論会が開かれ、同州出身の議員は国会で弾劾演説までする始末だった。

だがノーベル賞委員会は、逆にこのスタインベックの姿勢を高く評価したのである。加えて情勢もスタインベックに味方していた。一九五五年以来ノーベル文学賞はラテンとスラブ系の作家が独占しており、そろそろアングロサクソンの番だという評判であった。そこでさまざまな候補者が取りざたされた。すなわちイギリスでは、グレアム・グリーン、オルダス・ハクスリー、なかでもロバート・グレイヴィスの名前が早くからあがっていた。こうした人びとに加えて、問題作『アレクサンドリア四重奏』を発表して、世界的な名声を得たローレンス・ダレルが有力候補に躍り出た。

アメリカでは、小説技法に革命をもたらしたとして、ヨーロッパとくにフランスで評価の高いドス・パソスがいたし、この他にも小説家のトーマス・ウルフ、詩人としてはエズラ・パウンド、カール・サンドバーグ、ロバート・フロストなど、誰が受賞しても文句のない顔触れがそろっていた。

そうしたなかでノーベル賞委員会は、アメリカ文壇の重鎮スタインベックを選んだのである。アカデミー常任理事のエステルリングは歓迎演説でこう述べている。

「スタインベック氏は、シンクレア・ルイスからアーネスト・ヘミングウェイに至る、すでにこの賞を与えられた現代のアメリカ文学の巨匠たちの間にあって、独自の地歩と成果とを十二分に発揮しておられます。氏の中には一条の苦いユーモアが流れていて、これが、しばしば氏の取り上げる悲惨な主題に一抹の救いを与えております。氏の同情は常に、虐げられた者から社会に適合できぬ者へ、困窮する者へと向けられます。そして、素朴な生の喜びを好んで取り上げては、これを残忍冷酷な金銭欲と対照的に描きます。しかしわれわれは、氏の中に、自然に寄せる氏の大きな共感の中に、アメリカ人の国民感情を見出します。耕作地、荒地、山岳、海岸、すべてこれスタインベック氏にとっては、人間の世界の中にあって、そしてまた人間の世界を越えて、尽きることのない霊感を生み出す源泉に他なりません。

スウェーデン・アカデミーがジョン・スタインベック氏にこの賞を授与する理由には『暖かなユーモアと鋭い社会認識を特色とする、リアリスティックであると共に想像的なその文学的達成のために』と記されております。」（野崎孝訳）

コンサート・ホールで行われた授賞式では、着なれないモーニングに身をつつんだスタインベックの長身がひときわ人目をひいた。他の受賞者と壇上にならんだ彼は大変リラックスして見えた。式典に引きつづいて行われた晩餐会で彼は演説しこう述べた。

「作家の使命は、古代以来、少しも変わっておりません。われわれ人間の、幾多の嘆かわしい欠点や失敗を剔出し、改善を図るが故に暗黒の危険な夢を洗いざらい白日の下に曝し出すこと、これが作家に託された任務であります。……

神にも比すべき力を手中にしたわれわれは、かつては祈りのうちに神に託した責任と叡智とを、われわれ自身の中に求めなければならないのです。

人間そのものが、今やわれら最大の危険を孕む存在であると共に、われらが希望を託す唯一のよすがともなったのであります。

従って今日では、使徒ヨハネの言葉はこう言い換えてもよろしいのではないでしょうか――終わりに言葉あり、言葉は人なり、言葉は人とともにあり、と。」（同訳）

スタインベックはストックホルムで一つ失敗を犯した。ノーベル賞の賞金である小切手をうっかり失ってしまったのである。だが、その小切手は数日後友人のサイフのなかから出てきたという。それがなぜ友人のサイフに入っていたかは謎であった。

受賞の年に書かれた、愛犬を連れてのアメリカ横断旅行の記録『チャーリーを連れて』は好評を博した。翌六五年にはヨーロッパ、中東を旅行。一九六六年には、ロングアイランドで発行されている新聞「ニューズデイ」の特派員として戦火の南ヴェトナムを訪問し、その見聞を現地リポートとして寄稿した。従軍中の次男のジョンに会うのも目的だったが、大勢のアメリカの若者が戦っているヴェトナムの現地を、自分の目で見たいというのが社会派の作家スタインベックの希望であった。彼は危険をおかし、ヘリコプターにのって前線を視察した。

こうしたスタインベックの行動にたいして、ソビエトの青年共産主義者同盟の機関紙「コムソルスカヤ・プラウダ」は「戦争殺人の共犯者」といって非難した。だが武器を携帯して前線を駆けめぐったスタインベックは、「必要ならば罪の傍観者でありたい」と公言し、「ニューヨーク・ヘラルド・トリビューン」紙に公開状を発表してこう反論した。

「私にとって、すべての戦争は悪だ。よい戦争などはなく、このことで私と意見の違う兵隊は一人も見つからない。しかし私は背中を向け、目をそらすことによって、罪なきものとなったと考える人たちの気持ちがわからない。」

スタインベックは死の直前まで執筆をつづけたが、小説作品は一九六一年の『われらが不満の冬』が最後だった。彼は一九六八年十二月二十七日にニューヨークの自宅で心不全のために亡くなった。六十六歳であった。

第9章　受賞を拒否した二人

ボリス・パステルナーク

二〇一一年度まで、都合百八人がノーベル文学賞の栄誉をうけたが、そのなかで二人の作家が受賞を拒否した。その二人とは、フランスの作家で哲学者のジャン＝ポール・サルトルと、ソビエトの作家ボリス・パステルナークである。パステルナークは一九五八年度、サルトルは一九六四年度の受賞者に決まりながら、賞をうけるのを断ったのである。

しかし二人の拒否の理由は対照的であった。ノーベル文学賞の授賞を知ったパステルナークは、スウェーデン・アカデミーに電報を打った。「非常に感謝している。感動、誇り、驚き、戸惑いを感じている」。だが、四日後には別の電報がアカデミーに届いた。「残念だが賞は辞退したい」。

いったいこの四日間になにがあったのか。ソビエトのマスコミは、授賞の報を知ると、いっせい

ボリス・パステルナーク

にパステルナーク批判を開始した。「裏切り者のユダ」、「社会主義にこびりついている汚れ」等々、ありとあらゆる悪意にみちたレッテルが、パステルナークに貼られたのである。その上彼はソビエト作家同盟からも除名された。

　パステルナークはなによりも祖国ロシアを愛しており、自分が祖国なしには作品を創造できないことをよく知っていた。彼はフルシチョフ書記長にあてて書簡を送り、「祖国を離れることは、死ぬことと同じです」と、国外追放の措置を取らないように懇願した。ノーベル賞辞退はその代価であった。

　一九五八年の冬、ノーベル賞の授賞式は例年のとおりに挙行された。パステルナークの辞退にもかかわらず、彼の文学賞受賞の有効性は変わらなかった。式典では、「賞は現代の抒情詩とロシアの偉大な叙事詩の伝統の両分野における、重要な功績にたいして贈られる」という声明が読みあげられた。

　ノーベル文学賞の選考委員たちが一様に注目したのは、彼が書いた唯一の小説『ドクトル・ジバゴ』である。

　詩人であり医者であるユーリ・アンドレヴィッチ・ジバゴの生涯を、第一次大戦、ロシア革命、スターリン時代にわたって描いた大作は、トルストイ以来のロシア叙事文学の系譜をひく傑作であった。

ジバゴ一家は、革命前のロシアのインテリで、十月革命には同情的だが、集団の狂気が個人の価値を踏みにじることに疑問を感じ、革命を避けて妻と子どもを連れてウラル地方の寒村へ逃れる。だがジバゴはそこで革命軍の医師に徴用され、妻はパリに亡命する。

ウラルの強制収容所を脱走したジバゴはモスクワに戻り、農民の娘と結婚する。しかし革命と個人の間で揺れ動くジバゴの苦悩は止むことはなく、二度目の妻とも別れてしまうのである。そして一九二九年のある日、彼は市電に乗っていて心臓マヒを起こして死んでしまう……。

一九五七年ソビエト当局は、「反革命的である」との理由で、この作品を出版禁止処分にしてしまった。ソビエトで出版の可能性を奪われた原稿は、イタリアに持ち出され、ミラノの出版社から出版されることになった。社主のフェルトリネリは歴としたイタリア共産党員だったが、ソビエト政府筋の出版中止の要請を拒否して、イタリア語版の出版に踏み切ったのだった。その後小説はたちまち世界十八カ国語に翻訳され、まもなく行われた映画化も評判に拍車をかけた。パステルナークへの授賞には、こうしたソビエト当局の言論弾圧にたいする抗議、弾圧にあえぐパステルナーク支援の意味が多分に含まれていた。しかし、それが逆にパステルナークを窮地に追いこんでしまったのである。

詩人としてのスタート

パステルナークは『ドクトル・ジバゴ』で世界中に名前を知られるようになる三十年も前から、革命後のロシア最大の詩人と称されていた。しかし、その名声はマヤコフスキーやエセーニンなどのように広範な愛読者をもつといったものではなく、もっぱら若い詩人や目の肥えた文学愛好家に限られていた。

処女詩集『雲の中の双生児』（一九一四年）につづいて、一九一七年の革命のさなかに詩集『私の姉妹の生活』を発表して名声を確立した。その後も『主題と変奏』（一九二三年）、『シュミット中尉』（一九二六年）などの詩集を公けにした。これらの詩集は多くの読者を得たにもかかわらず、パステルナークは、プロレタリア革命を主題とすることを受け入れなかったために圧力をうけ、一九三〇年代はほとんど作品を発表することができなかった。彼は文学を大衆教育の手段とみなすことを拒み、なにかの役に立つ時事的な詩を書くことを拒否したのである。

パステルナークは一八九〇年にモスクワで生まれた。父のレオニードは有名な画家で、モスクワ大学の美術教師をつとめ、トルストイの『復活』をはじめ多くの作品に挿画を描いたことで知られている。パステルナークのトルストイへの心酔は、ここに源を発している。母親は有名なピアニスト、ルゥビンシュテインの弟子で、彼女自身才能あるピアニストだった。

ボリス・パステルナークは学生時代に、モスクワ大学やドイツのマールブルク大学で哲学を勉強した。そのかたわら十五歳のとき、ロシアの有名な作曲家スクリャービンから強い印象をうけて音楽家を志し、それから六年間モスクワ音楽院の教授について音楽理論と作曲法を学んだ。しかし自分の成績に満足できず、結局音楽の道を断念したという経緯があった。

こうして詩人としてスタートした彼の文学生活は、初めのうちこそ順調だったが、革命政権の成立後は、わずかに一九三三年と四五年の二度廉価版撰集の出版が許可されただけで、その他には一切発表の許可をあたえられなかった。

『曙』ではこううたわれている。

君は私の運命のすべてだった。
それから戦争があり、荒廃が来た。
そして、長い長いあいだ
君からは、ひと言の便りもなく、消息すらも知れなかった。

そして、あまたの、あまたの歳月のあと、
私は、再び、君の声に悩まされはじめた。
ひと夜じゅう、私は君の遺言状を読んだ――。

そして、私の意識が立ち戻って来た。
私は民衆にひきよせられ、群衆のひとりとなり
彼らの朝のどよめきをともに分かとうと思う。
……（井上勇訳）

創作を発表する機会を奪われたパステルナークは、語学の才能を活かして、シェイクスピアやシェリーなど英国詩人やフランスのヴェルレーヌの作品をロシア語に翻訳した。彼が訳した『ハムレット』や『マクベス』は、スターリンの絶賛をうけ、そのおかげで粛清の嵐が吹き荒れた時代を生きのびることができたといわれている。これらの翻訳は、今も最高の訳としてロシアでは愛唱されている。

『ドクトル・ジバゴ』は、パステルナークの詩の主要なテーマを散文の形で表現してみせたものだともいえる。彼はこう語っている。

「私はいつも小説を夢見ていた——私がこの世界で眺め理解した一切の素晴らしいことを噴火のように吐き出せるような小説を」。彼はモスクワ近郊のペレデルキノの別荘に籠り、五年の年月をかけてこの小説を完成したのだった。「私は自分の名前に値するものを、詩ではなく散文で、自分が生き抜いた時代について芸術家として証言し、書いてみたのです」。

一九五五年の雪解けの時期、『ドクトル・ジバゴ』が祖国ロシアで出版できる可能性が出てきた。しかし原稿があらためて綿密に検討された結果、上層部の指示で作品の刊行は、ふたたび禁止されてしまったのである。

パステルナークはそれから五年後の一九六〇年に亡くなった。ロシア語の『ドクトル・ジバゴ』の完成版が祖国で出版されたのは一九八八年のことである。そしてこの同じ年に彼の息子がストックホルムを訪れて、かつて父がもらうはずであったノーベル文学賞のメダルを手にしたのだった。授賞から三十年がたっていた。

J・P・サルトルの場合

哲学者にして多産な作家ジャン＝ポール・サルトルが、ノーベル賞の受賞を断ったというニュースは、世界中にセンセーションを巻き起こした。一九六四年十月二十三日付けの新聞「ル・フィガロ」はサルトルの公式の声明を掲載したが、彼はそのなかで「スウェーデン・アカデミーの決定が、変更不可能なものとは知らずに、手紙を送って授賞を取り止めにしてもらおうとしたのだ」と語っている。受賞拒否は決してアカデミーを無視しようとしたのではなく、個人的な理由によるものだというのである。

サルトルの言う個人的な理由とは、作家がこうした栄誉を受諾するのは、授与する機関に公約をあたえてしまう。だから「作家は自ら甘んじて組織に成り果てるようなことがあってはならない」というのである。事実それまで彼はフランス政府が授与しようとしたレジョン・ドヌール勲章を辞退していたし、最高学府といわれるコレージュ・ド・フランス入りも希望していなかった。

後年、サルトルはボーヴォワールとの対話のなかでこう語っている。

「いったい誰がカントやデカルト、あるいはゲーテに賞を与える権利をもっているのか、ぼくには考えられない。そしてその賞は、あなたは今やある等級に属する、あるいは、われわれは文学を一定のランク付けられた現実に変えた、そしてあなたはそういう文学の甲なら甲、乙なら乙という順序に所属する、と言うことを意味するわけだ。そんなことができるなんて、ぼくは否認する。従ってぼくはあらゆる栄誉を否認するんだ。」（朝吹三吉・二宮フサ・海老坂武訳）

一九六四年の授賞式では、スウェーデン・アカデミーの理事長アンダーシュ・エステルリングは次のように挨拶した。

「今年度のノーベル賞は、『豊かな思想に富み、自由の精神と真理の探究により、われわれの時代に大きな影響をあたえたその作品にたいして』との理由でフランスの作家にして哲学者のジャン＝ポール・サルトル氏に授与されました。

受賞者がこの賞を受ける意志のないことを伝えてきたことは、ご記憶のことと思いますが、氏がこの栄誉を辞退したからといって、この賞の有効性は少しも損なわれるものではありません。しかし、こういった事情ですので、アカデミーといたしましては、賞の授賞が行われないことをここにお伝えするだけにとどめておきたいと思います。」

しかし、サルトルの受賞辞退には明らかに理由があった。サルトルははなはだ慎重に、「辞退はスウェーデン・アカデミーともノーベル賞自体とも関係ない」というが、明らかなノーベル文学賞への批判であった。これはスウェーデン・アカデミーにとっても深刻な事態であって、影響するところは大きかった。このあとフランスの作家が受賞するのは、一九八五年度のクロード・シモンまで、二十一年間待たなければならない。

サルトルは、ソビエトの作家ショーロホフもチリの大詩人パブロ・ネルーダも、フランスのアラゴンも、授賞の対象になって当然なのにいまだ授賞されず、ソ連の作家としてはパステルナークにだけあたえられたことを取りあげて、ノーベル文学賞は「実質的には西側の作家にだけ」あたえられる賞であると批判した。この頃サルトルはモスクワの平和大会に出席して、文化の面でも平和共存が実現されなければならないと主張していた。そうしたサルトルの目からすれば、ノーベル文学賞は東西の対立を解消するどころか、逆に西側の文化を意図的に擁護することによって、東西対立をおし進めるものと映ったのである。

サルトルはあるインタビューで、「もしノーベル賞が、『百二十一人宣言』当時にあたえられたのなら、我々がそのために闘っている『自由』を讃えるものとして、喜んでうけたであろう。……スウェーデン・アカデミーが授賞の理由としてあげている自由は、西欧では一般的自由として理解されている」と語っている。百二十一人宣言というのは、一九六〇年七月に起草され、作家、芸術家、大学教授などによって支持された「アルジェリア戦争における不服従の権利についての声明」のことで、サルトルをはじめヴェルコール、ボーヴォワール、ブランショなど百二十一人が最初に署名したことから、こう呼ばれたものである。つまりサルトルは間接的に、ノーベル賞が称揚する一般的な自由を拒否したのである。

ここで思い出されるのがアルベール・カミュの場合である。カミュはアルジェリア生まれのフランス人で、すでに戦前『カビリアの悲惨』を発表して、誰よりも早くアルジェリア問題の解決を訴えた。しかし一九五四年にアルジェリア独立戦争がはじまり、フランスの国論が二分されるようになると、カミュは沈黙してしまった。一九五六年にソビエトの戦車がハンガリーに侵略したときは、いち早く「人道的な抗議声明」を出したが、フランス政府が彼の生まれ故郷アルジェリアで行う拷問については、アルジェリアの抵抗組織ＦＬＮが行う無差別テロを許すことはできないとの理由で、口をつぐんでしまったのである。

カミュにノーベル文学賞があたえられたのは、その直後の一九五七年のことであった。スウェーデン・アカデミーは、カミュのこの沈黙を西洋的モラリストの伝統に連なるものとして、積極的に評価したのだった。

サルトルにとって、こうした中立主義は到底受け入れられるものではなかった。

サルトルはノーベル賞を辞退したこの年の初め、自伝『言葉』を発表した。彼がこの自伝を書いた動機には、文学を絶対的なものとして、それによって自己を救済したいという思いから、どうしたら訣別できるかを自分自身に納得させたいという思いがあった。

サルトルは作家の幼児期に強い関心をもってきた。彼は幼児期こそが一人の人間の生涯を決定するという確信をもっており、そのボードレール論やフローベール論、あるいはジャン・ジュネを論じた作品でも、彼らの幼児期に多くの紙幅を割いていた。

ではサルトル自身の幼児体験とはどんなものだったのか。

サルトルは二歳になるかならないかで父親を亡くし、未亡人となった母親は両親のもとに戻ったために、彼は祖父母をはじめ大人たちのなかで甘やかされて育った。自己分析によれば、幼児サルトルは父の厳しい命令をうけることなく、ひたすら甘やかす大人たちに迎合すべく演技することを覚えたという。幼児期のサルトルにたいするもう一つの影響は、彼を溺愛した祖父の存在であった。教育者だった祖父は幼いサルトルに多くの本をあたえた。こうしてこの少年は現実の苦しみや喜びを知る前に、書物という言葉の世界を真実とみなすようになったというのである。言葉が作り上げる非現実の物語の世界こそが、彼にとっての現実となる。現実より前に言葉による知識がまずあり、そのなかで生きることが使命であり、救いとなる。こうして観念論者サルトルが誕生したと彼は言うのである。

「私は、自分の人生を、おそらくそれを終える時と同じようにして、つまり本に囲まれて始めた。祖父の書斎には、いたるところに本があった。年に一回、十月の新学期の始まる前を除いて、本の埃を払うのは禁じられていた。私はまだ読むことはできなかったが、これら古代遺跡の立石〔メンヒル〕を尊敬していた。……私は我が家の繁栄が、この蔵書にかかっているのを感じていた。」（白井浩司・永井旦訳『言葉』）

「嘔吐」

高等師範に入学したサルトルはドイツ哲学を学び、一九二九年七月には哲学科の大学教授資格試験に一番で合格した。そのあと十八カ月の兵役義務を気象班ですごし、ついで哲学の教師として赴任したのはノルマンディーの港町ル・アーブルの高等中学校であった。この間彼はこよなく愛していた祖父を失い、また日本でフランス語の教師を求めていたのでこれに応募したが、すでに別の人が決まっていて希望はかなわなかったという。こうしてル・アーブルに赴任したわけだが、高等師範時代からの恋人シモーヌ・ド・ボーヴォワールとは終始行動をともにし、充実した青春を送った。

出世作『嘔吐』（フランス語のタイトルNausée は「吐き気」である）が刊行されたのは一九三八年のことである。この哲学的な主題を盛った小説は読書界に衝撃をあたえ、ゴンクール賞の候補にもなった。

アントワーヌ・ロカンタンという中年の孤独な歴史研究家の内省の記録という形をとる小説の主題は、一人の人間の自己解体の危機である。アントワーヌは人間を実存として認識しようとすると、決まって生理的な吐き気に襲われる。そしてこの吐き気のきっかけとなるのは、ぐにゃぐにゃしたものの触覚や視覚である。たとえば小石の裏側、露出した木の根、泥水に落ちた紙切れなどを目にした瞬間に吐き気が襲ってくる。

これらはすべて堅固なものの裏側にあるものであって、アントワーヌはこれまで信じてきた堅固な世界が解体する瞬間、その裂け目が露出する瞬間に激しい吐き気を覚えるのである。

これは一般に信じられているように、哲学から得た観念のイメージ化の結果ではなくて、サルトルのある原体験の反映であった。サルトルはボードレールについて、「彼は蛇口から流れる水や、石で固められた溝のなかを流れる水以外のものを嫌悪した」と書いているが、同じ生理的な傾向がサルトル自身にもあったのである。パリのブルジョアの家庭に育った彼らは、石造りの壮麗な街並みや堅固なものに囲まれて幼児期をすごした。すべては秩序のなかに収まっていて当然だったのである。吐き気はこうした堅固で、秩序正しいものが崩壊するとき襲ってくる。

主人公アントワーヌは、自己を救済するために小説を書こうと決心する。こうしてプルーストの『失われた時を求めて』を思わせる結末で小説は終わるのだが、小説の『嘔吐』は揺るぎないと思われた世界が、第二次大戦によって崩壊する現実を生理的に表現しているのである。サルトルはこうした時代の軋みをいち早く感得し、それを小説の形で表現したのであった。その意味でサルトルは、哲学者となる以前に小説家としてスタートしたのである。

この作品は日本にどのように紹介されたのだろうか。訳者の白井浩司はこう回想している。

「NRF誌の広告欄にサルトルの最初の長編小説『ラ・ノーゼ』の近刊予告が載ったのはいつのことだったか。忘れもしない一九三八年の初夏、三田の、いまで言えば八角塔のある旧図書館の前で、私は、佐藤朔氏に呼びとめられた。『きみ、丸善にラ・ノーゼが入っているよ』私は、授業に出席するのをやめて丸善に直行し、たった一冊残っていたラ・ノーゼ、すなわち私が『嘔吐』と訳する小説を買い求めた。丸善の洋書部では、見込み注文は三冊ときまっていたので、他の二冊は、春山行夫氏と佐藤朔氏の手に渡っていた。……一年以上かかって漸く完訳した『嘔吐』の原稿を原書とともに高橋〔広江〕教授に預けておいたところ、開戦日を少しすぎて創刊された雑誌『文化評論』に最初の部分が私の名前で掲載された。高橋教授の朱筆が入っているのにも拘らず、共訳ではなく、個人訳で発表して下さったのである。翌月に発行された第二号の雑誌に続編が載ったが、雑誌はその号で休刊となり、全訳は日の目を見なかった」(『嘔吐』との関係」)。

結局、白井浩司訳の『嘔吐』は戦後になって一九五〇年に京都の青磁社から出版された。このときすでにサルトルの名前は、フランスでは哲学の主著『存在と無』とともに急速に高まり、日本でも前年に伊吹武彦の翻訳で短篇の『水いらず』や『壁』が矢継ぎ早に出版されていた。やがて日本にも実存主義のブームが上陸する。

文学、哲学、社会参加

サルトルは、その後も数々の小説作品を精力的に書き継ぐとともに、次々に哲学の問題作を世に送り、政治の実践の場にも進んで足を踏み入れていった。

アルジェリア独立運動では、フランス軍の拷問を厳しく糾弾した。このため極右の秘密軍事組織OASのテロの対象とされ、母をホテルに移し、自分はボーヴォワールの家に寝泊まりする日がつづいた。はたして一九六一年七月十九日、彼のアパートのあるボナパルト街でプラスチック爆弾が爆発したが、幸い難を逃れたのであった。

一九六六年にはじまった中国の文化大革命では毛沢東主義を積極的に評価し、ヴェトナム戦争では、米軍の戦争犯罪裁判に加わることを承諾した。

J・P・サルトルとシモーヌ・ド・ボーヴォワール

一九六八年の五月に学生を中心として起こった「五月革命」では、サルトルは最初から学生を支持する態度を表明し、指導者のコーン＝ベンディットと対談したほか、ソルボンヌの大教室での学生討論会に参加して激しい体制批判を繰り返した。サルトルが参加する集会はどれも聴衆があふれ、入場整理券は数倍の値段がついたほどである。

その一方でこの年の八月、チェコスロバキアの改革路線を踏みつぶすために、ソビエトは戦車でもって首都プラハを占拠し、ドプチェク書記長以下を逮捕、「プラハの春」を圧殺する事件が起こった。

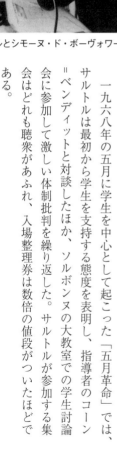

フランス共産党がこれを歓迎する声明を出す一方で、サルトルはソビエトの侵入を厳しく弾劾したのである。

一九七五年、ヴェトナム戦争は北ヴェトナムの勝利に終わった。しかし、その後共産主義政権を逃れて難民が船をつかって亡命する、いわゆる「ボート・ピープル」が大勢出てくると、サルトルは救済委員会に加わって、レイモン・アロンやアンドレ・グリュックスマンらとともにジスカール・デスタン大統領に陳情した。この時期特派員としてパリにいた私は、しばしばこうした席でサルトルを取材したが、サルトルはこの頃すでに健康を害していて往年の覇気はなかった。それでも自分の思想に忠実に生きようとする姿勢に変わりはなく、フランスの若者たちは尊敬の念をもってサルトルを遇していた。ある者は同調し、ある者は共感をもってサルトルの行動を見つめていたのである。

サルトルが肺水腫でパリのブルーセ病院に入院したのは、一九八〇年三月二十日のことである。この日から新聞は連日その容体についての記事を掲載した。サルトルは入院して一カ月後の四月十五日不帰の人となったのである。翌日の「ル・モンド」紙は一面のトップにベルナール・ポアロ＝デルペッシュの記事を載せた。

「ジャン＝ポール・サルトルが亡くなったことは、フランス中に大きな動揺を引き起こした。共和国大統領は、『我々の時代を知性で照らす導き手の一人だった』と哀悼の意をあらわした。外国でもドイツ、イタリア、そしてとりわけアメリカで、ハーバート・マーカスの言う『世界の良心』によってあたえられた大きな影響が語られている。」

四日後に行われた葬儀は事実上の国葬ともいえるものであった。十四区のブルーセ病院を出た遺骸には、およそ五万人の人びとがつきしたがった。この日のパリは冬に逆戻りしたかと思わせる底冷えのする天気だった。パリの南端にある病院を午後二時に出発した柩は、ライオンの像のあるダンフェール・ロシュロー広場を通り、モンパルナス大通りへ出て左折し、エドガー・キネ大通りのサルトルの家の前を通ってモンパルナス墓地に着いた。

「命令も、警官の出動も、著名人の一団もなく、土曜の午後のパリには数万の人びとがいた。若者、老人、外国人、フランス人。近くの者、遠くから馳せ参じた者。みながサルトルに別れを告げるためにやってきたのである。葬列の一団は、メーデーのデモのように静かに進んだが、墓地のまわりでは一種の怒りや混乱が渦巻き、対照を見せていた……」（「リベラシオン・サルトル特集号」）

墓に下ろされるサルトルの遺骸を、悲しみの表情で放心したように眺めるボーヴォワールが印象的であった。勲章もなく、弔辞もなく、著名人も特別あつかいをうけることなく、みなが一本ずつ花を置いた。サルトルはかつての文豪のようにパンテオンに祭られることなく、一市民としてモンパルナス墓地に葬られた。

こうして生けるサルトルは活動を停止したが、残された膨大な著作は死後三十年がたった今日も私たちに多くのことを語りかけてくる。

第10章 「美しい日本の私」

東と西のかけ橋

川端康成が、日本人として初めてノーベル文学賞を受賞したのは昭和四十三年（一九六八）のことである。この年はパリではじまった変革の波が日本にも飛火して、世の中は騒然としていた。ヴェトナムではアメリカによる北爆が繰り返され、一方で北ヴェトナムとアメリカの間で、停戦をめぐる交渉がひそかに行われていた。そんななかで、ひたすら東洋の美の世界に沈潜する川端文学が世界で認知されたことは、一種意外な感じをもたせた。

この年のノーベル文学賞の発表は、十月十七日であった。川端はこのとき六十九歳である。世界の注目が川端の動向に集まった。

翌日の朝日新聞はこのニュースを第一面と五面で伝え、十四、十五面では特集を組んでいる。第一面の見出しは、「東と西のかけ橋、日本人の心の精髄表現」と大きな活字がおどり、「文学水準、世界が認める」とある。そして川端の談話として次のような文章を載せている。

「候補にあがっていることは聞いていましたが、自分の作品は量感に乏しいことを知っているので、まさか決まるとは思っていなかった。受賞の理由は、第一の〝おかげ〟として日本の伝統というものがあり、それを作品に書いたからだと思う。第二の〝おかげ〟は各国の翻訳者がよかったためでしょうが、日本語で審査してもらったらもっとよかった。……私は変に運がいいんです。私ののような、西欧の小説に比べるとささやかな作品が認められたわけですから、翻訳してくれた人、そのほかの人々のおかげさまです。

アメリカのある人が、私の小説を『雪がしとしとと降っている感じだ』といいましたが、東洋、西洋といっても人間同士だから、わかる人にはわかるんでしょうね。この受賞は大変名誉なことですが、作家にとっては名誉などというものは、かえって重荷になり、邪魔にさえなって、萎縮してしまうんではないかと思っています。……

会見する川端康成

湯川サンの場合のようにはっきりしたものと違って、ぼくの場合は、対象が空々ばくばくたるものだ。それだけにかえって意義があるといえるかも知れないが……。」

川端の談話にあるとおり、日本人のノーベル賞の受賞は、一九四九年の物理学賞をうけた湯川秀樹博士、同じく一九六五年度物理学賞の朝永振一郎博士以来三人目、人文系統では最初の受賞であった。これで千年の伝統をもつわが国の文学が、ようやく世界に認められたというのが、大方の日本人の受けとめ方であった。

ところでこの年の文学賞はどんな経緯で川端康成に落ち着いたのか。元パリ駐在スウェーデン大使館文化参事官シェル・ストレムベリイは、選考の裏側をこう伝えている。

「ノーベル文学賞の候補者リストに極東出身者の名前が初めて登場したのは、一九五〇年のことであった。それは日本の作家ではなく、中国の哲学詩人林語堂であった。一九三八年度のノーベル賞受賞者であり、中国通として知られるパール・バックの推薦により、林語堂は候補者名簿にその名を連ねる資格を得たのであった。毛沢東の政権掌握以来、この詩人に関する噂はもはや聞かれなくなってしまった。一九五八年にはふたたびパール・バックによって、この名誉ある候補者に最初の日本人として、近代小説の巨匠、谷崎潤一郎が推薦された。この推薦は、一九六五年に谷崎がこの世を去るまで、幾度か西欧側からも日本側からも提出されたのであった。

六〇年代に入ると、その当初から他の三人の日本の作家たちが谷崎とはげしく競い合った。すなわち、感受性ゆたかな詩人であり、T・S・エリオットの翻訳者でもある日本文芸家協会推薦の西脇順三郎、日本ペンクラブから推薦されていたペンクラブの前会長川端康成、さらに小説家であり劇作家である三島由紀夫であった。三島は他の二人よりもはるかに若く、また西欧化されたところがあるにしても、最も嘱望されていた。谷崎の場合と同じように、川端、三島の作品は諸外国語に訳され、その名は広く西欧にも知られるようになっていたのである。」

シェル・ストレムベリイが明かしているように、川端康成がノーベル賞候補として最初にノミネートされたのは一九六一年のことである。このとき川端の調査を担当したのは、若い評論家のペール・エリック・ワールンドであった。だが彼は日本語が読めず、またほとんどの作品はスウェーデン語に訳されていなかったから、英、仏、独の三カ国語に訳されたものを探して読まなければならなかった。その後ワールンド自身『雪国』をエドワード・サイデンステッカーの英訳から重訳してスウェーデン語で出版した。『千羽鶴』についてはドイツ語訳があり、一九五六年にドイツ語訳からスウェーデン語に重訳されていた。

一九六〇年代になると、川端作品はコロンビア大学のドナルド・キーン教授やエドワード・サイデンステッカーといった、日本文学の良き理解者であり優れた翻訳家を得て、次々に英訳されヨーロッパ世界に紹介されることになった。

ドナルド・キーンは日本文学の専門家として、初の日本人ノーベル文学賞受賞者として誰がいいかと問われた際、迷ったあげく年長者であるという理由から川端を選んだと語っている。このとき真先に考えた谷崎潤一郎はすでに亡くなっていたのである。

もう一人川端の選出に大きな力となった、当時のノーベル文学賞委員会委員長のアンダーシュ・エステルリングは、川端作品について、「作中に挿入された恋愛分析の巧妙さ、繊細な鋭い細部にわたる観察、微妙で神秘的な網目細工など」の特質を指摘し、「これらの特質は往々にしてヨーロッパの小説技法を凌駕するものである」と述べている。その上で彼は『古都』を傑作と賞賛していた。

この年、川端の最大のライヴァルはアイルランドの劇作家サミュエル・ベケットだったが、最終的には川端が日本人として初めて選ばれ、ベケットは翌一九六九年度に受賞することになった。

ストックホルム

授賞が決まると川端の身辺は急にあわただしくなった。十月十七日の夜、鎌倉長谷の自宅は祝い客でごった返した。川端はそうした客一人ひとりに、持ち前のはにかんだような微笑を浮かべて礼を述べた。

この夜撮られた一枚の写真には、ビール瓶が林立し、その間に放送局のマイクがのった座卓を前にして、立野信之と今日出海にはさまれてカメラの方をじっと見る川端が写っている。今はぐいとビールを飲みほし、立野は誰かと談笑している様子だが、主人公の川端のまわりだけは静けさが漂っているといった不思議な写真である。

翌日はアルムクイスト・スウェーデン大使が長谷の自宅を訪ねてきて、正式にノーベル賞の授賞を伝達した。

十一月に入っても、川端の身辺の忙しさは変わらなかった。八日に行われた秋の園遊会に招待され、天皇陛下から言葉をかけられた。二十九日には長年会長をつとめた日本ペンクラブ主催の祝賀会が盛大に催され、佐藤首相も出席した。

十二月三日に日本を発って、スウェーデンに入ったのは十二月六日である。ここでも外国人記者の取材攻勢にあったが、北ヨーロッパのなかでもとくに美しいたたずまいを見せるストックホルムの町を散策する余裕はあった。町の中心部では、ノーベル賞授賞を記念して、川端康成の業績を示す展覧会が開かれており、そこにも足を運んだ。パリからは川端作品の映画化で主演して以来可愛がっている女優の岸恵子もかけつけて、通訳を買って出てくれた。

十二月十日にストックホルムのコンサート・ホールで行われた授賞式に、川端は黒の羽織、金茶の袴の盛装でのぞんだ。このときの模様はＮＨＫが取材して、全国に放送された。六人の受賞者のうち、川端の席はステージの一番中央、演壇に近いところに設けられていた。恒例にしたがって、有名なソプラノ歌手ビルギット・ニルソンが、栄誉を讃えて短い独唱を披露し、委員長のエステルリングが受賞者を讃える演説を行った。

ついでグスタフ六世国王がメダルと賞状を授与し、川端の手を強く握った。川端は花で飾られた席に戻る前に、舞台中央で喝采する客席に向かって深々と一礼し、それがまた人びとの拍手を誘ったのだった。

厳かな式典につづいてシティー・ホールの大広間で祝宴が開かれ、ここでも小柄な川端の姿は注目を浴びた。

二日後の十二月十二日、スウェーデン・アカデミーでは恒例の記念講演が行われたが、この席で川端はあの有名な『美しい日本の私』を読みあげたのである。

女婿の川端香男里によれば、この原稿はストックホルムのホテルで、その日の朝までかかって書きあげられたもので、サンデンステッカーができあがるそばから英語に翻訳した。

「春は花夏ほととぎす秋は月
　冬雪さえて冷しかりけり
道元禅師の『本来ノ面目』と題するこの歌と、
雲を出でて我にともなふ冬の月
風や身にしむ雪や冷たき
明恵上人のこの歌とを、私は揮毫をもとめられた折りに書くことがあります。……

……古今東西の美術に博識の矢代幸雄博士も『日本美術の特質』の一つを『雪月花の時、最も友を思ふ』という詩語に約められるとしています。雪の美しいのを見るにつけ、月の美しいのを見るにつけ、つまり四季折り折りの美に、自分が触れ目ざめる時、美にめぐりあう幸いを得た時には、親しい友が切に思われ、このよろこびを共にしたいと願う、つまり、美の感動が人なつかしい思いやりを強く誘い出すのです。この『友』は、広く、『人間』ともとれましょう。また『雪、月、花』という四季の移りの折り折りの美を現す言葉は、日本においては山川草木、森羅万象、自然のすべて、そして人間感情をも含めての、美を現す言葉とするのが伝統なのであります。」

川端はスピーチでこのように語っているが、まさしく川端文学は、こうした日本の四季に誘い出された、人と人との出会いと離別の物語を繰り返し描いたのであった。

末期の眼

川端の文学的営為が広く一般の読者に受け入れられたのは、言うまでもなく昭和元年（一九二六）の「文芸時代」一、二月号に発表され、翌年金星堂から単行本として刊行された『伊豆の踊子』である。憂愁の心をいだいて伊豆を旅する旧制高等学校の学生と旅芸人の一座、そのなかの踊子との淡い交際を描いた作品は、のちの映画化の成功もあって、大好評で迎えられた。
この小説のもとになった体験は、大正七年（一九一八）の秋に伊豆を旅行したときのものである。当時彼は二十歳、第一高等学校の二年に在学中であった。このときの思い出は、大正十一年（一九二二）にまず『湯ケ島の思い出』として書かれ、これをもとにさらに四年後に小説化されたのである。
川端は戦後になって作品の自解をこころみているが、この『伊豆の踊子』についてこう書いている。

「……『湯ケ島の思い出』には、『踊子が言って、千代子がうべなった、いい人というひと言が、私の心にぽたりと清々しく落ちかかった。いい人かと思った。そうだ、いい人だと自分に答えた。平俗な意味での、いい人という言葉が、私に明りだったのである。湯ケ島から下田まで、自ら省みても、いい人と道連れになっていたとしか思えなかった。そうなれたことがうれしかった。下田の宿の窓敷居でも、汽船の中でも、いい人と踊子に言われた自己満足と、いい人と言った踊子に対する傾情とで、快い涙を流したのである。今から思えば、不思議なことである。幼いことである。』と書いている。これが『伊豆の踊子』を書いた動機のなかにあったことは疑えない。そしてこの作品が読む人に愛される所以の一つになっているのだろう。」

川端の作品としては、『伊豆の踊子』は例外的に明るい雰囲気のなかで推移する。それが多くの若い読者をひきつけ、永遠のベスト・セラーたる理由なのであろう。しかしここでもすでに川端文学の基調音である哀愁が、色濃く作品全体を覆っていることを忘れるわけにはいかない。

名作『雪国』は昭和十年（一九三五）に執筆が開始され、同二十二年（一九四七）に完成した作品である。「国境の長いトンネルを抜けると雪国であった。夜の底が白くなった。信号所に汽車が止まった。」という書き出しは、この作品を読んだことのない人たちも何かの折に耳にしたはずである。

雪国の温泉地を訪れた東京の舞踏研究家で文筆家の島村は、そこで二人の女と知り合いになる。一人は土地の芸者駒子。もう一人は駒子が抱えられている師匠の息子の恋人葉子である。この二人は師匠の息子行雄をはさんで、かつては三角関係にあり、今は島村をめぐって二人の間は緊張している。

『雪国』で物語られるのは、主人公島村の目を通して見たこの二人の女性と雪国のたたずまいである。事件といえば、三年間に三度この土地を訪れた島村と駒子との間の情事だけである。結末近くで、映画会が催されていた繭倉が火事となり、そのなかで葉子は失神して生死さえ分からずに小説は終わる。

川端作品はすべて女性をめぐって展開するといってよいのだが、『雪国』はその典型である。だが作品に登場する女性はみなあくまでも男の目から見られる対象であって、独立した意志をもって主人公にたいする存在としては描かれない。唯一の例外がこの『雪国』の駒子で、彼女は例外的に自分の意志でもって動くのである。島村に惚れた駒子は、あるときは嘆き、あるときは喜びを露わにして島村に働きかける。この結果『雪国』は、小説としての緊張をかち得ているということができる。

さらに鋭敏な感覚を働かせて現実にたいする島村は、川端文学のもう一つの特徴を象徴する存在である。たとえば次のような一節――

「島村は雪の季節が近づく火鉢によりかかっていると、宿の主人が特に出してくれた京出来の古い鉄瓶で、やわらかい松風の音がしていた。銀の花鳥が器用にちりばめてあった。松風の音は二つ重なって、近くのと遠くのとに聞きわけられたが、その遠くの松風のまた少し向うに小さい鈴がかすかに鳴りつづけているようだった。島村は鉄瓶に耳を寄せてその鈴の音を聞いた。鈴の鳴りしきるあたりの遠くに鈴の音ほど小刻みに歩いて来る駒子の小さい足が、ふと島村に見えた。島村は驚いて、最早ここを去らねばならぬと心立った。」

このように主人公はもっぱら感覚を武器にして、美しいものを貪欲に追い求め、その果実を満喫する。こうして現実は美的な瞬間々々に解体され、決して主人公の世界を破綻させることはない。だが例外が『雪国』の駒子なのである。

作家の澤野久雄は、次のようなエピソードを伝えている。

「こういう伝説がある。

京の祇園で、舞妓を十何人か集めて、お座敷の一方に一列にならばせる。川端さんは、彼女等の一間半ほど手前に正座して、あの目で舞妓の顔を、姿を、一人ずつ順々にながめてゆく。

視線が、彼女等の一人のこらずを充分見きわめると、またもとに戻って、端から順々に目を凝らす。その間、何も言わない。娘たちもだんだん、不気味になって来る。しんとしてしまう。やがて、二時間か三時間かの、重苦しい沈黙が積み重なる。と、川端さんは急に微笑をうかべて、

『ありがとう。御苦労様。』

花やかな祇園の茶屋に、あでやかな衣装の舞妓を着物の柄のように散らして、鬼気せまる光景ではないか。美はその時、たしかに凄味を帯びたであろう。」(「川端康成と女性」)

これは伝説の類に違いなかろうが、川端の女性観を端的に物語っているではないか。

こうした女性にたいする偏愛を描いたのが、昭和三十九年(一九六四)に完成した『片腕』である。これより前の昭和三十五年から三十六年にかけて「新潮」に連載された『眠れる美女』では、ある不思議な館で老人がすごした五夜の経験が描かれていた。この館は一種の娼家で、この家には薬で眠らされていて決して目を覚まさない娘たちがおり、客は傷つけたり、妙ないたずらをしないことを条件に、この眠っている娘と夜をともにするのである。こうした状況のもとでは相手は反応を示さず、すべては主人公の側が握っている。そこに成立するのは、恋愛とはけっしていえない一方的で勝手な愛玩である。

『片腕』では、この偏愛はさらに嵩じて、主人公は娘の身体のなかで最も愛する右腕だけを切り離して、一夜自分の部屋に借りてくる。

主人公のフェティシズムは、「腕のつけ根であるか、肩のはしであるか、そこにぷっくりと円みがある」腕であって、娘はそれを知って、親切にも自分の片腕をその部分から外して貸してくれる。シュルレアリスムの手法で描かれたこの短篇ほど、川端の意識の有り様を端的に表現したものはない。彼にとって欲しいのは、「純潔を失うと間もなくその円みの愛らしさも鈍ってしまう。たるんでしまう」腕であって、人格をもった女性ではない。彼はその初々しい片腕をコートの下に隠して、自分の部屋にもってかえり、一晩抱いてすごす。

「手首の脈搏と心臓の鼓動とのこの一致は、今が娘の右腕と私の右腕とをつけかえてみる、そのために与えられた短い時なのかもしれぬ。いや、ただ娘の腕が寝入ったというしるしであろうか。失心する狂喜に酔わされるよりも、そのひとのそばで安心して眠れるのが女はしあわせだと、女が言うのを私は聞いたことがあるけれども、この娘の片腕のように安らかに私に添い寝した女はなかった。」

だが、当然のことながら観念の遊びは無残な結末を迎えざるを得ない。主人公のエゴが働いて自分の右腕を取り戻したとたん、娘の右腕は生命を失ってしまうのである。

死

私は川端氏に一度だけお目にかかったことがある。昭和三十九年のことで、この年の秋に放送した「新日本紀行・鎌倉」というテレビ番組の取材であった。番組は古都鎌倉の風物とそこに暮らす人びとの姿を紹介するもので、当時ＮＨＫでは朝の連続小説の枠で、川端原作になるドラマ『たまゆら』を毎朝放送していた。そのため私が担当した番組にも出演を願ったのである。

ある秋の日、長谷の自宅をカメラマン他のスタッフと訪ねた私を、氏は快く迎えてくれた。書斎での執筆の様子などを撮影したあと、二時間ほどインタビューに応じていただいたが、大学を出たばかりの若者にも、氏の態度はあくまでも丁寧であった。学生時代から梶井基次郎の文学に魅かれていることを打ち明けると、湯ケ島での出会い以来の梶井との交遊について懇切に話をしてくださった。貴重な執筆時間を割いていただいたことに恐縮すると、「もう少しいいでしょう」と、床の間に置かれていた小さな仏像を前にして、その由来についても細々と説明された。寡黙で怖いという世評とはまったく違う印象であった。

それから八年後、昭和四十七年（一九七二）四月十六日の夜、「川端氏自殺」のニュースを社会部の同僚から知らされたとき、真先に思い出したのは仏像を眺めている川端の姿であり、その大きく見開かれた目だった。

事件の翌朝、彫刻家の高田博厚はごったがえす長谷のお宅で、デス・マスクをとった。その手記「死面をとる」にはこうある。

「新築した家の奥の部屋のまん中に川端さんは臥ていた。道具一つ置いてなく、白い布団の枕元の線香台だけ。ただ床の間の違棚に、私の作った彼の像が置いてあった。顔に掛けてあった白布を除った。しずかな寝顔である。瓦斯を吸ったから、血色は生きているようで、死の影はすこしもない。それに……あの大きな眼がいつもなにか不安を感じさせたのに、それは閉じられている。

面の型取りの仕事は簡単だった。病死の場合は皮膚がはがれたり、顎の凹のために、面を二つに割って取らなければならず、また顔一面にしゃぼんを塗らなければならぬが、これは死後二十四時間たっていない。額から耳、首を布で囲み、額の頭髪、眉毛睫毛にびんつけを塗り、鼻の穴を脱脂綿でつめる。この動作で私は彼の顔に触った。そしてまだ温か味のあるような気さえした。……川端さんは隣へ行くように、『生』から『死』へ敷居をまたいだのだろう。そしてこれが情緒の極点であってよく、可、不可の問題ではあるまい。」

私たちは川端作品に接して、否応なく「わが内なる日本」を見る。その意味でわが国の文学の特質を見て、最初の賞をあたえたノーベル文学賞委員会の鑑識眼に間違いはなかった。だが川端文学を乗りこえない限り、わが国の小説が本来のダイナミズムを発揮できないこともまた確かであるように思える。

第11章　パブロ・ネルーダ

早熟な詩人

一九七一年のノーベル文学賞は、南米チリの詩人、パブロ・ネルーダに授与された。授賞理由は、「一つの大陸の運命と、多くの人びとの夢に生気をあたえる源となった、力強い詩的作品にたいして」というものである。しかし選考にあたっては、委員の幾人かは授賞に難色を示したといわれる。ネルーダがかつて旧ソビエト連邦の独裁的指導者スターリンを賛美したためである。

一九六〇年代の後半、ネルーダに関して意見を求められたアルゼンチンの作家ルイス・ボルヘスは、「彼はきわめて繊細な詩人だと思う、大変繊細な詩人だ。だが人間としては称賛には値しない。彼は非常に低劣な人間だと、私は思う」と語り、さらにネルーダは自分の評判を危険にさらすのを恐れて、アルゼンチンの独裁者ペロンに反対すると述べたことはないと言い、「私はアルゼンチン

パブロ・ネルーダ

の詩人で、彼はチリの詩人だった。彼は共産主義者の側であり、私は彼らに反対だった。だから彼が、私たち二人が出会うのを避けたのは賢明だったと思う。もし会えばきわめて不愉快なことになっただろうから」と付け加えている。

　ボルヘスの評価が妥当かどうか意見の分かれるところだが、ネルーダが終生共産主義に信頼を寄せていたことは事実であり、それは同世代のフランスの詩人ルイ・アラゴンが共産主義者として生きたのと同様であった。

　パブロ・ネルーダは本名をリカルド・エリエセール・ネフタリ・レイス・イ・バソアルトといい、一九〇四年七月十二日に、チリ中部のパラルで生まれた。彼はその後両親とともにチリ南部の湿気の多い密林のなかの小さな村テムコに移り、そこで少年時代をすごした。

　ネルーダはこの頃の思い出を、「少年時代の田舎」（『指輪』一九二五年）で、次のようにうたっている。

……苔のふちを歩調をとって歩きまわり　大地と草を踏みつけた　少年時代の情熱よ　おまえはいつでもよみがえってくる。……北風が吹きすさび　冬枯れの寒さが身を刺す頃の、村の影は濃くて大きいのだ。だがまた雨季のさなかに、穂のように揺れて変わりやすい天気があらわれて、思いがけず太陽のかがやく日は、えも言えず気もちよかった。川の氾濫する冬の日よ母とおれは吹き狂う風のしたでふるえていた。どっとあたり一面に降る、いつやむともわからぬ憂鬱などしゃ降りの雨よ。森のなかで立ち往生した汽車が、悲鳴をあげたり吼えたりしていた。板張りの家は、くらやみにすっぽりとつつまれてぎしぎしと鳴った。野生の馬のような疾風が窓をたたき、柵をひっくりかえし、やけっぱちに乱暴に、すべてを吹き倒して海に抜けた。だがまた、澄みわたった夜もあり、天気がよく木木の茂みがそよぎ、ほの暗い夜空は降るような星をちりばめていた。……ひそやかな時間のうえをすべり去った少年時代の田舎よ。降ったばかりの雨でしめった森羅万象のうえに横たわっている孤独な地帯よ、おれはおまえの処を、帰ってゆく憩いの場所として、おれの運命に提案するのだ。(大島博光訳)

村の情景をうたったこの詩のなかに汽笛を鳴らす汽車が出てくるが、彼の父親は鉄道員であった。新しい鉄道線路を建設するために砂利などを運ぶ敷設列車の車掌で、かたわら敷設現場の監督のような仕事もしていた。そのために長らく家を留守にすることもあって、少年ネルーダは母と密林に囲まれた村ですごすことが多かった。

テムコの村のまわりはニロールの密林がうっそうと茂り、森や草原にはインディオのマプチュ族が住んでいた。テムコはもともとマプチュ族の土地だったが、十九世紀末には、彼らは自分たちの土地を追われ、テムコのまわりに藁小屋を建てて生活していた。彼らは毛織物や卵や羊を売りに村へやってきて、夕暮れになると、男たちは馬に乗り、女は徒歩で帰って行った。

ネルーダには農民の伯父が二人いた。彼らは農民といっても牛飼いを兼ねた仕事で、馬を乗りまわし、ピストルを腰に、ギターを爪弾き、女たちがいつも付きまとっていた。少年時代のネルーダのまわりでは、大自然とそれと共存する生活が営まれていた。それらが多感な少年の心を育んだ。

彼が詩を書きはじめたのは十歳のときである。それは少年が母に贈った詩だった。だがそれを読んだ父親は、「そんな詩をどこで書き写してきたのだ」と言った。息子が詩を書くことを苦々しく思っていた父は、あるとき彼の詩の本やノートを焼いてしまった。父親の望みは息子が技師か建築家になって世間並みに出世してくれることだった。

だが詩作をあきらめない少年は、地方新聞や雑誌に投稿をつづけた。その際、父親に知られないためにペンネームを考える必要があった。たまたま手にした雑誌に、チェコの作家ヤン・ネルダの名前を見つけ、それにあやかって、パブロ・ネルーダを筆名にすることにした。パブロはフランスの象徴派の詩人、ポール・ヴェルレーヌから頂戴したものである。

ネルーダは一九二〇年、十六歳でチリの首都サンチャゴに出て「チリ大学」に入った。建築とフランス語を学ぶはずだったが、建築の勉強はそっちのけで、フランス象徴派の詩人の作品に読みふけった。

彼は『回想』のなかで、こう述べている。「私は大学に入る前に、シュリ・プリュドムやヴェルレーヌを知っていた……その頃、美しいフランス詩の詞華集が出て流行となり、みんなが争うようにして手に入れた。私は貧乏で買えなかったので、人から借りて書き写した。……大学における文学生活は私を圧倒した。私のような田舎者にとって、フランスの詩人たちをよく知っていて、ボードレールを語るような人たちに会うことは、大きな魅力だった。私たちは夜を徹してフランスの詩人たちを論じあった」。

新たな生活のなかでさまざまな影響をうけたネルーダは、ますます詩作にはげんだ。最初の詩集『祭りの秋』を一九二一年に出版したが、そこには当時ヨーロッパで流行しているシュルレアリスム風の作品、歴史的な叙事詩、政治的マニフェストのような内容のもの、自伝的要素をうたいこんだもの、エロティックなものが含まれている。

そして翌一九二四年、愛の詩篇を集めた『二十の愛の詩と一つの絶望の歌』が刊行された。その中の一篇「女の肉体」――

女の肉体は、いくつもの白い丘と白い太腿
お前は世界にも似て、降参して横たわっている
俺のたくましい農夫の肉体はお前の中を掘って
大地の深みから息子を躍りあがらせる

俺はただのトンネルだった。鳥たちは俺から逃げさり
夜はその破壊する力で俺に襲いかかった。
生き残るために俺はお前を武器のように鍛えなければならなかった
いまやお前は俺の弓につがえる矢となり、石弓に仕込む石となった。

だが復讐の刻が過ぎ、俺はお前を愛すのだ
なめらかな肌と苔と乳のある、貪欲でどっしりとした女の肉体よ
ああ、壺のような乳房！　ああ、放心したようなその眼！
ああ、恥骨のほとりの薔薇！　ああ、お前のけだるそうでもの悲しげな声！

俺の女の肉体よ、俺はお前の美しさの虜になる
この渇き、果てしない欲望、俺のくねる道。
ほの暗い河床には、永遠の渇きが流れ
疲れが流れ、はてしない苦悩が続く。（翻訳は"Neruda selected poems" Houghton Mifflin. のスペイン語と英語のテクスト、および Claude Couffon et Christian Rindernecht の仏訳を参考にした。）

ネルーダが二十歳で刊行したこの詩集は多くの言語に翻訳されて国際的な評価を得た。この詩では、女の肉体を丘や道などに喩える暗喩《アナロジー》は具象的で分かりやすい。これがネルーダの特徴であって、詩集はその後百万部をこえるベストセラーとなる。だが、チリで再版されるのは一九三二年のことであり、ネルーダはあいかわらず貧しかった。ネルーダは詩作をつづけ、一九二六年には詩集『無限なる人間の試み』と散文詩集の『指輪』と『居住者とその希望』を立てつづけに刊行した。

外交官生活

一九二七年、ネルーダはミャンマー（旧ビルマ）のラングーン駐在の領事に任命されて外交官生活をスタートさせた。なぜ外交官になったかについて、彼は『回想』で次のように明かしている。チリ人はみな旅行好きで、ネルーダもご多分にもれなかったが金がない。そこで外国へ行くために領事になることを思いつき、外務省へ行ってポストをあたえてくれるように頼んだというのである。外務省の事務室には世界地図がかかげてあった。彼が赴任するように命じられたのは地図に穴の開いている場所だった。それがビルマのラングーンだったというのである。こうしてネルーダのアジア滞在がはじまった。

ラングーンに赴任すると、旧ビルマだけでなく、アジアの各地を訪れた。どこもこれまで聞いたこともない土地だったが、その経験は創作の上で多くの素材を提供してくれた。こうしてネルーダは外交官としてのかたわら、多くの詩を読み、詩作をつづけた。それらはやがて詩集『居住者とその希望』として結実することになる。

アジア滞在があたえてくれたのは詩の素材だけでなく、彼はジャワで最初の妻となる女性に出会った。マリカ・アントニエッタ・ハーゲナー・ヴォーゲルツァンクといい、オランダの銀行に勤めていた。

一度、チリに帰国したネルーダは、アルゼンチンのブエノス・アイレスの大使館に派遣されたあと、一九三四年にはマドリッド駐在の総領事として赴任した。奇しくも、彼が十代のときに励まされた詩人、ガブリエラ・ミストラル（彼女はラテン・アメリカで初めて一九四五年にノーベル文学賞を受賞した）の後任だった。

これはネルーダにとって大きな幸運だった。赴任してまもなく、彼は多くの詩人や作家たちと交流するようになった。ラフェエル・アルベルティ、フェデリコ・ガルシア・ロルカ、ペルー生まれの詩人セザール・ヴァヘロといった人たちで、ネルーダが編纂した雑誌「詩のための緑の馬」のまわりには、多くの若い詩人が集まった。なかでもガルシア・ロルカとは毎日のようにカフェで会い、この頃演劇を手がけていたロルカについて、よく舞台稽古を見に行った。そしてときには舞台装置や背景についてアイディアを出した。

ネルーダが滞在したスペインは激動のなかにあった。スペインでは一九三一年四月、ブルボン王朝最後の国王アルフォンソ十三世がフランスに亡命、共和政府が誕生した。しかし王党派や右派勢力は巻き返しをはかり、以後一九三六年の総選挙までの二年間は「暗黒の二年」と呼ばれるほど情勢は混乱した。

一九三六年二月行われた総選挙では投票率が七十パーセントに近く、人民戦線を組む共和派が勝利したが、世論は左右それぞれの陣営に二分され鋭く対立していた。反乱が起こったのは、この年の七月十七日のことである。地中海に面したスペイン領モロッコの街メリーリャでセグイ大佐に率いられたムーア兵と外国人傭兵がク・デタを起こした。共和政府によってカナリア諸島の閑職に追われていたフランコ将軍がこれに呼応し、共和派政府とそれを支持する人びとと反乱軍との間に、全国各地で軍事的衝突が起きた。スペイン内戦のはじまりだった。

ネルーダに衝撃をあたえたのは、内戦が勃発した一カ月後の八月十九日、友人のガルシア・ロルカが、フランコに忠誠を誓う軍によって逮捕され、銃殺されたことだった。ファシズムの暴挙を前にして、彼はスペイン共和派への支持を鮮明にし、政治的活動をするようになった。一九三七年には、マドリッドで開催予定の文化擁護作家会議の準備のためにパリへ行き、共産主義の詩人ルイ・アラゴンとともに活動し、スペイン人民戦線支援集会で講演し、スペインの状況を訴えた。

「あのわれらの死者たちの膨大な森から、どうして一つの名を引きはなすことができよう！
記憶するにもあたいしない敵によって虐殺された鉱夫たち、アストゥリアスの死んだ鉱夫たち、
大工や石工たち、町と野の賃金労働者たち　おなじく殺された数千の女たちよ！　虐殺された
子どもたち……溌剌とした誇りに輝くスペイン、精神のスペイン、直観と伝統継承と発見のス

ペイン、フェデリコ・ガルシア・ロルカのスペイン。／かれは百合のように、手なずけがたいギターのように、犠牲に供せられ、暗殺者どもが、かれの傷ぐちを踏みつけ、かれのうえに投げつけた土のしたに、死ぬことになろう。……」（講演「フェデリコ・ガルシア・ロルカの思い出」）

しかしこうした活動はチリ政府の反対にあって、ネルーダは本国に召還された。チリに戻った彼は、スペインを題材にした詩篇の創作をつづけ、それらはスペイン人民戦線の兵士たちの手で詩集『心の中のスペイン』として一九三八年に発表された。

同じ年、チリでは大統領選挙が行われ、ネルーダも支援したペドロ・アグイレ・セルダが当選し、人民戦線内閣が誕生した。新政府はスペイン共和派の難民をチリに受け入れることを決めると、ネルーダをスペインからの移民をあつかう特別領事に任命してパリに派遣した。こうして二千人をこす難民が海を渡った。一九三九年九月三日、第二次大戦が勃発すると、彼はチリに帰り、やがてメキシコ・シティ駐在の総領事に任命された。ここで四三年までの三年間をすごしたが、ここでの大きな事件がレオン・トロツキーの暗殺だった。革命の功労者トロツキーはスターリンによって追放され、ヨーロッパを経由して一九三六年からメキシコに亡命していたが、一九四〇年八月二十日、秘書の恋人になりすましたラモン・メルカデルによって、ピッケルで後頭部を打ち砕かれ、翌日収容先の病院で死亡した。メルカデルは単独の犯行を主張して背後関係を隠したが、犯行はソビエト秘密警察（ＧＰＵ）の仕組んだものだった。

この事件でメキシコ人の画家ダヴィド・アルファロ・シケイロスが暗殺を教唆した一人として逮捕された。ネルーダはカマチョ大統領の依頼で、シケイロスへのチリ入国ヴィザを発給し、それによって画家はチリに入国することができた。チリではネルーダの私邸に滞在した。そしてこの事件がのちにネルーダにとって大きな問題となるのである。

ヨーロッパの戦火はナチス・ドイツの攻勢で連合国側は劣勢に立たされていたが、一九四二年八月から四三年二月にかけて行われたスターリングラードのソビエト軍の果敢な抵抗で形勢が逆転した。ネルーダはこの報に接して、さっそく「スターリングラードに捧げる愛の歌」を創作した。ソビエトに対する情熱的な愛と支持をうたいあげた長篇詩は印刷されてメキシコ市の多くの壁に張り出された。

コミュニズム

一九四三年にチリに帰国したネルーダはペルーを旅行して、マチュ・ピチュを訪れて強い感銘をうけた。

マチュ・ピチュよ
大地の梯子をよじのぼり

消えうせた密林の肌を刺す茂みの中を
わたしはおまえの処まで登ってきた
石の階段からなる高き都市よ
大地も死の経帷子のなかに隠さなかった者の住処よ
おまえの中には二本の平行線のように
稲妻の誕生と人間の揺籃とが
棘のような風の中に揺れていた
……（『マチュ・ピチュの頂き』）

ネルーダと同世代の左翼知識人は、スペイン内戦を通して、ナチス・ドイツに対抗してスペイン共和派を支持しつづけたソビエトとスターリンに共感した。その代表的存在がイギリスのジョージ・オーウェル、アメリカのヘミングウェイ、フランスのアンドレ・マルローたちであった。しかし国際義勇兵の一員や飛行隊長としてスペインの戦場に立った彼らは、やがてソビエトの内部事情やスターリンの打算を見抜いて離れていく。

一方、ネルーダは一九五三年には「スターリン平和賞」を受賞したが、この年、スターリンが死去すると、スターリンを悼むオードを書いた。こうしたネルーダについて、長年の友人だったオクタヴィオ・パスは、「ネルーダは次第にスターリニストになっていった。一方私は、年々スターリンから離れた。それでもネルーダを彼の世代の最も偉大な詩人であるというのを惜しまない」と語っている。

一九五六年のソビエト共産党第二十回大会で行われた、ニキータ・フルシチョフによる有名なスターリン批判のあと、独裁や大粛清といった歴史的事実から、スターリンへの個人崇拝をネルーダも悔やむことになるが、共産主義理論への信頼は終始ゆらぐことはなかった。

一九四五年三月、ネルーダは共産党から立候補して上院議員に当選した。そしてその四カ月後には正式に共産党に入党した。翌年の大統領選挙では、頼まれて左翼共同戦線の候補ゴンサレス・ヴィデラのためにキャンペーンを取り仕切り、ヴィデラは当選した。だが彼は大統領になるや、アメリカと手を握り、共産主義者を弾圧するようになった。ネルーダは上院でヴィデラの裏切りを弾劾する「私は告発する」という演説を行った。ヴィデラは逮捕令状をもってこれに応え、ネルーダは地下に潜らざるをえなかった。彼と妻は支持者の家から家を隠れ歩いた。共産党は非合法化され、二万六千人が選挙権を剥奪された。

ネルーダはやがて外国に亡命して三年間をすごす。アルゼンチンのブエノス・アイレスにいたとき、将来のノーベル文学賞受賞者で、当時グアテマラ大使館の文化アタシェだったミゲル・アンヘル・アストゥリアスと顔形が似ていることを利用して、彼のパスポートを使ってヨーロッパへ行き、パリで開催された「国際平和会議」に突如姿をあらわした。ネルーダは詩を朗読して、会場から熱烈な拍手をうけた。詩人のためにいろいろと骨を折ったのは画家のピカソだった。このニュースに面目を失ったチリ政府は、彼の出国自体を否定した。

ネルーダはその後数年にわたってフランス、イタリア、チェコスロバキア、ソビエト、中国を旅行してまわり、一九五二年に祖国に戻った。この間もその後も彼の旺盛な創作意欲は衰えなかった。詩集『大いなる歌』（一九五〇年）、『ぶどう畑と風』（一九五四年）、『エレメンタルなオード集』（同年）、『旅』（一九五五年）、『新しいエレメンタルなオード集』（同年）を次々に発表した。

彼の詩集は世界の主要な言葉に翻訳され、その政治的立場にかかわらず高い評価を得た。ネルーダは立場を隠そうとはしなかった。その後もキューバのミサイル危機やヴェトナム戦争では、アメリカの政策を正面から批判した。この代表的な左翼知識人の発言は、政治的に敵対する勢力にとってきわめて厄介な存在だった。アメリカのＣＩＡが資金を出して設立した「文化の自由のための協会」という反共団体は、ネルーダを主要な標的にした。一九六四年のノーベル文学賞の候補にされたときには、彼が過去にトロツキー暗殺に加担したという宣伝を広め、結局この年の賞はジャン＝ポール・サルトルに決まったが、サルトルが辞退したのは先に述べたとおりである。

晩年

一九七〇年、ネルーダはチリの大統領候補に指名されたが、最終的には社会党の候補者で左翼共同戦線の統一候補となったサルヴァドール・アジェンデの支持にまわった。この結果、アジェンデは民主的な選挙によってはじめて選ばれたチリの大統領になったのである。その後、アジェンデはネルーダを駐フランス大使に任命し、彼は二年間にわたって大使をつとめ、この間にチリがヨーロッパ各国やアメリカに負う長年の負債の軽減交渉にあたった。ただこの二年間のパリ駐在中、ネルーダは健康を害し、とくに肺の疾患が次第に悪化しつつあった。

一九七一年、彼はノーベル文学賞を受賞した。選考にあたって異論が出たのは冒頭に述べたとおりだが、彼の作品の多くをスウェーデン語に翻訳したアルチュール・ランドヴィストなどの強力な推薦が功を奏した結果だった。そしてなによりも、その長年にわたる文学的営為と成果は、ノーベル賞に十分に値するものだった。彼はストックホルムでの受賞スピーチで、「一人の詩人は連帯と同時に孤独への力だ」と語った。

一九七三年九月十一日、チリではピノチェト将軍によるク・デタが起こり、民主的に樹立されたアジェンデ政権は武力によって打倒された。ネルーダが心臓病のために、サンタ・マリ病院で死去したのは、このク・デタの十二日後、九月二十三日の夕方である。多くの人たちが葬儀の日に街頭に出て彼の死を悼んだ。これが新たな政権への抗議の機会となることを恐れたピノチェトは、大量の警官を動員して取り締まりにあたった。そして数週間後には、ネルーダの家が警官隊に襲われ、本や原稿は持ち去られるか破り捨てられた。

一九七四年、彼の回想録が、『私は告白する　私は生きた』というタイトルで出版された。そこにはピノチェトや他の将軍たちによるモネダ宮殿（大統領官邸）襲撃とサルヴァドール・アジェンデの最後に関する記述も含まれていた。
ピノチェトが去り、チリが民主化されたのちの二〇一一年六月、判事の一人はネルーダがピノチェト政権によって毒殺された疑いがあるとして、その死因についての調査を行うように命じた。十二月、チリ共産党はマリオ・カロサ判事に、ピノチェト政権下の一九七三年から一九九〇年までの間に虐殺されたとされる数百人の遺体を掘り起こして、あらためて調査するように命じた。いまネルーダの三つの家は記念館として一般に公開されている。

おお、チリよ、海とぶどう酒と
雪の細長い花びらよ
ああ、いつ
ああ、いついつ
ああ、いつまたお前に会えるのだろう?
また会うそのとき
お前は白と黒の泡のリボンを
俺の身にまきつけてくれるだろう
そしてお前は、お前の領土に
俺の詩を解き放とう

あそこには、なかば風で、なかば魚の
人たちもいれば
また水でできている人たちもいる
だが、俺は土でできているのだ
……（『ぶどう畑と風』）

パブロ・ネルーダの祖国チリへの愛はどの詩篇にもあふれている。

第12章　ラテンアメリカの二人

ラテンアメリカ文学

二〇一一年度までに、ノーベル文学賞を受賞した中南米出身の文学者は六人いるが、その一人、コロンビア生まれのガブリエル・ガルシア＝マルケスは、一九六〇年代、七〇年代に、世界的に起こったラテンアメリカ文学ブームの火つけ役を担った。ガルシア＝マルケスが一九六七年に発表した『百年の孤独』は、スペイン語圏では、「ソーセージのように売れた」といわれ、アメリカやヨーロッパ各国の大手出版社は、争って翻訳権を手に入れて各国語で出版した。こうして彼が三十九歳のときに発表した小説は世界的ベストセラーとなり、彼の名前は一躍世界中に知られるようになったが、同時にこれがきっかけとなって、当時すでにすぐれた作品を次々に生み出していたラテンアメリカ文学への関心が高まったのである。

ラテンアメリカとは中米と南米諸国の総称で、北はメキシコ、南はアルゼンチンとチリ、それにキューバをはじめとするカリブ海に浮かぶ島々を含む。そのほとんどがスペインとポルトガルの旧植民地であったが、十九世紀のはじめのヨーロッパの激変で、各国は次々に独立をはたした。ただこの地域の言語は、旧宗主国のポルトガル語を国語とするブラジルを除けば、ほとんどの国がスペイン語を用いている。

文学についていえば、アメリカ合衆国の場合と同じように、独立当初は旧宗主国の二番煎じや、きわめて幼稚な土俗的なものにすぎなかったが、二十世紀になると俄然大きな発展をみた。とくに二つの大戦を契機に、多くの文学者がヨーロッパへ渡り、その文学的経験を生まれた土地にもちかえり、そこから豊かな内容をもつ新しい文学が生み出された。メキシコのカルロス・フエンテス、キューバのアレホ・カルペンチエル、ペルーのマリオ・バルガス＝リョサ、ブラジルのギラマンエス・ローザ、アルゼンチンのフリオ・コルタサルといった人びとの作品は一作ごとに世界の耳目を集めた。

ガルシア＝マルケスの場合

フォークナーの影響という点では、一九八二年に賞をうけたガルシア＝マルケスも同様である。彼は授賞式でこう語った。

「わが師ウィリアム・フォークナーは言った。『私は人類の終わりを認めない』と。三十二年前に彼が認めることを拒否した事柄は、今では単なる科学的可能性でしかないと考えられているが、……私たち、あらゆることを信ずる物語作家は、現実とは逆のユートピアを創り出すのに、今もまだ手遅れではないと信じているのだ。」

一九六七年に登場したマルケスの代表作『百年の孤独』は、架空の村マコンドに住むある一家の歴史を追ったものである。この村では奇跡が日常茶飯事で、たとえばシーツを畳んでいる女性が、そのまま天国へ昇天してしまうといった具合である。この神秘的なマコンド村は、マルケスの故郷アラカタカがモデルとなっているが、その一部には明らかにフォークナーの作品の舞台ヨクナパトーファの面影が投影されている。とはいえ『百年の孤独』の魅力の大部分は、マルケスが母国の伝統から汲んできたものである。彼は「パリ・レビュー」とのインタビューでこう打ち明けている。

「これは私の祖母が話してくれた物語にもとづいている。彼女は摩訶不思議な突拍子もないことを話して聞かせてくれるのだが、その語り口はごく自然だった。」

サインするガルシア＝マルケス

ホワイト・タイに燕尾服という伝統的な服装の代わりに、白いズボンと白いシャツというコロンビアの正装で授賞式に出席したマルケスにたいして、ノーベル文学賞委員会は「スペイン・バロックの民族文化の流れと、ヨーロッパのシュルレアリスムの影響、それに他の諸々の現代思想がブレンドされて、スパイスのきいた我々を元気づけてくれる御馳走が生み出された」という賛辞を呈した。

ガブリエル・ガルシア＝マルケスは、一九二八年三月にバナナの積み出し港アラカタカで、十六人の兄弟の長男として生まれ、幼い頃は祖父母に育てられた。このとき祖母から聞かされた神話の記憶に、フォークナーやフランツ・カフカの読書の影響が加わって、マルケス特有の現実と幻想が混在する世界が成立したのである。マルケスの出世作となった『百年の孤独』や一連の小説には、祖父母が語って聞かせた戦争体験や土地に伝わる神話や伝承が色濃く影を落としている。

ガルシア＝マルケスは高校時代に執筆をはじめ、地元の新聞「エル・エスペクタドール」に短篇を投稿して掲載された。その後、首都にある「ボゴタ大学」の法学部に入学したが、一九四八年にボゴタで暴動が起こり、大学が閉鎖されたために家族の住むカルタヘナの大学に移ったが、生活が苦しく大学は中退した。そして「エル・ウニベルサル」紙の記者として働き、なんとか生活を維持しつつ作家への希望を捨てなかった。

二〇〇二年に出版されたガルシア＝マルケスの自伝『生きて、語り伝える』（旦敬介訳）によると、そうしたある日、一つの木箱が彼の元に届けられたという。それはヘルマン・バルガスなど三人の友人から送られたものだった。そこには同時代の作家たちの作品二十三冊が入っていて、いずれもスペイン語のものだった。「ほれ、例のブツを送るよ、先生、何か学びとってくれればよいがな」という添え書きがあった。友人たちが文学作品の書き方を学ぶために読むべきだという意図をもって選んだのは明らかだった。ガルシア＝マルケスは夢中で読んだ。

フォークナーが自分の故郷を舞台にして連作を重ねた『村』、『響きと怒り』、『死の床に横たわりて』など、「ヨクナパトーファ・サガ」を構成する一群の作品。ヴァージニア・ウルフ、ジョン・ドス・パソス、スタインベック、さらにはホルヘ・ルイス・ボルヘスも一冊入っていた。とくにフォークナーを知ったことは、マルケスが作品を構想する上で大きなヒントとなった。ガルシア＝マルケスはノーベル文学賞の受賞演説で、「フォークナーが立ったのと同じ場所に立てたのはうれしい」と語っている。

ガルシア＝マルケスは一九五四年にはボゴタの新聞「エル・エスペクタドール」紙の記者となり、翌年にはローマ教皇崩御を取材するためにローマに特派され、その後は隆盛のイタリア映画について評論を何本か書いて送った。だが自由党系の新聞社は、独裁者ロハス・ピニーリャの弾圧によって廃刊を余儀なくされ、彼はまたも職を失った。しかしこの機会にローマの「映画実験センター」の監督コースでしばらく学び、この経験を生かして後年映画の製作も行うことになる。

一九五七年には、友人が編集長をつとめるベネズエラの雑誌「エリーテ」と契約ができて、ヨーロッパから記事を送って生活費を稼いだ。一九五八年には結婚のために一度コロンビアに戻ったが、翌五九年にはキューバに渡って、フィデル・カストロを知り、キューバ革命の成立とともに国営通信社「プレンサ・ラティーナ」のボゴタ支局長となったが、まもなく編集部内の内輪もめに嫌気がさして辞職した。ただカストロとの親交はその後も続いた。このようにガルシア＝マルケスは一九五〇年代から六〇年代はじめをジャーナリストとしてすごした。

「百年の孤独」

この時期、ガルシア＝マルケスは写実的な作品である『大佐に手紙は来ない』や『悪い時』などを書きあげて出版社をあたったが、どこも出版してくれず、それぞれ出版されたのは執筆から五、六年たった一九六一年と六二年のことだった。ただ出版にはこぎつけたものの、どちらも売れたのは七百部ほどだったという。前者の主人公である退役大佐は祖父がモデルになっている。

ガルシア＝マルケスは十七、八歳のときから自分たち一族の歴史物語・サガを書く意向をあたためてきた。ただそれをどう書けばよいのか。リアリズムの手法を用いた『大佐』や『悪い時』には満足できなかった。

彼の回想によれば、メキシコ滞在のある日、アカプルコへ行こうとしていたときに、突然、自分が書こうとしている世界を描くには、祖母が語って聞かせてくれたように、現実と幻想を区別せずに物語ればよいと気づいたという。そう思いつくと、彼は一年半の間、部屋にこもってタイプライターを叩きつづけた。こうして完成したのが『百年の孤独』だった。

この作品は、新天地であるマコンドを開いたブエンディーア一族の百年におよぶ歴史をたどる物語である。この作品のフランス語版の序文を書いたアルベール・ベンスサンは、「真の小説家は、バルザック以来、一つの世界や諸々の人物を思いのままにつくり出す、専制的な創造者、あるいは気まぐれで残忍な父親と競って、神を殺し、あらゆる神性にとって代わろうとするというのが本当ならば、ガブリエル・ガルシア＝マルケスは、書くという行為の絶対性と言葉の力に魅惑されて、創世記の混沌のなかで『百年の孤独』を書くことによって、大文字の『創造者』、威厳にみちた『創造者』、『歴史』に刻まれた一つの世界の崇高な主人たらんとしたのである」と述べている。

そして、スペイン文学者でマルケスの本の訳者でもある木村榮一は、この作品の特徴を、「この作品には、無数のファンタジックなエピソードがちりばめられていて、読者を目くるめく幻想の世界へ引き込んでいく。新天地を開いた当主ホセ・アルカディオ・ブエンディーア、数知れない戦闘や待ち伏せに会いながら、奇跡的に生き延びたアウレリアーノ・ブエンディーア大佐、数々の驚異に満ちた発明をマコンドにもたらしたさまよえるジプシーのメルキアデス、チョコレートを飲んで浮遊する神父、シーツに包《くる》まって昇天する美少女レメディオス、こういった人物たちをめぐって奇想天外な事件が起こる一方、黄色い花が降りしきったり、時には雨が四年以上降り続くといった現実離れしたエピソードが次々に繰り出される。だが、これらは単なる空想、夢想の産物ではなく、背後に作者の少年時代の体験やつねに内戦状態にあったコロンビアの歴史がゆるぎないリアリティとして存在しており、それが土台になって作品をしっかり支えている。つまり、ガルシア＝マルケスは、一族の歴史とコロンビアの歴史を、誇張、歪曲を交えながら、彼ならではの力業でこの作品を見事な神話的な物語＝歴史に仕立て上げたのだ」（『コレラの時代の愛』解説）と要約している。

身内にコロンビア出身の女性がいるが、彼女によれば『百年の孤独』を読むと、ホセ・アルカディオ・ブエンディーアとその息子がつくりあげた地上の楽園マコンドは、架空の場所でありながらガルシア＝マルケスが生まれたコロンビアのカリブ海沿岸地方の風物を映しているという。そしてこの楽園は政治という現実の前に結局は潰え去る。息子のアウレリアーノ・ブエンディーア大佐が長い戦いの果てに得たものは、その名前のついたマコンドの一本の通りにすぎなかった。ガルシア＝マルケスは、『百年の孤独』でラテンアメリカの苦闘の歴史を象徴的に描いたとみることができる。

独裁者

一九七三年九月、チリのノーベル文学賞受賞者のパブロ・ネルーダが亡くなったとき、ガルシア＝マルケスはネルーダの遺稿などを持ち去ったピノチェト軍事政権が消滅するまでは小説を書かないと宣言した。だがネルーダ夫人の懇請によって、一九七五年に独裁者を風刺した長篇『族長の秋』を発表した。

これは年齢が百七歳から二百三十二歳の間という高齢の族長、つまり独裁者を主人公とした作品で、現実では到底考えられない事件が次々に起こる。おそろしく高齢の独裁者はいまや動脈がガラス化し、腎臓には海岸の砂がつまり、心臓には愛の欠乏のために亀裂が入っていた。アメリカには多額の借款を負い、その返済のために権利を失い、カリブ海まで売り渡すことになる。

孤独な独裁者は絶えず不安に苛まれていて、それを解消するために自分が死亡したという情報を流させて、民衆が大喜びして大統領官邸に乱入すると、彼らを捕らえて虐殺してしまう。彼の暴虐ぶりは桁外れで、反逆を企てた将軍を殺して丸焼きにしてパーティ料理にして出すといった所業ぶりである。だがこうした暴虐の限りをつくした独裁者にも最後の刻が訪れる。

「われわれが決してみたされることのない情熱で愛していた生を、閣下は想像してみることさえしなかった。われわれは充分に心得ていることだけれど、生はつかのまのほろ苦いものだが、しかしほかに生はないということを知るのが恐ろしかったからだ。われわれは自分が何者であるかを心得ていたが、彼は、くたばりぞこないの老いぼれめいたヘルニアの甘い声にだまされて、ついにそれを知ることがなかった。知らぬままに、秋も終わりの冷たく凍てた枯葉の陰気な音を聞きながら、忘却という真実が支配する常闇《とこやみ》の国へと飛び立っていった。恐怖のあまり、死神の糸のほつれたころもの裾にしがみつきながらである。彼が死んだというめでたいニュースを伝え聞いて表へ飛びだし、喜びの歌をうたう熱狂的な群衆の声を聞かずにである。解放を祝う音楽や、にぎやかな爆竹の音や、楽しげな鐘の音などが、永遠と呼ばれる無窮の時間がやっと終わったという吉報を世界じゅうに告げたが、それも聞かずにである。」（鼓直訳）

小説の最後には「一九六八―一九七五」と書かれていて、完成までに八年を要したことがわかる。ガルシア＝マルケスは中南米のいたるところに出現する独裁者をジャーナリストとして取材した経験をもち、早くから彼らをテーマにした小説を構想していた。しかしスタイルがなかなか決まらず、中南米の独裁者たちに関する資料を読んで、噂話や風説を集めた。さらには過去の独裁者、カエサルの伝記やスエトニウスの有名な『ローマ皇帝伝』にまで手を伸ばした。こうした準備のなかで、独裁者の像とそれを叙述するのにふさわしい文体が自らのうちで熟するのを待った。こうして書きあげられたのが破天荒な族長をめぐる物語であった。次から次へと饒舌に物語られる独裁者の所業はいつしか神話と化すが、そうした現実をこえた独裁者の姿を、独特のリアリティをもって読むものに迫ってくる。ガルシア＝マルケスの独壇場である。

ガルシア＝マルケスの才能は多岐にわたるが、その一つがジャーナリストとしての経験から得たルポルタージュ作家としてのそれである。この特徴がよくあらわれているのが『チリに潜入したミゲル・リティンの冒険』（原タイトル、一九八六年）である。

チリの映画監督ミゲル・リティンはアジェンデ政権下で国立映画社「チリ・フィルムズ」の総裁をつとめており、ピノチェトのク・デタの際には辛くも逮捕を免れて亡命した。十二年後、彼は変装して、目的を偽り祖国に潜入して独裁政権下の現状をフィルムに撮影することに成功した。スペインのマドリッドでリティンと会ったガルシア＝マルケスは、彼から一部始終を聞き出して、それを一冊のルポルタージュに仕あげたのである。その経緯を序文でこう述べている。

「一九八五年の初めころ、チリの映画監督ミゲル・リティンは、祖国に帰ることを全面的に禁止された亡命者の一人でありながら、六週間にわたってチリに潜入し、軍政一二年目の祖国の現状を七〇〇〇メートル以上のフィルムに収めた。顔も変え、服装も話し方も変え、偽の書類を携え、地下で活動を続ける民主団体の援助と保護を受けながら、リティンは、合法的装いのもとに入国したヨーロッパの三つの映画チームと国内のレジスタンスの六つの青年映画チームの総監督として、チリの国土を広く、また深く（モネーダ宮殿〔大統領府〕の内部も含めて）撮影した。その結果できあがったのが、四時間のテレビ用フィリムと二時間の映画用フィルムである。」（後藤政子訳『戒厳令下チリ潜入記――ある映画監督の冒険』岩波新書）

ガルシア＝マルケスが質問し、リティンが一部始終を語った録音は十八時間にもおよんだ。作家はこれをもとにルポルタージュの傑作を書きあげた。なおリティンの映画『戒厳令下チリ潜入記』は、いまはネット上で観ることができる。

事実と小説

ガルシア＝マルケス自身が最も完成度が高いとした作品が『予告された殺人の記録』（一九八一年）である。よそ者の青年バヤルド・サン・ロマンが田舎町に住む娘のアンヘラ・ビカリオを見初めて結婚する。だが彼女が処女ではないことが分かって実家に戻される。母親には殴られ、双子の兄たちからは相手が誰かと問い詰められて、彼女はサンティアゴ・ナサールだと白状する。そのときから、双子の兄弟はサンティアゴをつけねらい、町中に自分たちの意図を吹聴する。そして最後には予告どおりに、ある朝サンティアゴは自分の家の戸口で刺殺される。これがルポルタージュ風の物語の筋だが、ガルシア＝マルケスはこれを書くにあたって、三十年前に彼が育ったスクレで実際に起こった事件を調べ、証言を集めた。事件当時、ガルシア＝マルケスは新聞記者となってスクレを離れていたのである。

彼はこの取材をもとに、親戚にあたるマルガリータ・チーカとその双子の兄弟、そして医学生カエタノ・ヘンティーレの間に起こった事件を小説にしたのだが、この物語には奇妙な点があった。処女を奪った相手が、サンティアゴ（カエタノ）だったというアンヘラ（マルガリータ）の告白ははたして本当だったのか。双子の兄弟が殺意を吹聴してまわるのは、自分たちの行為を止めてもらいたがっているからではないのか。町の人たちはなぜ殺人を止めようとしなかったのか。

サンティアゴ（カエタノ）が殺された日は、たまたま司教が町にやってくる日で、川を下ってくる船に乗った司教を一目見ようと、街の多くの人たちは早朝から船着場へ出かけていた。こうした偶然と、ある者は双子の予告を酔っ払いのたわごとと思いこみ、その行動を見すごしたのである。

こうしてアンヘラ（マルガリータ）の一言から、事態は運命的な悲劇へと進んで行く。『予告された殺人の記録』によって、ガルシア＝マルケスはあたかもギリシャ悲劇のような、名誉と運命という永遠のテーマをめぐる新たな作品を作り出すことに成功した。だが小説が発表されると、三十年前に起きた事件の関係者、とくにマルガリータとその家族はふたたび好奇の目にさらされ、ふたたび辛い思いをしなければならなかった。これは事実に取材した創作の宿命でもあった。

一九八二年十月、ガルシア＝マルケスはラテンアメリカでは四番目となるノーベル文学賞を受賞した。その授賞理由は、「現実的なものと幻想的なものをむすびあわせて、一つの大陸の生と葛藤の実相を反映する、豊かな想像の世界を創り出した」というものであった。

メキシコの前衛

オクタヴィオ・パスは一九一四年、メキシコ・シティに生まれた。彼の父は先住民であるインディオの血を引いており、一九一〇年に起こった「メキシコ革命」で農民解放を訴えたサパタ派の闘士だった。ちなみに母はスペインからの移民の家系である。

メキシコで三十年余りにおよぶディアス大統領の独裁に変化の兆しがみえたのは一九〇八年である。ディアスはアメリカ人の雑誌記者との会見で、メキシコ国民は民主主義を実現するまでに成長したので、来る一九一〇年の大統領選挙には出馬する意思はなく、反対政党の出現を歓迎すると語った。

このディアスの不出馬宣言をうけて、ディアス以後の政治の主導権を誰がにぎるのか。ディアス政権の経済、社会政策を主導した実証主義を標榜する知識人ブループは、少数のエリートによる寡頭政治を主張した。これにたいして共和国メキシコの伝統の復活を期待する自由主義派は、国民の自由な選挙による大統領の選出を提唱した。そしてその代表者と目されたのが、フランシスコ・マデロだった。彼はただちに『一九一〇年の大統領継承』と題する小冊子を発表して世論の注目を浴びて、都市の知識人や労働者の間で支持が広がった。ディアスはこうしたマデロの躍進を最初のうち黙認していたが、大統領選挙が近づくにつれて、国中で暴動事件が起こるなど緊迫した状況になると態度を変え、大統領選挙人選挙投票日の直前にマデロを逮捕し投獄した。こうしたなかで七月十日に大統領選挙が実施され、ディアスが当選して六選をはたした。マデロは翌日釈放されたが、十月にはサン・ルイス・ポトシからアメリカへ亡命した。

しかし事態はこれで終わらなかった。マデロは亡命先のアメリカ・テキサス州サン・アントニオから行動目標を発表して大統領選挙での不正を指弾し、十一月二十日午後六時を期して武装蜂起するようメキシコ全土に呼びかけたのである。

事前に反乱の動きを察知したディアスは、武力を用いて押さえこみにかかった。だが革命の火の手はメキシコ各地であがった。「自由選挙と大統領再選反対」をスローガンにかかげた一斉蜂起は、統一行動日とされた十一月二十日こそ散発的なものに終わったが、反乱はその後も日を追ってさかんとなり、ディアスの政府軍と反乱軍との間で武力闘争が頻発するようになった。

北部ではパンチョ・ビジャが貧農層を組織して勢力を拡大していた。南部では分益小作人のエミリアーノ・サパタが立ちあがり、大土地所有者から土地を奪取して、これを農民に配分することで力を急速に蓄え、政府軍にゲリラ戦を挑んだ。農民を中心にしたビジャやザパタの戦闘部隊には妻や子どもたちがつき従っており、彼女たちは銃をとって戦闘に加わり、負傷者を勇敢に助けた。

一九一一年二月になるとマデロが帰国、反乱軍は各地で政府軍を破り、首都のメキシコ・シティでもディアスに退陣を迫る示威運動が起こった。こうした事態に、ディアス大統領は一九一一年五月二十五日になって議会に辞表を提出すると、ベラクルスを経由してフランスへと亡命した。年老いた彼は戦いそのものに情熱を失っていた。そしてそれ以上に決定的だったのは、アメリカの支持を失ったことだった。ディアス大統領辞任をうけて、デ・ラ・バーラ暫定政権が成立し、半年後の十一月六日にはマデロが大統領に就任した。

詩と評論

こうした時代のなかで生をうけたパスは、早くから文学に関心を示し、十九歳で最初の詩集『野生の月』を発表した。こうした背景には、自由主義を信奉する父方の祖父の影響があった。知識階級に属する祖父は小説を書き、出版事業も手がける人で、ディアスの熱烈な支持者だった。大学の法学部に入った若いパスは、この祖父の書斎でスペイン文学や他のヨーロッパ文学の古典を読み漁った。一九三二年には数人の友人とともに、文学雑誌「土台」を刊行した。

パスは一九三五年、二十一歳で法律の勉強を放棄して、ユカタン半島のメリダへ行き、農民や労働者の息子たちのための学校の教師となった。彼の初めての長篇詩「石と花の間で」が書かれたのはこの時期である。貪欲な地主の下で労働を強いられるメキシコ農民の情況を描いたこの詩には、『荒地』の詩人T・S・エリオットの影響を見てとることができる。

スペイン内戦が勃発すると、パブロ・ネルーダたちとともに、一九三七年にマドリッドで開かれた「反ファシスト作家会議」に出席し、その後およそ一年にわたってスペインに留まって、共和派のためにさまざまな活動を行った。そして一九三八年に帰国すると、文学雑誌「労働」の共同編集者となり、そのかたわら労働組合の機関誌「大衆」の編集委員をつとめた。だが一九三九年の独ソ不可侵条約、四〇年のトロツキー暗殺事件を機に、共産党と袂を分かち、以後は政治活動を断って、本格的に創作に専念するようになった。初期の詩篇には、「二つのからだ」のような優しい詩が多い。

二つのからだ顔と顔
昼は二つの波
そして夜には一つの大洋

二つのからだ顔と顔
昼は二つの石
そして夜には一つの砂漠

二つのからだ顔と顔
昼は二つの道
夜には交じり合う

二つのからだ顔と顔
昼は二本のナイフ
夜は火花をちらす

二つのからだ顔と顔
空っぽの空へ
落ちていく二つの星

オクタヴィオ・パスがアメリカのグッゲンハイム財団の奨学金を得て、アメリカへの留学をはたしたのは一九四四年のことで、カリフォルニア大学バークレー校で学ぶかたわら、エリオット、エズラ・パウンド、C・C・カミングスなどの詩の世界を知った。これは彼の文学の幅を広げさせる機会となった。さらに一年後の四五年にはパリへ行き、第二次大戦中にメキシコで知り合っていた詩人のバンジャマン・ペレを介してアンドレ・ブルトンに会い、シュルレアリスムの洗礼をうけたことが、彼の文学を方向づけることになった。以後二人の友情は生涯切れることなく続いた。

パスは一九四六年に外務省に勤務することになり、ニューヨーク、パリ、ジュネーヴに滞在する機会を得た。彼が最初のまとまった評論集『孤独の迷路』を書いたのはパリ滞在中の一九五〇年で、このなかでメキシコ人のアイデンティティとその本質、思想についての考察を行っている。

一九五三年からインド大使に任命される六二年までは、主としてメキシコに留まって活発な創作活動を展開し、それまでの詩を集めた『言葉のかげの自由』（一九四九年）や、詩論の集大成である『弓と竪琴』（一九五六年）を発表した。

後者は序論の「ポエジーと詩《ポエマ》」にはじまり、「詩」、「詩的啓示」、「詩と歴史」、「エピローグ」の「回転する記号」まで、パスがその博識を総動員して詩と文学的営為の意味を論じた評論で、世界中の文学愛好家に歓迎された。たとえば彼は、現代にあって詩を書くことの社会的意味を、「言語」のなかで次のように述べている。

「多くの現代詩人たちは、現代世界が彼らの前に置いた虚無という障壁を乗り越えようと願って、失われた聴衆を見出そうとした、つまり、民衆のもとに赴こうとした。ところが、すでに民衆は存在せず、あるのは組織された大衆のみである。かくして、〈民衆のもとに赴く〉ことは、大衆の〈組織者たち〉の間に席を占めることを意味する。詩人は役人になり下がったのである。この変化は実に驚くべきことである。過去の詩人たちは、僧侶か予言者、領主か反逆者、道化か聖人、召使いか乞食であった。創作者を〈文化戦線〉の高官に任命したのは官僚国家だったのである。詩人はすでに社会において〈場所〉を得ている。詩はどうであろうか？

詩は存在の最も深い層に生きているが、一方、イデオロギーや、われわれが思想とか主義主張と呼ぶものはすべて、意識の表層を形成している。詩は社会の生きた言語、その神話、夢、情熱によって、つまり、その社会の最も力強い、しかも秘められた傾向によって養われている。詩は国家を創設する、なぜなら詩人は言語の流れを遡り、源の泉の水を飲むからである。社会は詩において、その存在の基盤と、最初のことばとに直面する。この始原のことばを発した時、人間は自らを創造したのである。」（牛島信明訳『弓と竪琴』岩波文庫）

しかし、はたして現代の詩人は始原のことばを発しているか。いまや詩人は政治によって宣伝者の役割をふりあてられ、教主の思想を大衆に撒きちらす役を担わされてはいないか。これがパスの危惧だった。

東洋の発見

一九六二年、パスはインド大使に任命され、外交官としての仕事をもまっとうする一方で、東洋哲学や古代のインド神話を研究し、これによって彼の世界観は一層の広がりと深化をみせることになった。この間、『猿の文法家』などの著作をものするとともに、「飢えの世代」といわれる作家グループと交流して、彼らに深い影響をあたえた。
インドで創作された長篇詩「白」（「白」は色であるとともに、空白、空間、虚なども意味する）の一部——

もし世界が実在ならば
　　　　　ことばは非実在
もしことばが実在ならば
　　　　　世界は
亀裂　閃光　渦
いや
　消えてはまた現われるもの
　　　　　そう
もろもろの名前の木
　　　　　実在　非実在
これらはことばで
　　　　　空気　それらは無で
非実在の

ことばが
沈黙に実在性をあたえる
まだ有ることは
言語の組織である
沈黙
封印
額の上の
くちびるの上の
閃光
それが蒸発する前に
現われるもの　そして　消えゆくもの
実在性とそれらの蘇生
沈黙はことばのなかで憩う
精神は
肉体の創造したもので
肉体は

世界の創造したもの
世界は
精神の創造したものである
ノー　　　　　　　　　　　イエス
……

パスが外交官の仕事から一切離れる事件が起こったのは一九六八年である。この年の十月、メキシコ・オリンピック開幕を前にして立ちあがった学生の反体制デモに、母国の政府が苛烈な弾圧を加え、多くの学生を虐殺する事件が起こった。パスはこれに抗議してインド大使の職を辞してフランスに亡命した。翌一九六九年、一度はメキシコに戻り、自由派のメキシコや他のラテンアメリカの作家たちとともに、雑誌「複数（Plural）」を創刊した。雑誌は政府によって廃刊を余儀なくされた一九七六年まで刊行された。

パスはその後、ハーバード大学やテキサス大学、イギリスのケンブリッジなどで講義を行い、多くの著作を刊行するなど活発な活動をつづけた。そして一九六三年にはベルギーの「国際詩大賞」を、一九七七年には個人の自由を守ったとして、「エルサレム市平和賞」を受賞した。

一九九〇年の授賞に際して、スウェーデン・アカデミーは、「審美的な知性と人道的な誠実さによって特徴づけられるさまざまな地平を伴う情熱的な著作に対して」、ノーベル文学賞を授与するとしたが、オクタヴィオ・パスの長年にわたる著作活動については、評論はもとよりその詩業は、サミュエル・ベケットなど著名な人たちによって各国語に翻訳されてきた。初期の詩は、マルクシズム、シュルレアリスム、実存主義の影響とともに、仏教やヒンズー教など宗教的要素が色濃く反映されている。

一九五七年に書かれた詩「太陽石」は、シュルレアリスムの素晴らしい成果であり、後期の詩篇は、愛とエロティシズム、時間、そして仏教などをテーマとしている。シュルレアリスムとの出会いによって、パスの感性はメキシコ的なるものから一層の普遍性を得たが、その後東洋の文化と交わることによってさらなる深まりを獲得したのだった。

彼は同時代を生きた画家たちの作品に深い共感を抱いていた。バルチュス、ホアン・ミロ、マルセル・デュシャン、アントニ・タピエス、ロベルト・マッタたちを論じるとともに、詩を彼らに献じている。

第13章　新たな文学と地平の拡大

多様化する賞

ノーベル文学賞は、一九七〇年代に入って新たな変化を見せた。一九六九年にアイルランド出身の劇作家サミュエル・ベケットが受賞して以降、一九七一年にチリの詩人パブロ・ネルーダ、七二年に西ドイツ（当時）の作家ハインリッヒ・ベルと、評価の定まった大家の受賞がつづいた。しかし、その翌年七三年のオーストラリアのパトリック・ホワイトからは、前衛的な文学者が次々と選ばれるようになったのである。

ガルシア＝マルケス、クロード・シモン、オクタヴィオ・パスらは、従来にない手法を開拓して文学の地平を広げるのに大きく貢献し、その上、受賞者の出身地域も大きく広がった。

ホワイトのオーストラリアをはじめとして、一九七九年はエリティスのギリシャ、八二年のガルシア＝マルケスの南米コロンビア、八四年サイフェルトのチェコスロバキア（当時）、そして八六年のウォレ・ショインカはアフリカのナイジェリアの出身、八八年のナギーブ・マフフーズのエジプト、九一年受賞の女性作家ナディン・ゴーディマの南アフリカなど、すべてがその国で初めてのノーベル文学賞であった。また、一九七八年のアイザック・バシェヴィス・シンガーはポーランド系の家庭に生まれ、イディシュ語（ヘブライ語系のユダヤ語にスラブ語などが混じった言語）で小説を書いたが、こうした多様化は賞がスタートしたときには考えられなかったことである。

そこにはさまざまな価値観を視野に入れつつ、世界的な文芸共和国をつくりだそうとする積極的な意志が感じられた。同時にコミュニケーションの急速な発達によって、翻訳を含めた情報交換が容易になったという時代の流れが大きく作用していた。そしてこれは世界のいたるところで共通の問題が噴出している事実を示すものでもあった。

姿を見せなかった詩人

一九九〇年の秋、一九八七年度の受賞者で旧ソビエトの亡命詩人ヨシフ・ブロツキーをニューヨークに訪ねたことがあった。秘書の仲介で、十月のある日、グリーンウィッチ・ヴィレジの彼のアパートで会う約束ができたが、その日訪ねてみると、詩人は仕事でロンドンへ出かけてしまったということだった。困惑する当方の様子を見て、秘書の女性はせめて仕事部屋だけでも見ていけと留守宅の鍵を開けてくれた。

ブロツキーの住むアパートは全部で三部屋。仕事部屋として使っているという狭い部屋の片側の壁は本棚になっており、ロシア語の本がぎっしりとならんでいた。そのなかに彼が影響をうけたといわれるイギリス十五世紀の詩人ジョン・ダンや、エジプト・アレキサンドリア生まれの現代詩人コンスタンチン・カヴァフィスの詩集がはさまっているのが印象的だった。

建物の裏側は小さな中庭になっていて、白い鉄製の椅子とテーブルが置かれてあった。ブロツキーはよくこのテーブルで仕事をするのだという。

ヨシフ・ブロツキー

グリーンウィッチ・ヴィレジの彼の行きつけのロシア料理店で聞いてみると、ブロツキーはニューヨークにいるときは、ほとんど毎日のように顔をみせ、数日前も『薔薇の名前』の著者ウンベルト・エーコと一緒に来て、長い時間話しこんでいたということであった。結局このときはブロツキーとのインタビューは実現しなかった。滞在先のロンドンに電話をすると、ブロツキーはロシア訛りの強い英語で、どうしてもロンドンに来なくてはならなかったと不在を詫びた。

ブロツキーは一九四〇年にレニングラード（現サンクト・ペテルスブルク）のユダヤ人家庭に生まれた。自伝によれば、詩への関心はロシア語訳のロバート・バーンズの作品を読んだことで芽生えたという。彼は詩作をはじめるとともに、イギリスの詩を原語で読むために英語を学んだ。だが大学での授業は気に入らず、中退するとレニングラードの病院の死体安置所や、製粉工場などの職場を転々としたあと、自称「放浪者」となった。

その間も詩の創作だけはやめず、やがて彼の詩はレニングラードを中心に、次第に流布されるようになった。しかしこれが当局の忌諱《きい》に触れたのである。こうして彼は逮捕され、裁判にかけられる羽目になった。ブロツキーをめぐる裁判の記録は、レニングラードの反体制知識人の手で、ひそかに西側に伝えられた。以下は当時フランスの新聞「ル・フィガロ」に発表された記録である。

第一回裁判　レニングラード・ジェルジンスキー地区法廷、一九六四年二月十八日

判事サヴォレーワ夫人「職業は?」

ブロツキー「詩人、だと思います。」

判事「ここでは、『と思います』というのはやめてください。真っ直ぐに立ちなさい。壁に寄り掛からないで。こちらを真っ直ぐに見なさい。きちんと問われたことに答えなさい。(記者にむかって)ノートを取るのをやめなさい。さもないと、ただちに退廷させます。(ブロツキーに)定職はありますか?」

ブロツキー「詩人が定職だと思っていたのですが。」

判事「はっきりと答えなさい。」
ブロツキー「私は詩を書いてきました。それは印刷されるだろうと思っていました。多分……」
判事「あなたが、多分こうなるだろうと考えたことに興味はありません。なぜあなたはこれまで働かなかったのですか？」
ブロツキー「働いていました。詩を書いていました。」
判事「でも、誰があなたを詩人だと認めたのです？　誰があなたを詩人の列に加えたのですか？」
ブロツキー「誰も。……でもいったい誰が私を人類の列に加えたのです？」
判事「あなたは詩人になる勉強をしたのですか？」
ブロツキー「なんですって？」
判事「詩人になるためにですよ。高校ではそのための勉強をしなかったのですか？　普通は準備をしたり、学んだりするものでしょう……」
ブロツキー「詩は教えられるといったものだとは思いませんが。」
判事「ではどうするのです？」
ブロツキー「さあ……多分神様からくると思うのですが。」

第二回裁判　建設者クラブの部屋、一九六四年三月十三日

判事「君は祖国にたいして、何かよいことをしたのかね?」

ブロツキー「私は詩を書きました。それは私に課せられた仕事です。私は思うのですが……私の書いたものは、私の世代だけではなく来るべき世代にも役立つと信じています。

私は詩を書くことと翻訳することを望んできました。しかし、もしそれが法律に反するのなら、定職を探して、詩を書くことをつづけたいと思います。」

陪席判事「わが国では、すべての者が働いている。君は長い間なにもせずに、いったいどうやってすごしてきたのかね。」

ブロツキー「私は詩を書いてきましたし、それを仕事と考えています。」

弁護士「君は自分の作品を有用だと考えているのだね。私が集めた証言は、それを立証できるだろうか?」

ブロツキーは、反体制的な詩を許可なく発表したとして三度逮捕され、三度目にはシベリアの強制労働キャンプへ五年間追放された。この事実が伝わると、西側ではソルジェニーツィンのときと同じように、ソビエト当局非難の大合唱が起こった。ブロツキーは一九七二年に亡命するが、これは国際的圧力をうけたソビエト当局が事実上の国外追放にしたのである。

このとき彼が祖国から持って出たのは、擦り減ったタイプライターと詩集、それに一瓶のウォッ

カだったという。尊敬するイギリスの詩人W・H・オーデンがたまたまウィーンにおり、彼はさっそくウォッカを持参してオーデンに会った。ブロッキーをイギリス経由でアメリカに送ったのはこのオーデンであった。

こうしてアメリカに移り住んだブロッキーは、国籍を得て大学でロシア文学の講座をもつことができた。

彼のノーベル賞受賞が決まったとき、これは政治的配慮ではないかという意見が出されたが、長篇詩『ジョン・ダンに捧げる悲歌』や『八月にむけての新しい詩』などは、現代詩の見事な成果の一つであり、評論集『ビザンチンを離れて』とともに、多くの読者を得ている。その後の彼の仕事がノーベル賞委員会の先見性を証明したのである。

一九九五年アメリカを訪問したロシアのエリツィン大統領は、ブロッキーにたいして帰国するよう要請した。ブロッキーもまたソビエト連邦崩壊後の祖国訪問を真剣に考えていると語ったが、その願いも虚しく翌一九九六年一月に亡くなった。

クロード・シモンの場合

一九八五年、フランスの作家クロード・シモンにノーベル文学賞があたえられると発表されたとき、フランスの新聞はこぞって「スウェーデン・アカデミーとフランス文学界の和解」と書きたてた。

　事実、フランス人文学者の受賞は、ジャン＝ポール・サルトルの拒否から二十一年ぶりのことであり、あながち根拠のないことではなかった。しかもスウェーデン・アカデミーは、従来とはまったく異なる文学観の持ち主に賞を授与することで、それに国際的認知をあたえ、この長い空白の埋め合わせをしたのである。

　クロード・シモンは一九一三年に、東アフリカの旧フランス領マダガスカルで生まれた。最初は画家を志したが、のちに小説を書きはじめた。動機はこの世代の人びとの多くが体験した戦争の記憶であった。彼はスペイン内戦や第二次大戦に兵士として参加し、とくに第二次大戦では捕虜となり、ナチスの収容所から脱走するという体験をもっている。ノーベル賞をうけた直後のインタビューでこう語っている。

　「私はいまや老人になってしまった。ヨーロッパに住む多くの人にとってと同じように、私の若い頃は、決して平穏な時代ではなかった。私は革命をこの目で見た。私は戦場にも行ったが、それはとくに過酷な条件のなかであった。私が属したのは、将校がわれわれ兵隊を先頭に立たせて犠牲にするといった連隊で、一週間後にはほとんど誰もいないという有様だった。私は捕虜となり、飢餓も体験した。肉体労働で疲労困憊したこともある。脱走し、重い病気にかかり、死線を幾度もさまよった。いろいろな体験をし、さまざまな人にも出会った。教会の司祭、平和を愛するブルジョア、アナキスト、哲学者、文字の読めない人。浮浪者とパンを分けあったこともある。
私は世界をくまなく歩いたが、何の意味も感じなかった。シェイクスピアの言葉を借りれば、世界が何かを意味するとすれば、それは何の意味もないということだ、ただ世界は存在するということを除いて。」

クロード・シモンが作品で描こうとしたのは、まさしくこの「世界には意味はない、ただ存在するだけだ」という実感である。彼はそれを自分の体験を素材として、小説に組み立てようとしたのである。

ただ、彼の初期の作品は、『ペテン師』（一九四五年）をはじめ、小説風のエッセー『綱渡り』（一九四七年）、『ガリヴァー』（一九五二年）、『春の祭典』（一九五四年）などは古典的な小説作法に則って書かれた作品であった。

その彼が従来の小説形式に大胆な挑戦をこころみたのは、一九五七年の『風――バロック風装飾衝立復元の試み』からであり、『草』（一九五八年）、『フランドルへの道』（一九六〇年）、『ル・パラス』（一九六二年）、『歴史』（一九六七年）、『農耕詩』（一九八一年）などは、それ以前とはまったく異なる手法で書かれている。

シモンはこうした小説技法を、ウィリアム・フォークナーを読むことで学んだといわれ、彼はそれをさらに洗練して、新しい文学的地平を切り開いたのだった。

クロード・シモンに方法論への自覚を促したのは、当時のフランスの文学界に充満した従来の小説観への不信であった。ナタリー・サロートはこれを「不信の時代」と表現したが、新しい作家たちは、小説は存在するものの単なる描写であることをやめて、「存在」そのものにたいする問いかけとなるべきだと主張した。

そして、こうした意図のもとに書かれたナタリー・サロートの小説を、サルトルは「反小説（アンチ・ロマン）」と定義した。サルトルによれば、「反小説」では、古典的小説の道具立て、つまり「逸話的にはっきりと位置づけられ、まとまりをあたえられ、他人と区別できる作中人物。互いに論理的なつながりをもった状況や波乱によって構成されているストーリー。巧妙な伏線によって予告され、次第に熟して行くシチュエーション」などは無視されている。サロートとともに、ミシェル・ビュトール、マルグリット・デュラス、アラン・ロブ＝グリエ、ル・クレジオたちがこうした作品をめざしたが、クロード・シモンが試みようとしたのも同じ傾向をもっていた。ただし、彼らの方法と文体はそれぞれ微妙に異なっており、その後彼らの作品は「新小説（ヌーヴォー・ロマン）」とも呼ばれるようになる。

クロード・シモンがテーマとする戦争や収容所での生活、そこからの脱走といった事柄は、従来ならば一大叙事詩に仕立てあげられるものである。『フランドルへの道』は彼自身が体験した一九四〇年のフランス軍の大崩壊、『ル・パラス』は、スペイン内戦さなか一九三六年のバルセロナを舞台としている。また『歴史』はそうしたすべての戦争を総合したものである。ただし彼はこれらをあくまで一個人の体験、それも主人公の記憶が手繰り寄せるイメージの集積として描こうとした。

彼は『ル・パラス』について、出版当時の雑誌「エクスプレス」とのインタビューで、「私にとってスペイン革命とはなんであったかを描写したいと思った。第一には正直でありたいという気持から——私がスペイン戦争について知りうることはすべて、自分の感覚によって感じとったものにほかならないわけだし、自分の好みからでもあるが、——というのは、サミュエル・ベケットのいわゆる《それがどういうことか》を言葉に翻訳することが私は好きなのだ。むしろ《今それはどういうふうか》、爾来私《じらい》の記憶のなかで、それがどういうふうになっているか、というべきかもしれない。《それがどういうふうであったか》を知ることは私にはできなかったわけだから」と語っている。

この結果、シモンの小説は従来のような明確な輪郭を失うことになったが、その分、行間からは濃密な内面風景が浮かびあがり、文学的リアリティを獲得することになった。

一九六〇年に発表された代表作『フランドルへの道』の書き出し——

「彼は手に一通の手紙を持っていたが、目をあげて私の顔を見つめ、それから手紙を見、それからまた私を見た。彼のうしろに、水飼い場に連れていかれる馬たちの代赭《たいしゃ》色がかった赤褐色の斑点が行ったり来たりするのが見え、あまりに泥が深くて踝《くるぶし》までもぐりこんでしまうほどだったが、いまでも覚えているのは、たしかその夜の間に急に氷が張り、ワックがコーヒーを部屋に運んできたとき、犬どもが泥を喰らったぜといったことで、私は一度もそんな言いまわしを聞いたことがなかったから、まるでその犬どもとやらが、神話のなかに出てくる残忍な怪物のように、縁が薄桃色になった口、狼のように冷たい歯をして、夜の闇のなかで真黒い泥をもぐもぐ嚙む姿、おそらくは何かの思い出なのだろう、がつがつした犬どもがすっかり泥を平らげ、地面をきれいにしてしまう姿が目に映るような気がしたのだった。いまや泥は灰色をしていて、私たちはいつものように朝の点呼に遅れまいとして、馬の蹄《ひづめ》のあとが石みたいにこちこちに凍った深いくぼみに、あやうく足首をくじきそうになりながら、足をよたよたさせて走っていたところだったが……」

『フランドルへの道』は、シモン自身が体験した一九四〇年のフランス軍の大敗走をあつかっているが、単に歴史的な事実を描くのではなく、主人公の頭のなかでひしめきあう記憶を記述するという形式がとられている。実際に小説の表面を流れる時間は、戦後のある一夜の数時間でしかない。その短い時間のなかで喚起されたさまざまなイメージ、敗走する兵隊の足音、軍馬の死体が放つ臭気、収容所の生活など、視覚、嗅覚、触覚の記憶からなる主人公の内面風景が詳細に記述されていく。

シモン自身が「ル・モンド」紙との別のインタビューで述べているように、「記憶のなかではすべてが同一平面上に置かれている、会話も感動も幻も共存しているのです。私がやりたかったのは、このような事物のヴィジョンに適合する構造を作りあげること、現実には上下に積み重ねられている諸々の要素を次から次へ提示して、純粋に感覚的な構造を再発見することを可能にする方法を作りあげること」に成功したのである。

考えてみると、私たちは従来の小説が表現してきたように、整然とした言語であらわされるように感じ、考えることはしていない。近代小説の独壇場であった内的独白も、じつは文学的約束事であって、私たちの思考の実際は重層的で混沌としたものである。シモンはそれをそのまま言語で表現しようとこころみたのである。

時間意識

私たちが共通の時間をもつようになったのには、時計という機械の登場がはたした役割が大きかった。しかも時計が機械的に均一の時間を刻むようになったことは、否応なく社会生活を大きく変えていった。第一次大戦中の一九一六年に、秒針がまわる電気時計が誕生すると、人びとは時間がまさしく均一に流れることを実感した。

こうした時間の均一化、共通化にいち早く反応したのが文学者たちだった。ジョゼフ・コンラッドの小説は、当時冒険小説としてもてはやされたが、今日では二十世紀が経験しなければならなかった時代の苦悩を先取りしたものとして再評価されている。その『密偵』（一九〇七年）は、アナキストたちが蠢き、二重スパイが暗躍する、二十世紀初頭のロンドンの裏町を舞台にして、複雑怪奇な社会を描いている。小説では帝政ロシアの駐英大使館が、二重スパイを命じたロシア人アナキストの手でイギリス社会に混乱を起こさせ、それをきっかけにイギリス官憲にアナキストの取り締まりに乗り出させる戦術を立てることになっている。

この騒乱の目標として選ばれるのが、世界標準時の原点であるグリニッジ天文台だった。コンラッドがこの作品を書くにあたっては、ヒントとなる一つの事件があった。それは一八九四年二月十五日に、実際に起こったグリニッジ天文台爆破事件で、マーシャル・ブルダンなる人物がこれを企て、爆死した。犯人は表向き仕立屋を職業としていたアナキストであることが判明した。この事件に触発されたコンラッドの小説では、機械的時間にたいする嫌悪が、グリニッジ天文台爆破という行為に象徴されていた。やがて二十世紀の文学は、先にウイリアム・フォークナーのところでも触れたとおり、時間意識を主要なテーマの一つとして展開するようになる。

フランスの作家マルセル・プルーストの『失われた時を求めて』は原文で三千ページ、日本語の翻訳では四百字詰め原稿用紙で一万枚に達する大作である。この小説は一人称による回想小説で、語り手が少年期から晩年にいたる生涯を回想しつつ、それを小説に書くことが天職であることを自覚するというもので、同時にある社会集団（貴族とブルジョアたち）の半世紀にわたる転変を、語り手が自己の体験を通して物語る大河小説でもある。

小説の第一部「コンブレー」から引用してみると、――

「ある冬の日、私が家に帰ってくると、母が、私のさむそうなのを見て、いつもの私の習慣に反して、すこし紅茶を飲ませてもらうようにと言いだした。はじめはことわった、それから、なぜか私は思いなおした。彼女はお菓子をとりにやったが、それは帆立貝のほそいみぞのついた貝殻の型に入れられたように見える、あの小づくりでまるくふとった、プチット・マドレーヌと呼ばれるお菓子の一つだった。そしてまもなく私は、うっとうしかった一日とあすも陰気な日であろうという見通しとにうちひしがれて、機械的に、一さじの紅茶、私がマドレーヌの一きれをやわらかく溶かしておいた紅茶を、唇にもっていった。しかし、お菓子のかけらのまじった一口の紅茶が、口蓋にふれた瞬間に、私は身ぶるいした、私のなかに起こっている異常なことに気がついて。すばらしい快感が私を襲ったのであった、孤立した、原因のわからない快感である。」（井上究一郎訳）

主人公には、なぜこの快感が起こったのか分からない。幾度かマドレーヌをひたした紅茶を口にするうちに、突如として一つの回想があらわれた。「この味覚、それはマドレーヌの小さなかけらの味覚だった、コンブレーで、日曜日の朝……、私がレオニー叔母の部屋におはようを言いに行くと、叔母は彼女がいつも飲んでいるお茶の葉またはぼだい樹の花を煎じたもののなかに、そのマドレーヌをひたしてから、それを私にすすめてくれるのであった」。一口味わった紅茶にひたしたマドレーヌは、それを思い出させたのである。

こうして主人公は一口味わった菓子から、コンブレーですごした全過去を思い出す。これこそはプルーストが「無意識的記憶（réminiscence）」と名づけたものの正体にほかならなかった。そして同じ奇跡は、最終巻の「見出された時」では三度つづけて起きる。シャンゼリゼ大通の二枚の不揃いの敷石は、語り手のマルセルをヴェネチアの洗礼堂で、やはり不揃いの敷石につまずいた体験に導く。それぞれの思い出は、それに関連する過去の瞬間のすべての状況、そのときに感じた香り、音、天候を蘇らせるのである。

プルーストが小説の語り手の体験を再現するのに用いたのが、過去から現在、そして未来へと一方向に進む現実の時間ではなく、「無意識的記憶」という人間に固有の意識作用であった。彼は人間が機械的時間の秩序から解放されたとき、本当の時間を生きることになると考えたのだった。

人間の精神を「意識の流れ」として最初に捉えたのは、アメリカの哲学者ウィリアム・ジェイムズであった。彼は一八九〇年に発表した『心理学概論』で、「意識は断片に分断された意識自身には見えてこない。〈鎖〉とか〈列車〉とかの語では、意識をうまく表せない。……意識はつながれるものではない。それは流れるものである。〈川〉なり〈流れ〉といった比喩が表現としては一番自然だ」と述べている。

ジェイムズの考え方、とりわけ「意識の流れ」という言葉は、やがて文学用語として用いられるようになる。時計が刻む機械的な時間が、人間の現実を支配する二十世紀になると、そうした束縛を打ち破って、人間の意識の真の性質と、時間における意識のありようを探るこころみがなされるようになる。その最大の成果がジェームズ・ジョイスの小説『ユリシーズ』である。

一九二二年にパリで出版されたこの作品は、主人公のレオポルド・ブルームがアイルランドのダブリンの街を訪ね歩く十六時間を描いたもので、ジョイスはブルームがこの間に行った行動、考え、感じたことのすべてを、顕微鏡で見るように記述していく。一九〇四年六月十六日と想定されるこの日の午前八時から真夜中にいたる十六時間は、機械的な時間のように平板に流れるわけではなく、ブルームの意識の流れに沿って伸縮される。たとえば戯曲ないし映画のシナリオのような形式で書かれている第十五の挿話で、ブルームが売春宿へ向かう途中、電車に轢《ひ》かれそうになり、その数秒後にまた歩き出すのだが、この数秒の間に彼は幻覚に襲われ、その間に彼が意識に浮かべたもの、死んだ父母や妻のモリー、あるいは二人の娼婦が登場するさまざまなエピソードとして繰り広げられる。実際にはほんの数秒にしかすぎない時間経過のうちに、主人公ブルームはこれだけのことを思い出す。ジョイスはこれこそが人間の意識作用の真実だとしたのである。

クロード・シモンも、従来の客観主義が意識を明晰で平面的なものとして描いてきたのにたいして、人間の意識の重層性をそのまま言語化しようとした。その結果、彼の文体は一つの文章のなかに無数の書き入れがあるようなものとなった。さまざまな現実が一つ文脈に多層的に書き入れられることになる。読者は作品を読みながら、各自の経験や文学的素養にしたがって、それぞれの物語を構築することを迫られるのである。

ル・クレジオ

一九五五年のアラン・ロブ＝グリエの『覗くひと』、五六年のミシェル・ビュトール『時間割』、五九年のサロート『プラネタリウム』、そして六〇年のクロード・シモンの『フランドルへの道』

などによって、フランスの小説界の新しい潮流は確固としたものとなった。

二〇〇八年のノーベル文学賞をうけたジャン＝マリー・ギュスタヴ・ル・クレジオは、一九六三年に処女作『調書』を出版してルノドー賞をうけたが、この作品の執筆は一九六一年で、ル・クレジオもフランスにおける小説の革新のただなかで文学的船出をはたしたのだった。

一九六〇年代にはいると、彼ら作家たちの関心は「小説とはなにか」という出発点から、「文学とはなにか」という一層根源的な問いへと移っていった。言語芸術を長い間拘束してきた描写、構成、筋中心といった要素を捨て去って、言語やイマージュそのものの意味を問うことを主題とするようになり、主知的な色彩を強めた。これは、一般読者が小説を読むことに期待する潜在的な欲求にそわない高踏化への道でもあった。事実、彼ら「ヌーヴォー・ロマン」の作家たちの本は識者には熱烈に歓迎され、多くの評論の対象とされたが、店頭で手にする読者は多くはなかった。

そうしたなかで若いル・クレジオは小説を言語芸術として再認識し、詩と散文、小説と非小説の双方に足をかけつつ小説の再生をはかろうとしたのである。評論家モーリス・ナドーは一九六三年に発表した『現代フランス小説史』で、ル・クレジオの役割をいち早く取りあげ、「一人の若者（二三歳）が小説という文学の分野に介入し、一層深遠な諸問題を取りあげ直し、まったく別の仕方でそれらを提示する。同時にきわめて見事な手腕の持ち主であることを証明してみせた」と賞賛した。そしてル・クレジオ文学の新しさを次のように指摘した。

「注目すべき巧妙さでル・クレジオは、その対物レンズの前に現われるものを無限に小さくしたり大きくしたりする装置を操作する。銀河の目からすれば、人間はただ向性《トロピスム》（反射運動）に従って行動する一匹の昆虫以上の重要さももたない。昆虫の目から見れば、人間は全能の神、生と死を司る者である。……ル・クレジオの成功は、世界の人間中心的ヴィジョンと訣別しようとする他の企てが、初めに約束した成果をもたらさなかった、まさにその地点に位置づけられる。『ヌーヴォー・ロマン』は世界から個人を撤去することを最終的な目標としたが、この世界は結局のところ、人間のあらゆる勤勉な活動によって浸透されている点に変わりなく、やはり人間の唯一の地平でありつづけるからだ。」

『調書』は脱走兵なのか精神病院から逃げ出してきたのか分からない主人公アダン・ポロが、精神を病んでいるとして精神病院に監禁されるまでの行動と幻覚を描いた作品である。一人の人間が、秩序と合理性が支配する日常生活から次第に脱落していき、ついには意識の解体にまでいたる過程を、ル・クレジオは現実の事物を克明に描写する一方で、幻視や幻覚をコラージュするといった手法を駆使して言語化し、主人公の精神が最後には始原的混沌へと回帰するまでを描き出した。ル・クレジオはのちの回想で、この頃はアメリカの作家サリンジャーの『ライ麦畑でつかまえて』を英語で読んだが、その影響が多分にある。これは思春期に由来する書だと語っている。

彼は翌一九六四年には在学していたニース大学に、『アンリ・ミショーの作品における孤独のテーマ』という論文を提出して、高等研究免状を取得した。これによって教職につく資格を得たのである。詩人のアンリ・ミショーは十九世紀の詩人ロートレアモンとともに、ル・クレジオにとっては文学を考える上で重要な糸口をあたえる存在だった。

彼は続いて短篇集『発熱』（一九六五年）、長篇『大洪水』（一九六六年）、エッセー『物質的恍惚』（一九六七年）と立てつづけに作品を発表して、その才能を開花させていった。『物質的恍惚』のなかには彼の文学観、書く行為《エクリチュール》とはなにかをめぐる重要な考察が含まれている。

「書くこと、それは何かの役に立たなければならない。だがいったい何に？　ただ一人で、ほとんど一人で前進し、白い紙を覆い、平らな表面に凹凸を刻みつけ、思考の前進を線で描き出すこれらの小さな、みぞを彫られた記号たち。それらは削り、調整する。戯画化する。私は好きだ、この環や点線からなるこれらの軍隊が。私のうちの何ものかが彼らのうちに生きている。たとえそれらが完全さをそなえていず、本当の意味を伝達してくれなくとも、私にはそれらが私の方へ現実というものの力を引き寄せるのを感じられるからだ。それらによって、すべてはお話に変貌し、すべてがその目的に向かって前進しはじめる。それらがいつ停止することになるのか、私には分からない。それらが語る話《コント》は本当のことか、さもなければ嘘っぱちだ。だがそんなことは私にはどうでもよい。私がそれらに耳を傾けるのは、そんなことのためではないのだ。それらは私の気に入るし、私は喜んでそれらの歩行のリズムに欺かれるままにまかせ、いつの日かそれらを理解できるという希望も捨ててしまう。

書くこと、もしそれが何かの役に立つとしたら、それはこのことでなければならない。つまり、証言することだ。何かの思い出を刻み込んで残すこと、そっと、知らん顔をして、自分の卵を、いずれ醱酵する卵の一腹産み落とすことなのだ。」

ル・クレジオはその後も思い出を刻みつけた卵を産みつづけた。

一九六七年には兵役義務として入隊する代わりに、フランス語教師としてタイのバンコク、次いでメキシコ・シティに滞在し、一九七〇年からは五年間、毎年中米パナマに行って、先住民のエムペラ族のもとで数カ月をすごす経験をした。このインディオとの接触は、彼の思想と文学に大きな転換をもたらすことになった。西欧文明とはまったく異なる呪術的な思考体系の存在を知ったことで、以後の作品は二つの文化の対立を軸として展開し、同時にアニミズムを媒介に世界の美しさや自然と調和しつつ生きることの幸せが描かれるようになる。

スイスのスキラ社が刊行した叢書「創造の小径」の一冊として書かれた『悪魔祓い（原題 Haï）』（一九七一年）は、インディオたちの言語、音楽、絵画を通して、西欧とはまったく異なる世界を認識する方法――人間と宇宙とのつながりを前提とした彼らの認識とその表現を紹介している。

ル・クレジオは一九四〇年に南仏ニースで生まれたが、父ラウルはブルトン系のイギリス人で、その先祖はフランス革命軍に入隊するときに長髪を切ることを強要され、それを拒否してインドに逃げようとして、その途中でモーリシャス島に住み着いた人である。母親シモーヌはフランス人だが、父母はともにモーリシャス島に共通の先祖をもついとこ同士だった。第二次大戦中、父親はアフリカのナイジェリアで軍医として医療活動に従事し、母と祖母は子どもたちを連れて、ドイツ占領下の自由地域であったニースの後背地の小さな村ロクビリエールですごした。ル・クレジオが物心ついて初めて父に会ったのは、一九四八年にナイジェリアへ行ったときである。

こうした先祖や父親の体験と旅の記憶は、彼の小説に豊かな素材をあたえ、一九八〇年の『砂漠』や一九八五年の『黄金探索者』となって結実する。これらの作品を通して、ル・クレジオは純文学を志向しつつ、多くの読者に歓迎される作家としての地位を確立していったのである。

一九九一年に発表された『オニチャ』は、ナイジェリアの父親のもとですごした思い出をもとに、めくるめくようなアフリカの自然との接触と、ヨーロッパによるアフリカ植民地での収奪の実態を鋭くえぐりだした。さらに翌九二年に発表された『さまよえる星』では、第二次大戦中のニース近郊で目撃した、ナチス占領下のユダヤ人難民の姿を出発点に、ユダヤ人の少女とパレスチナ難民キャンプで暮らす少女の二人の運命を描きつつ、彼女たちの姿を通して戦争や人種差別などの理不尽な暴力を告発した。

ル・クレジオがこれまでに発表した作品は優に三十冊をこえ、そのほとんどが邦訳されている。スウェーデン・アカデミーは二〇〇八年度のノーベル文学賞を授与するにあたって、「新たなる出発、詩的冒険と官能的な悦楽の作家、支配的な文明の枠をこえ、さらにその背後にある人間性を追求する者」と、その業績を讃えた。

第14章　ナギーブ・マフフーズ

暗殺未遂

ナギーブ・マフフーズは、アラブ社会を代表する作家として初めて、一九八八年度のノーベル文学賞を受賞した。そのマフフーズが自宅を出たところを、原理主義者（ファンダメンタリスト）に襲われたのは、一九九四年十月十四日のことである。ナイフで刺された彼は一命を取りとめたが、事件は世界中に衝撃をあたえた。

東京外国語大学教授で、『マフフーズ・文学・イスラム　エジプト知性の閃き』（第三書館）の著者八木久美子は、エジプトの新聞「アーヒル・サーア」の同年十月十九日付けの記事を紹介している。

「世界的な小説家ナギーブ・マフフーズの暗殺未遂事件が、あらゆる（人間の）理性と感情を揺り動かした。テロの手が、生涯、一本のペンのために生きてきたひとりの男を狙うとは、誰の頭にも思い浮かんではいなかった。この国のために生き、この国とともに生きてきたその男を狙おうとは。彼のペンは、まさにこの国の夢、希望、そしてその苦しみを表現してきたのだ。彼の粘り強さと才能は、アラブ文学全体を世界の舞台に引き上げてみせた。ノーベル賞は彼が求めるまでもなく、彼をおいかけてきたのだった。」（同書）

八木によれば、マフフーズは糖尿病が原因で目を悪くして以来いつもサングラスをかけ、その姿で散歩のたびに茶店に立ち寄って、雑談を楽しんでいたが、そうした日常は一変したという。首への一撃で右手の自由を失い、執筆が困難になってしまったのである。

犯人の青年は事件後まもなく逮捕され、当局の尋問にたいして、犯行の動機を、マフフーズが一九五九年に発表した作品『わが町内の子どもたち』にあると話した。これはカイロの有力紙「アハラーム」に連載された当時、一部の宗教者たちから強い抗議をうけて、連載の差し止めを求める声があがった作品である。

『わが町内の子どもたち』の舞台はカイロの下町で、ここで起こる出来事と登場人物にたくし、寓話の形を借りて、宗教と科学をめぐる人類の歴史を描こうとしたものである。科学的精神を高く評価するマフフーズは、宗教と科学の間の葛藤をなんとか統合したいと考えており、その思いを文学に表現したものだった。

マフフーズはリベラル派として知られ、かねてから国民国家の樹立を第一に考える「一九一九年革命」の精神に忠実な立場をとっていた。ただ彼はいわゆる世俗主義の立場とは少し異なっていた。宗教を必ずしも個人の内面の問題とするのではなく、国民国家エジプトをむすびつける紐帯《ちゅうたい》と考えた。つまりエジプトはイスラム教徒の国ではなく、非イスラム教徒にも帰属が認められなくてはならないとしたのである。『わが町内の子どもたち』には、こうした思想が色濃く反映されていた。

物語に登場する一人カーシムは、ムハンマド（マホメット）を想像させる人物で、彼は預言者にあこがれ、自ら預言者になりたいという意志を持っている。だがカーシムがムハンマドを指すとすれば、ムハンマドは自ら望んで預言者になったのではなく、神に選ばれたというイスラム教の正統的な考えに反し、神学上重大な問題をもたらす。事実、作品が新聞に掲載されている間、一部の宗教的指導者からこの点が批判された。こうした事情から、『わが町内の子どもたち』は、単行本としてはエジプトで現在も出版されておらず、手に入るのはレバノンで出版された本しかない。

実際、暗殺未遂事件を起こした青年は作品を読んでいず、彼が師と仰ぐオマル・アブドゥル・ラフマーンという宗教者が、マフフーズの作品に下した判断を信じて行った犯行だった。盲目の急進的イスラム主義者ラフマーンは、一九九三年にニューヨークで起きた世界貿易センタービル爆破事件の首謀者として、一九九六年に終身刑の判決をうけた。

ラフマーンは一九八九年に、『わが町内の子どもたち』を理由にして、マフフーズを死刑に値する背教徒と断じた。当時サルマン・ラシュディーの『悪魔の詩』をめぐって騒動が起こったが、ラフマーンはラシュディーを生み出したのは、三十年前に『わが町内の子どもたち』を書いたマフフーズに、しかるべき罰をあたえなかったことが原因だとしたのである。

マフフーズのノーベル文学賞受賞は、イスラエルとの単独和平によって、一九七八年にノーベル平和賞を受賞したサダト大統領のときの冷ややかな受け取り方とは大きく違っていた。

マフフーズの受賞については、アラブ民族の誇りを高めたとして広くアラブ世界から歓迎された。彼の作品は、その後各国語に翻訳され、彼自身もアラブ・イスラム世界の知識人の代表として、その発言は注目されることになった。

だがこうした環境の変化は、一方で彼の立場を微妙なものとした。急進的なイスラム主義者からは敵視されることになったのである。危険を感じた公安当局は、マフフーズに警察の保護をつけることを提案したが、作家はそんなことをすれば自分を牢獄に入れるようなものだといって断った。

生い立ち

マフフーズは一九一一年にエジプトの首都カイロの旧市街ガマーリーヤで生まれた。名前は分娩を担当してくれた医師ナギーブ・パシャ・マフフーズ教授にちなんでつけられた。

彼が生まれた頃のエジプトは、イギリスの事実上の支配下にあった。十九世紀にはじまったムハンマド・アリ王朝の近代化政策は世紀末には破たんしていた。西洋各国から借り入れた負債は膨大な額にのぼり、一八七五年にはスエズ運河株式会社の株をイギリスに売り渡した。しかしそうした努力も財政再建には役立たず、財政破綻によって、自国民の権利保護を名目としたヨーロッパ列強の介入をまねいた。その結果、外国人が大臣となり、経済の立て直しをめざした緊縮財政がとられ、庶民の生活は圧迫された。

緊縮財政のあおりは軍隊にもおよび、それに不満をもつアフマド・アラビー大佐は反乱を起こした。改革を求めたこの動きは一時的には成功するが、まもなくイギリス軍の介入によって鎮圧され、これをきっかけにエジプトは事実上イギリスの植民地となったのである。

この事態は、エジプトの人びと、とくに知識人に深刻な影響をあたえた。民族の独立を求めて軍事的に立ちあがった結果が、かえってイギリスの支配をもたらした。この経験によって、イギリスの即時撤退を求めるよりも、まずはエジプト人の教育と啓発が必要と考えたのである。こうして近代社会におけるイスラム教のあり方が模索されることになった。

ナギーブ・マフフーズ

マフフーズの父は下級官吏で、一家はホワイトカラーの中間層に属していた。権利を独占する外国系の富裕層と、土着の貧しい民衆の間にはさまれた階層で、教育がある分、政治的意識が高かった。

マフフーズには歳の離れた四人の姉と三人の兄

がおり、彼を含めた男兄弟はみな高等教育を修了したことからも、一家は平均的な家庭にくらべてかなり教育水準が高かったことが分かる。マフフーズは四歳のとき初等教育の学校に入り、この課程では宗教についての基本的な知識と読み書きの基本を学ぶのが一般的だった。その後、有名なフセイン・モスクの前にある小学校へ進学するが、一九一九年、彼が七歳のとき、全エジプトをゆるがし、彼の人生にも大きな影響をもたらした「一九一九年革命」という歴史的事件に遭遇した。

一九一八年十一月、第一次大戦が終わり、戦争中の協力の代償として約束された独立への期待が高まった。翌年パリではじまった講和会議では、アメリカのウィルソン大統領が民族自立の原則をとなえたことも期待を大きなものにした。

サアド・ザグルールたち数人からなる一団は、エジプト代表としてイギリス政府と交渉するために、イギリス高等弁務官に許可を求めたが、代表団としての資格がないという理由で拒否された。そのためエジプトの民衆は、彼らが自分たちの代表であることを証明するべく多くの署名を集めた。

イギリスは一九一九年三月、ザグルールたちを拘束してマルタ島に追放した。この強引な処置にエジプトの人びとの怒りが爆発。学生を先頭に、労働者、一般市民がデモを行い、一週間後にはゼネストが行われた。これはイギリスからの独立をめざす、エジプト全土を巻きこんだ闘いであった。社会のあらゆる階層の人たちが立場をこえ、さらにはイスラム教やキリスト教といった宗派をこえてデモに参加し、仕事をボイコットした。イギリス軍はこれにたいして発砲し、デモ隊の一部はその犠牲となって街路に横たわった。こうした光景は少年のマフフーズに強烈な印象をあたえた。

彼の代表作であり、ノーベル文学賞授賞の対象ともなった『カイロ三部作』の第一部『張り出し窓の街（バイナル・カスライン）』に、このときの光景が少年カマールの目を通して詳細に描かれている。そして彼は生涯を通じて、革命の精神であるエジプト・ナショナリズムを支持しつづけることになる。

イギリスは一九二二年二月、エジプトの独立を一方的に宣言し、第一次大戦がはじまった一九一四年以降つづいていたイギリスの保護国としての地位を廃止して、立憲君主体制を導入した。翌一九二三年には憲法が公布され選挙法が整えられて、以後エジプトの政治はイギリスからの完全独立の達成というナショナリズムのもとに、ワフド党、国王、そしてイギリスの三者のかけひきのなかで展開していく。「ワフド」とは使節団を意味するアラビア語である。

こうした時代状況のなかで、マフフーズは中学、高校と進学しながら、ヨーロッパの新しい思想にふれた。高校生活が終わり、大学への進学が目前になったとき、大学で何を学ぶかの選択を迫られた。父の勧めで、最初は得意な理系の学部へ進むことを考えたが、途中でその進路を変えた。一九三〇年にエジプト大学（現在のカイロ大学）に入学すると、そこで哲学科を選んだのである。だが父や友人たちはこの選択に危惧をいだいた。工学部などと違い、哲学を専攻すれば社会的な成功はおぼつかない。それでもマフフーズは自分の希望に忠実だった。

一九三〇年代のエジプトでは、一九一九年の革命を主導したワフド党の力は翳りをみせており、その分大学生など知識人の間では多様な思想や政治的意見がさかんになっていた。マフフーズは在学中、雑誌などに多くの記事を投稿したが、その多くは哲学や神学、あるいは社会学といった分野の新しい思想や潮流を紹介したものだった。彼は学部在学中に英語とフランス語を学び、ベイキーの『古代エジプト』を英語から翻訳した。彼が最初に書くことになる二つの小説、『ラドビス』(一九四三年)と『テーベの戦い』(一九四四年)はこの本から素材を得た歴史小説である。

一九三四年に学部を修了した彼は、修士課程に進むことにした。このとき海外留学を夢見て奨学金を申請するが、彼のナギーブという名前が災いして選考にもれてしまった。ナギーブという名前はコプト教徒に多いもので、選考にあたった者が彼をキリスト教徒と勘違いして選ばれなかったのである。彼はこうして留学の機会を逸し、生涯エジプトにとどまり、ノーベル文学賞授賞式にも娘を代理として立てたほどだった。こうしたこともあって、マフフーズの文学は、終始エジプトの風土と文化を背景として創作されることになる。

彼の修士論文はイスラムの美学がテーマだった。マフフーズはこのときから、芸術が真理にいたる道であるという考えをもった。とくにフランスの哲学者アンリ・ベルクソンの哲学に触れたことは、彼の関心をマルセル・プルーストに向かわせた。プルーストもベルクソン哲学から影響をうけ、時間をめぐる長篇小説『失われた時を求めて』を書いたが、この小説はマフフーズが繰り返し読む愛読書となった。

彼はこうしてカイロ大学哲学科を修了すると、官吏として定職に就くかたわら、精力的に創作活動を展開した。そして九十四歳の生涯に、三十五冊の長篇小説、十七冊の短篇集、二冊の掌篇集を発表する。

社会的小説

八木久美子によれば、マフフーズはある対談のなかで、彼が好んだ作家として、トルストイ、ドストエフスキー、モーパッサン、ジッドなどの名前をあげ、なかでもトルストイとドストエフスキーに強く惹かれると語っているという。

自国の社会的、文化的後進性と正面から向き合い、同時に人間精神の真実を追いつづけた彼らとの間に精神的つながりを感じたのであろう。ロシアの作家たちが十九世紀ロシアの現実を題材にしたように、マフフーズもまた二十世紀エジプトの現実を取りあげて、それをさまざまなスタイルで表現した。

彼の文学にあらわれるテーマが「時間」である。これは明らかにプルーストの影響であって、マフフーズの小説の登場人物がいつも関心を抱いている問題である。彼の小説を探してみると、「時間は恐るべき同伴者だ」とか、「時間は私の友人の上に何をなしたか？　彼の顔に恐ろしい仮面をかぶせた」といった文句が随所に見つかる。

ノーベル賞の主な授賞理由となったのが、一九五六年から翌年にかけて発表された『カイロ三部作』と呼ばれる作品で、この長篇小説も見方によれば、「時間」が主人公ということができる。時間の恐ろしさとは、人間の外貌に変化をもたらすだけでなく、愛を憎しみに変え、忠誠を裏切りに、理想主義者を放蕩者に変えてしまうことである。

『カイロ三部作』は、カイロの商人アフマド・アブドルガワード一家の三代にわたる歴史と人間模様を描いた大河小説で、リアリズム小説の傑作といわれ、当時のエジプトの人びとの生活を知るのに格好の情報が盛りこまれている。この大河小説は塙治夫の手でアラビア語から直接翻訳され、第一部の『張り出し窓の街（バイナル・カスラインン）』が二〇一一年十二月、第二部『欲望の裏通り（カスル・アッシャウク）』と第三部『夜明け（スッカリーヤ）』が二〇一二年二月と五月に国書刊行会から出版されている。

第一部『張り出し窓の街』は、カイロ旧市街で食料品と雑貨の店をいとなむアフマド家の家長、アフマド・アブドルガワードの壮年期の物語である。この頃のエジプトでは、妻は外を出歩くことを禁じられ、娘たちも通りを歩く男たちを張り出し窓からこっそりのぞくだけである。第一部のタイトルはこうしたところから採られている。

第一部では第一次大戦中の一九一七年から一九年までがあつかわれるが、この時期はエジプトを長年支配してきたイギリスからの独立運動が活発となったときである。これは先にも述べたとおり、「一九一九年革命」として知られる事件で、二〇一一年に起こり、ムバラク大統領の政権を倒した民衆蜂起のいわば先駆けとなるような事件だった。小説ではアフマドの次男で愛国者の大学生ファフミーが、一九一九年の蜂起に積極的に加わるが、それを通して革命の諸相が克明に描かれる。

たとえば第四十九章には、次のような個所がある。

「エッファト氏は丸めて右手に持っていた紙片を広げてから、これは新しい第一歩だ、自分はもはや単なるニュースの運び屋ではなく、君たちのような立派な人々にこの幸せな委任状を届ける使者となったんだと言った。

彼は微笑しながら、

『読んでくれ』

とつぶやいて、アフマド旦那に紙片を与えた。旦那はそれを受け取って読んだ。

『ここに署名した我々は、サアド・ザグルール・パシャ、アリー・シャアラーウィー・パシャ……の諸氏を、我々の代理として委任しました。彼らはエジプトの完全独立のため、機会さえあれば合法的、平和的手段で尽力するに当たり、彼らの選ぶ者を同士に加えることができます』

人の噂にのぼった愛国的ニュースを聞いたとき、耳にしたことのあるエジプト・ワフド団員の名前を読みあげながら、旦那は顔をほころばせて尋ねた。

『この紙は何を意味するのかね?』」（塙治夫訳）

この紙片こそ、サアド・ザグルールたちがエジプト人の代表である旨の署名を求めるものであり、アフマドもこれに署名する。だがこうしたエジプトの人たちの意志にもかかわらず、イギリス高等弁務官はこれを認めずに、ザグルールたちを逮捕してマルタ島に追放する。その後、運動の指導者ザグルールは釈放され、民衆は平和的にデモを行ってそれを祝福するが、このデモ隊に向かってイギリス兵が突如発砲し、模範的な青年で、一家の希望の星であった次男のファフミーは十九歳で命を落としてしまう。

第二部『欲望の裏通り』では、第一次大戦後の一九二四年から二七年の四年間が描かれる。主人公のアフマドは初老になっている。先妻との間に生まれた長男のヤーシーンは、死んだファフミーの恋人だったマルヤムと結婚したが、父の愛人であるザンヌーバとの浮気が原因で離婚し、そのあとでザンヌーバを妻に迎える。三男カマールは理想を追う青年として成長し、親友の姉のアーイダにプラトニックな熱愛をささげるが、彼女はカマールの親友で上流階級の青年と結婚してしまう。絶望したカマールは懐疑的になり、哲学的思索にふけるようになる。だがそのうちに酒と女を知って自堕落な生活を送るようになる。

ワフドの指導者ザグルールの訃報が伝えられたその夜、次女アーイシャの夫と二人の息子がチフスで一度に亡くなり、それが原因でアーイシャは生きた屍のようになってしまう。第二部では、伝統的なイスラム社会の習慣や価値観が、押し寄せる近代化の波のために大きく揺らぎ、アフマドの一家の上にも大きな影を落とす次第が具体的にたどられる。マフフーズの作品は、十九世紀のロンドンを描いたディケンズや、パリを描いたゾラのように、二十世紀のカイロに生きる人びとの生態を物心両面で描いており、アラブ世界の実態を知る上で貴重な手がかりとなっている。

第三部『夜明け』では、一九三五年から一九四四年までがあつかわれる。この間に第二次大戦が勃発し、イタリア軍がカイロ市街を爆撃する。老衰したアフマド・アブドルガワードはその直後に世を去り、孫たちはすでに成人に達している。ヤーシーンがザイナブに産ませたリドワーンは栄達の道を歩みはじめるが、政権交代でその運命は暗転し、アフマドの長女ハディーガの長男アブドルムネイムは、イスラム原理主義団体であるムスリム同胞団に入り、彼女の次男アフマドは左翼の活動家となる。

このように『カイロ三部作』は、アフマド一家三代を構成する個性的な人たちの行動と運命を生き生きと描くことで、エジプトがたどった現代史と文化的変遷を描いた傑作である。ノーベル文学賞委員会は授賞理由として、「(マフフーズは) ニュアンスに富む豊かな作品——あるときは明瞭なリアリズムで、あるときは多義的な印象深い手法で——アラビア語の物語芸術を確立した。それは人類すべてにとって有用である」と述べている。

『カイロ三部作』は社会的作品と呼ばれるものの代表作で、この分野のものとしては他に、『新しいカイロ』(一九四五年)、『ミダック横町』(一九四七年)、『蜃気楼』(一九四八年)、『始めと終わり』(一九四九年)などがある。これらの作品につづいて『カイロ三部作』がくるが、実際に擱筆したのは一九五二年四月のことである。これは「自由将校団」による革命が行われる三カ月前のことであった。

このときまでエジプトは独立していたとはいえ、スエズ運河はイギリスが支配し、外交問題にはイギリスが介入する状態が依然としてつづいていた。そうした状況下で、一九五二年七月二十三日、ムハンマド・ナギーブ将軍を表看板にした軍人たちがク・デタを起こして政権を掌握し、イギリスからの完全独立を宣言した。自由将校団の実質的リーダーだった三十四歳のナセル将軍は、二年後にはナギーブ将軍を退けて、自らが大統領となった。

これまでは歴史の表舞台に登場しなかった軍部によるこの革命によって、エジプトは初めて外国の支配を脱したが、その一方で政権を握った軍人たちは国内にたいしては自由な発言を封じた。このときまでほぼ毎年作品を発表してきたマフフーズは、以後五年にわたって筆を執ることはなかった。

そして五年の沈黙ののちに発表した作品は、これまでの社会的作品とは趣を変えた「哲学的作品」だった。先に取りあげた、人間と宗教の関係を描く『わが町内の子どもたち』を新聞に連載したのをかわきりに、『ナイル川のささやき』(一九六六年)まで、人間の心理や精神的な葛藤を中心にしたものが書かれた。代表作の『ナイル川のささやき』は、革命政権によって社会から疎外されて、生きる意味を見失って苦しむ知識人を描いている。

ナギーブ・マフフーズは、その後もカイロに住んで創作活動を続けた。彼が一九八八年にアラブ人として初めてのノーベル文学賞を受賞したとき、エジプト中が歓びにわいた。だがこの出来事も彼自身の生活にはなんの変化ももたらさなかった。「四十歳、五十歳だったら、あるいは六十歳でさえ、ノーベル賞をもらえば情況が変わるかもしれない。しかし私のように人生を終えようという年齢では、たとえノーベル賞を百回もらっても、創作活動になんの変化もないでしょう」というのが彼の本音であった。

ナイル河を見渡すアパートに住む彼の日課は、判で押したように決まっていた。午前五時に起床、ゆっくりと散歩をしたあと、七時には行きつけのカフェの定席に座って、トルコ・コーヒーを飲みながら新聞を読む。午前中は仕事をし、昼食のあとは昼寝、夕方にはテレビを見て就寝。マフフーズはこうした生活を送りながら、アラブ世界の現実を三十篇をこす長篇小説、無数の短篇、そして映画のシナリオに書きとめてきた。役人、商人、泥棒、売春婦……彼の作品には、アラブ世界最大の都市カイロの多彩な人間模様が描き出された。

彼は小説の創作とならんで、二十年間にわたってエジプト最大の新聞「アルアラン」の政治欄の執筆を担当してきた。これもアラブ社会への関心の深さを示すものである。

一九八八年十二月の授賞式には、彼に代わって二人の令嬢が出席し、記念講演では友人が謝辞を英語とアラビア語で代読した。

「人はそれぞれ、その獲得した知識や知恵、文明の程度に応じて、世界にたいして責任を負っています。私が第三世界を代表して、こう申したとしても決して自分の分をこえたことにはならないでしょう。どうかみなさん、われわれの苦しみの傍観者にならないでいただきたい。あなた方は、自分の立場にふさわしい崇高な役割をはたさなくてはなりません。あなた方の立場は現在は上なのですから、世界の隅々まで、人間はもちろん動物や植物を含めて、世界を誤った方向に導かないようにする責任があります。約束はもう十分に聞かされました。いまや実行のとき、略奪者と高利貸しの時代に終止符をうつときなのです。」

これはノーベル賞の歴史上、初めて聞かれるアラビア語の演説であった。

今日ノーベル文学賞は、単なる文学的成果の枠をこえて、世界そのものの行方と深くむすびつくことになった。ナギーブ・マフフーズは晩年になっても旺盛な筆力をみせ、宗教と悪徳の問題に焦点をあてた小説『選良の詩』（一九七七年）は、寓意的・象徴的な筆致で描かれている。彼はこれらの作品ごとに、技法やスタイルの点でさまざまな新しいこころみに挑戦した。

アラビアン・ナイトの後日談の形式をとった『残りあと一時間』（邦題「シェヘラザードの憂愁」、一九八二年）などもその一つである。短篇小説の分野でも、最晩年には夢想的な掌篇を数多く発表した。ノーベル文学賞授賞の理由として、「ニュアンスに富む豊かな作品――あるときは明瞭なリアリズムで、あるときは多義的な印象深い手法で――アラビア語の物語芸術を確立した」とされる所以《ゆえん》である。マフフーズは二〇〇六年八月三十日、暑いさかりのカイロで亡くなった。

第15章　大江健三郎

授賞式

一九九四年十二月十一日、午前一時半（現地時間十日午後四時半）から、この年のノーベル文学賞の授与式がスウェーデンの首都ストックホルムのコンサート・ホールを会場にしてはじまった。ＮＨＫはこの模様を総合テレビで生中継し、私は森田美由紀アナウンサーとともに、東京のスタジオでコメンテイターをつとめた。式典がはじまる前に、次のような内容の解説をした。

「ノーベル賞の創設者、アルフレッド・ノーベルの命日にあたる十二月十日、毎年スウェーデンの首都ストックホルムの中心にあるコンサート・ホールを会場にして、ノーベル賞の授与式が行われます。

スウェーデンは人口八七〇万人の立憲君主国で、スウェーデン王室は国民の尊敬を集めており、今日の授与式には、グスタフ国王をはじめ王室の人びと、スウェーデン市民も出席して、国王みずからメダルを授与されます。

スウェーデンの十二月は、ノーベル賞授賞式にはじまって独特のお祭りであるサンタ・ルシア祭、そしてクリスマスとつづき、街は活気にあふれる季節です。スウェーデンは来年（一九九五）一月からはヨーロッパ連合・EUの仲間入りをすることもあって、この年末は浮き立っているような印象をうけます。

ノーベル文学賞の選考は、ノーベルの遺言によってスウェーデン・アカデミーがあたり、国民も大きな関心をもっています。ヨーロッパやアメリカの主要な都市では、大きな書店で日本文学のコーナーを見うけるようになりました。これはここ十年来の大きな変化で、日本の文学にたいする一般の人たちの関心が高まっているあらわれです。近年日本の社会や文化を専攻する優れた外国人研究者が育ち、そうした人たちが精力的に万葉集、源氏物語、俳句、そして現代文学の数々を英語やフランス語など各国語に翻訳しているおかげなのです。今回の大江健三郎氏のノーベル文学賞受賞の背景には、そうした日本の文学をめぐる環境の変化もありました。

そして一九七〇年代以降、こうした翻訳を含めた情報交換がしやすくなった時代状況のもとで、『世界の文芸共和国』をつくろうというスウェーデン・アカデミーの積極的な意思を感じます。一九七三年のオーストラリアのホワイト、一九八二年の南米コロンビアのガルシア＝マルケス、八六年のアフリカ・ナイジェリア出身のショインカ、八八年、エジプトのナギーブ・

マフフーズ、九一年の南アフリカのゴーディマ、そして一昨年一九九二年は、セントルシアのウォルコットが受賞しました。ただ過去九十三年間のリストを見てみますと、アジアからの受賞は、一九一三年のインドのタゴール、一九六八年の川端康成、そして今回の大江健三郎さんの三人だけです。……」

森田アナウンサーの質問に答える形で、こうした前置きを話している間に、スウェーデンからの生中継の映像が届き、いよいよ一九九四年のノーベル文学賞の授賞式がはじまったのだった。

大江健三郎（毎日新聞社提供）

壇上にはスウェーデン国王をはじめ王室の人たち、スウェーデン・アカデミーの会員など関係者がならび、主役の大江健三郎氏も黒の式服に白い蝶ネクタイ姿で座っている姿が画面に映し出された。

式典の冒頭で、選考にあたったシエル・エスプマルキ、ノーベル文学賞選考委員長は、次のように大江健三郎氏を紹介した。スウェーデン語のスピーチを英訳から重訳してみる。

陛下、王室の方々、紳士淑女の皆様、

その作品『沈黙の叫び』（『万延元年のフットボール』）で、大江健三郎は、彼の全作品に光を投げかける一つのシーンを描いています。語り手である蜜（ミツ・蜜三郎）は重度の脳障害をもった子どもの誕生により、結婚生活がうまくいかなくなり、過激派の活動家で殉死を夢みる弟の鷹（鷹四）とともに少年時代をすごした故郷の四国に帰ります。彼らは、先祖がかつて隠れ住んだ人里離れた谷に戻り、ある夜、蜜は弟が明らかに性的に興奮しながら、新しく降り積もった雪の上を全裸で円を描いて走りまわり、吹き溜まりにごろごろと転がっているのを目撃します。鷹はこのとき、一世紀前の一揆の指導者だった大祖父の兄弟であり、同時に現代の暴動の扇動者でもあるのです。この一瞬にはここ百年のあらゆる瞬間が凝縮されていたのです。

一つの見方からすれば、この場面は大江の語りの巧みさを垣間見させるものです。彼は二つの異なった時間の局面で起きる一連の出来事を、悲劇的なクライマックスにまで的確に運んでいきます。別の見方からすれば、このくだりは過去が現在に入りこんでくる一例でもあります。人物は再登場し、筋は変化します。大江の作品では、このような数多くの過去からの挑戦が、次から次に新しい答えを呼び起こすのです。私たちは、彼らの先祖の人里離れた谷への逃亡、一世紀前の一揆、しっくりいっていない兄弟の間の緊張、蜜の子どもの障害によって引き起こされるショックなどを思い出します。核による災厄ももう一つの主題であり、それはすでに脳に障害をもつ息子の主題と自然につながっているのです。大江が若いときに、サルトルを読んで刻み込まれた幾つかの哲学的な要素、人生の不条理、逃れられない責任、人間の尊厳なども、彼の作品に一貫したテーマです。ただし大江は、別のことも主張しています。つまり、漠然として捉えがたい現実を、知覚によって受容するには、一つの〝モデル〟が必要だというのです。……

〔大江の〕作品群は、偉大で巧妙な一つのプロジェクトのなかで響き合い、お互いを変えていく。言うならば、彼は単に本を書くのではなく、作品を〝構築している〟のです。さらにつけ加えるならば、大江は、父と知的障害をもった子の共生に焦点をあて直した、新しいある小説〔『燃えあがる緑の木』〕のなかで、これまでの彼の題材をひっくり返しており――この本は逆説的な〝Rejoice（喜べ）！〟という言葉で終わるのです。

こう述べると、厳密に計画された構成のように聞こえるかもしれませんが、それはまったく違います。彼の執拗なこころみは、むしろ執拗な詩的観念《オブセッション》から生まれてきたように見えます。大江は、執筆を彼自身のなかの悪魔を祓う一つの方法だと言っていますが、悪魔祓いが決して成功しなければいいと私は願っています……そしてこの悪魔との格闘のなかから生まれた作品は、作家の意図をこえて予期せぬ成功をもたらしました。……

大江さん、

あなたは、現実を私たちの感覚で把握しようとするなら、〝モデル〟が必要だと主張し、実際に、あなたの作品はそのような、絶え間ない変化と持続する神話の〝モデル〟を提供してくれました。そのモデルによって私たちは、過去と現在の相互作用をみることができ、文脈のなかで人物の微妙な立場を区別することができるのです。

スウェーデン・アカデミーを代表して、一九九四年度ノーベル文学賞にたいする最大の祝辞をあなたにお伝えし、国王陛下の手から賞をうけられるよう、あなたをここにお招きするのは、私の大きな喜びです。

エスプマルキ教授の紹介は、さすがに簡潔にして意をつくしたものであった。大江健三郎氏は、壇の中央に進み出て、スウェーデン国王からノーベル文学賞を授与された。

架空の場

平成十三年（二〇〇一）に集英社から出版された『大江健三郎・再発見』は、大江健三郎の文学の本質を理解する上で、多くのヒントをあたえてくれる手頃な本である。大江は「小説家自身による広告」（このタイトル自体がユーモアに富む、いかにも大江らしいものである）で、この本を、彼が二十歳のときに愛読した『サルトル、彼自身による（Sartre par lui-même）』になぞらえ、「この小さい本を、私は自分の晩年の伴侶ともするつもりです」と書いている。

『＊＊、彼自身による（＊＊ par lui-même）』というのはフランスの出版界の老舗ガリマール書店から出ている文学者たちへの入門叢書で、ジャン＝ポール・サルトルをはじめ、ランボー、マラルメ、フローベールなど多くの作家・詩人が取りあげられていて、一人ひとりの伝記的解説、作品の抜粋、編者による解説からなっている。『大江健三郎・再発見』もこの方式にならって、大江自身による「書き下ろしエッセイ」、大江、井上ひさし、小森陽一の三人による「座談会」、大江、アンドレ・シガノス（比較文学専攻で駐日フランス大使館文化参事官）、フィリップ・フォレスト（フランス・ナント大学教授で作家）による「シンポジウム」、それに「資料」として年譜と作品案内からなっている。

大江は、ここに収められた「小説の神話宇宙に私を探す試み」というエッセイの冒頭で、次のように述べている。

「私の文学生活をふりかえりますと、それはごく初期のうちから、日本列島のひとつの島、四国のほぼ中央の、四国山脈の分水嶺すぐ北側の深い森のなかにある、小さな谷間の集落を小説の舞台にしています。最初は、まだ若い作家の頭のなかに予感的な機能が働いたのだ、というほかありません。やがてそれが、自分の小説群の大きいかたまりの一部になる、という見通しはなにもないままに、私は生まれ育った集落について書き始めたのです。

それは『飼育』という短篇小説でした。……」

『飼育』は昭和三十三年（一九五八）の「文学界」一月号に発表された短篇小説である。大江はこのとき二十三歳で、東京大学文学部フランス文学科の学生だった。東大に入学した年に学生が演じるための舞台脚本『天の嘆き』や、小説『優しい人たち』などを書き、後者は同三十年に、雑誌「文藝」が催した第三回全国学生小説コンクールの佳作となるなど、一部では知られる存在だった。

そして同三十二年（一九五七）五月、「東京大学新聞」のコンクールに応募した作品『奇妙な仕事』が五月祭賞を受賞し、五月二十二日号に掲載された。選者は批評家の荒正人で、これを平野謙が「毎日新聞」の文芸時評で取りあげ、一躍注目が集まったのである。

『奇妙な仕事』は、主人公の「僕」が、アルバイトで大学の附属病院で実験用に飼われている犬を処分する仕事をするが、犬の卑劣な殺し方に怒りをおぼえ、しかも病院から犬の処理を請け負っている男が肉のブローカーだったことなどから、このアルバイトに絶望する話である。同年「文学界」に発表した『死者の奢り』では、「僕」は医学部の解剖用に地下の水槽に浸っている遺体を新しい水槽に移し替えるアルバイトをする。彼はその作業のなかで、物としての死体に思いをめぐらせるが、やがて作業自体が管理人の手違いで無意味なことが判明する。それでもアルバイトの報酬が保証されないまま、「僕」は一晩中作業をつづけることを決心する。

私の家は本郷真砂町（今この地名はない）にあって、大学へは歩いて十数分のところにあった。夜、医学部のあるキャンパスと農学部との間の道を、上野の池之端から帰ってくる折などは、多くの犬の悲しげな遠吠えが聞こえてきたものだった。そして学生たちの間では、医学部の地下には解剖用の検体を浮かべたプールがあると噂されていた。大江はこうした事実から物語を紡ぎ、それを独特の想像力でふくらませて、青年時代に特有の鬱屈した精神状態と時代の閉塞感をあざやかに描き出した。

『飼育』は大江の才能に注目した「文学界」編集部が注文したものだった。舞台は大江が少年時代をすごした四国の谷あいの集落。太平洋戦争の末期に、日本を空襲した米軍のパイロットが飛行機を撃ち落とされて、集落を囲む森に落下する。黒人のパイロットは村人の捕虜となり、やがて彼は村の少年たちの信仰の対象のような存在になっていく。少年たちはお祭り気分の興奮にみたされる。だが、その頂点で黒人兵の捕虜が殺されるという悲劇が起こる。

大江は自分の文学の出発点に位置するこの短篇が重要なのは、「この短篇の描いている想像宇宙の、『構造』と『場所』によってなのです」と書いている。

「この場所の地形学《トポグラフィック》的な特徴が、実際に私の生まれ育った森のなかの谷間の集落に似ているということは確かです。しかし、より重要なのは、この短篇を書いてから、私にとって故郷の風景はうしろにしりぞいて、小説のなかの地形学が前面に出てきた、ということなのです。

四国の山間にある現実の私の村は、むしろこの短篇を書いたことで、『無化』されたのです。そして私にとっては、この小説に描かれている想像宇宙こそが、生なましいリアリティと、神話的かつ民話的な構造において、そのあとに居坐ることになったのです。」

現実の生きられた場所が創作の過程で想像のなかで変貌をとげ、それがリアリティを帯びるのは、ウイリアム・フォークナーが描く彼の故郷、南部アメリカの架空の場所「ヨクナパトーファ」と同様である。大江の場合も、故郷の土地が素材を提供し、それが想像のなかで一つの貌をとってリアリティを帯びていく。彼は想像上の土地を、『飼育』に次いで同じ年に発表した初の長篇小説『芽むしり仔撃ち』、さらに十年後の昭和四十二年（一九六七）の『万延元年のフットボール』などで繰り返し描くことになる。

語りの手法

大江が故郷の土地と「民話的な関係」を結ぶようになったのには、祖母と母の存在があった。祖母はこの村で百年前に起こった百姓一揆の記憶をもっており、彼女は村に伝わる民話を話してくれる際に、幼少女期に出会った一揆の経験者のエピソードも織り交ぜて話してくれた。しかも祖母は語り上手で、「私は彼女によって、この集落の森や川や、さらにもっとこまごました場所に、民話的＝神話的な意味をまとわせて読みとることの訓練をされたのでした。それは私が当の場所や大きい樹木のいちいちに自分自身で新しい民話を作り出してまといつかせる、というところまで発展して行ったのです」と、大江は書いている。

祖母が亡くなったあとは、母がその役目をつとめてくれた。子ども時代の大江は、集落の子どもたちのなかで孤立した存在だったというが、そんな彼に母は本を買ってあたえ、祖母に代わって土地の神話＝民話、さらに歴史的な伝承を語って聞かせてくれたのである。これは空想的な資質をそなえていた大江にたいする個人教授ともいえるものだった。

大江はこうして、周囲を民話的＝神話的にみる姿勢を育まれたのだが、自分が感得した世界を叙述する段になって、困難に直面することになった。いかなる主語でそれを語るかという、作家にとって根本的な問題である。

大江が大学で愛読し研究したサルトルは、評論「フランソワ・モーリヤック氏と自由」のなかで、モーリヤックの『夜の終わり』を取りあげ、「小説家はその創造した人物にたいして、ちょうど神がその創造物にたいすると同じ関係をもっている」とし、「神は内部も外部も、魂の奥底も肉体も、全宇宙を同時に眺める。これと同じやりかたで、モーリヤック氏は氏の世界に関係あるすべてのものについて何でも知っている」。だが、「小説家は決して神ではない」と批判した。小説を書きはじめた大江は、このサルトルの批判を十分に意識していたはずである。

その一方で、「私小説」が主流である日本の文学にあっては、「私」を主語にして作品が書かれることが多く、読者は暗黙裡に、この「私」の背後に作者自身を想定する。長年の文学的伝統のなかで、作者と読者の関係がこのようなものとして定着してきた日本で、いかなる語りの方法をとるか。大江にとって、脳に障害をもった子どもが生まれ、この息子との共生を自らの文学の主要なテーマとしようと決断したときから、これはとくに大きな問題となった。

「私は、知的障害を持って成長して行く子供との共生を、自分と妻との現実の人生の中心軸としました。しかも私が作家である以上、その共生を自分の文学の主要な主題にするほかはない、とも考えていました。しかし私は『私小説』における、想像力の禁忌にしたがうつもりはありませんでした。そこで私は新しい方法をみちびきたい、と考えたのでした。そして日本の文学シーンで、この方法を拓くことはかなりな大事業であったのです。」

この意識的こころみが大きな成果をもたらしたのが、ノーベル文学賞の授賞式でエスプマルキ教授が言及した『万延元年のフットボール』（昭和四十二年）だった。この作品が自分自身に対しても つ意味を、大江は次のように述べている。

「一九六〇年代の物語と百年前の物語とを、その地形学的な構造のなかで結びつける方法に辿りついたのでした。それは私にとって、作家としての再出発を意味していました。それと同時に、自分がいま東京に出て作家生活を行なっており、当面のところその森のなかに戻って暮すこともできない以上、真の自分自身をよく再発見するためには、後にして来た四国の森に囲まれた集落へとつねに内面的な回帰を繰り返し、それによって小説の神話宇宙を作り出し、それをつうじて生きなおすほかにない、と自覚させたのです。私はそのようにして、いくらか遅れて自分をとらえていた、青年期のアイデンティティーの危機から脱出したのでした。」（同書）

思い出をきっかけに、想像力を駆使して構想された世界を記述するのに、これまでの私小説のように「私」という人称代名詞を用いることはできない。では、三人称を用いるとして「渡邊」とか、

「加藤」とか、「鈴木」とか、すぐにある個人を想起させる一般的な名称を用いることも適当ではない。大江は昭和三十九年（一九六四）に、『個人的な体験』を書いたが、ここで彼は主人公＝語り手に「鳥《バード》」という名前をあたえた。

大江はこの前年に頭蓋骨異常で生まれた長男を得た。この長篇小説は、知的障害をもつ子どもとともに生きる決意をすることを含めた若い夫婦の苦悩と再生を描いているが、その内容からして、読者は大江の実体験と重ねてうけとる可能性が高い。作者大江は、語り手である主人公にあえて「実在の人物という印象の稀薄な、ニュートラルな名前」を冠することで、これは私小説ではないと読者に宣言し、読者と新しい関係をむすび、その上で小説の主題が、障害児との共生という作者の現実と深くむすびついていることを表明したのである。

「これは私の現実生活にそのまま根ざしている課題なのだ、それを書くのでなければ、私にとって小説はどんな意味もないのだ、と、読者に言い続けたいのです。それが、近代化以来永く『私小説』の伝統の生きてきた日本の文学シーンで私の担い込んでいた、あらためての危機的な課題でした」と、大江は述べている。

新しい人

障害をもつ息子との共生のその後を描いた『新しい人よ眼ざめよ』は、昭和五十七年（一九八二）七月から雑誌に掲載されたあと、翌年六月に単行本として刊行された。大江は二十年の間に同じ主題を、『個人的な体験』（昭和三十九年）、『ピンチランナー調書』（昭和五十一年）、『新しい人よ眼ざめよ』（昭和五十八年）で書いた。

作者と等身大の作家である語り手の「僕」は、障害をもつ息子の無垢の精神の働きをすべての人間に共通する人類の意志にまでたかめたいと願っている。そのため深く共感するイギリスの詩人ウイリアム・ブレイクの詩の力を借りて、想像力の力で精神の回復をはかろうとする。

息子の「イーヨー」は二十歳になっており、抜群の記憶力と音にたいするすぐれた感性をもっている。こうした息子の潜在能力を引き出すために、父は彼を音楽家にゆだね、息子はそれに応えていく。『新しい人よ眼ざめよ』の最後の短篇では、息子が障害児のための高校で寄宿舎生活を経験し、自立への意志を家族に示す情景が描かれる。この連作作品は家族の絆と人間の幸福と共同性の意味を問いかけている。「新しい人」とはこうした「イーヨー」であり、同時に暗い不確かな未来を生きようとする新しい人を指している。

大江が「新しい人」の出現に期待をかけられるようになったのは、息子が音楽への能力を開花させることで新しい生を得たことに加え、広島と沖縄という日本の歴史上で特別の位置を占める問題に立ち向かったことが大きかった。

「おそらくは広島こそが、僕のいちばん基本的な、いちばん硬いヤスリなのだ。広島を、そのように根本的な思想の表現とみなすことにおいて、僕は自分が日本人の小説家であることを確認したいのである」、「僕が広島で見た（ついに旅行者の眼でかいま見たにすぎなかったにしても）、人間的悲惨は、そのもっとも絶望的なものまで、すべてプラスの価値に逆転することができるという勇気はないが、すくなくとも、じつにたびたび僕に日本人の人間的威厳のあきらかな所在を確かめさせるものであった」（『ヒロシマ・ノート』）。大江をしてこう語らせるのは、原爆症に苦しみながら毅然として生きる被爆者であり、原爆症と対決する医師たちの姿だった。

近代史のなかで日本に組み入れられ、戦後は日本から切り離されて、アメリカ軍の基地が置かれたまま放置しつづけられた沖縄も、彼にとって同様にヤスリである。「沖縄へ行くたびに、そこから僕を拒絶すべく吹きつけてくる圧力は、日ましに強くなると感じられる。この拒絶の圧力をかたちづくっているもの、それは歴史であり現在の状況、人間、事物であり、明日のすべてであるが、その圧力の焦点には、いくたびかの沖縄への旅行で、僕がもっとも愛するようになった人々の、絶対的な優しさとかさなりあった、したたかな拒絶があるから、問題は困難なのだ。／僕はかれらをなお深く知るために沖縄へ行こうとする……」（『沖縄ノート』）。

『大江健三郎・再発見』に収録された「座談会　大江健三郎の文学」で、井上ひさしは、「大江さんの『個人的な体験』は大事な作品でした。つまり、世界のことと個人のことがどうつながり合っているのか。あらゆる時代に『関係ない』といってしまえばそれで済むのですが、個人的なものが実は人間の生き方、人類の生き方自体にかかわっている。そういう『個人的な体験』の実践編が発展してきて、『ヒロシマ・ノート』となったと僕は考えていました」と語っている。大江はこの二つのルポルタージュを書くことによって、自分の文学を日本の歴史にさらに深くむすびつけた。スウェーデン・アカデミーは選考にあたって、時代と向き合う大江の誠実な姿勢を高く評価した。

「あいまいな日本の私」

大江健三郎は、ノーベル文学賞授賞式の三日前の一九九四年十二月七日、スウェーデン・アカデミーで、「あいまいな日本の私（Japan, the Ambiguous, and Myself）」と題した記念講演を行った。二十六年前、川端康成が行った「美しい日本の私」と題した講演を十分に意識したものだった。川端は講演を日本語で行ったが、大江は友人の英文学者、山内久明東京大学教授（現名誉教授）が英訳したものを読みあげた点も異なっていた。

英文のテクストはノーベル財団のサイトや講談社インターナショナルから刊行されたもので読むことができる。大江は次のように述べた（以下は大江自身が書いた日本語のテクスト『あいまいな日本の私』岩波新書から引用する）。

「大詩人W・B・イェーツの受賞を祝って、アイルランド上院で提出された決議案演説には、次の一節がありました。《われらの文明は氏の力ゆえに世界に評価されるだろう……破壊への狂信から人間の正気を守る氏の文学は貴重である……》

もしできることならば、私はイェーツの役割にならいたいと思います。現在、文学や哲学によってではなく、電子工学や自動車生産のテクノロジーゆえに、その力を世界に知られているわが国の文明のために。また近い過去において、その破壊への狂信が、国内と周辺諸国の人間の正気を踏みにじった歴史を持つ国の人間として。

　このような現在を生き、このような過去にきざまれた辛い記憶を持つ人間として、私は川端と声をあわせて『美しい日本の私』ということはできません。……

開国以後、百二十年の近代化に続く現在の日本は、根本的に、あいまいさ《アムビギュイティー》の二極に引き裂かれている、と私は観察しています。のみならず、そのあいまいさ《アムビギュイティー》に傷のような深いしるしをきざまれた小説家として、私自身が生きているのでもあります。……

　日本近代の文学において、もっとも自覚的で、かつ誠実だった『戦後文学者』、つまりあの大戦直後の、破壊に傷つきつつも、新生への希求を抱いて現れた作家たちの努力は、西欧先進国のみならず、アフリカ、ラテン・アメリカとの深い溝を埋め、アジアにおいて日本の軍隊が犯した非人間的な行為を痛苦とともに償い、その上での和解を、心貧しくもとめることでした。かれらの記憶されるべき表現の姿勢の、最後尾につらなることを、私は志願し続けてきたのです。」（同書）

さらに自らの文学のテーマの一つである息子との共生についてこうつづけた。

「知的な障害を担って生きる私の息子は、鳥の歌からバッハやモーツァルトの音楽に向けて育ってゆき、ついには自分の曲をつくるようになりました。初期の小さな作品は、草の葉にキラキラ光る露のような、新鮮な輝きと喜びそのものだったと思います。イノセントという言葉は、in と noceo、つまり傷つけないということから来ているようですが、光の音楽は、まさに作曲家自身のイノセンスの自然な流露でした。

ところがさらにかれが作曲を進めるうち、父親の私は、光の音楽に、泣き叫ぶ暗い魂の声を聞きとるほかなくなったのです。知的な発達のおくれている子供なりの、しかし懸命な努力が、かれの『人生の習慣』である作曲に、技術の発展と構想の深化をもたらしました。そしてそのこと自体が、かれ自身の胸の奥に、これまで言葉によっては探りだせなかった、暗い悲しみのかたまりを発見させたのでした。

しかもその泣き叫ぶ暗い魂の声は美しく、音楽としてそれを表現する行為が、それ自体で、かれの暗い悲しみのかたまりを癒し、恢復させていることもあきらかなのです。さらに光の作品は、わが国で同じ時代を生きる聴き手たちを癒し、恢復させもする音楽として、広く受けとめられることになりました。芸術の不思議な治癒力について、それを信じる根拠を、私はそこに見いだします。」（同）

そして、大江は講演をこうしめくくった。

「私は、なおよく検証できてはいないものであれ、この信条にのっとって、二十世紀がテクノロジーと交通の怪物的な発展のうちに積み重ねた被害を、できるものなら、ひ弱い私みずからの身を以て、鈍痛で受けとめ、とくに世界の周縁にある者として、そこから展望しうる、人類の全体の癒しと和解に、どのようにディーセントかつユマニスト的な貢献がなしうるものかを、探りたいとねがっているのです。」(同)

大江夫人や子息の光さんを含めた五百人の聴衆は、五十三分間の演説に聴き入った。講演が終わると、スウェーデン・アカデミーのステューレ・アレン常任書記が、「小説を書くことをやめないで」と言うと、一般市民の姿が目立つ聴衆から大きな拍手が起こった。

第16章　中国、南アフリカ、トルコ

高行健——虚をつかれた授賞

百十年をこえるノーベル文学賞の歴史のなかで、中国人の受賞者が出なかったことは奇妙なことであった。二十世紀前半について考えてみても、『子夜』の茅盾や『阿Q正伝』の魯迅などは候補となる資格を十分にそなえていたが、選考委員会の目には届かなかったのである。その背景には、二十世紀の中国社会が列強による半植民地的支配、日中戦争、国共内戦、中華人民共和国成立、その後の文化大革命などによって、絶えず混乱していたという要因があるかもしれない。

私は一九九〇年の秋、ノーベル賞の歴史をテーマにしたテレビ番組制作のために、多くの受賞者にインタビューをしたことがある。そのうちの一人に、一九五七年度ノーベル物理学賞をうけた楊振寧教授がいた。楊教授の授賞理由は、物理法則には空間的対称性があるとされた従来の説にたいして、パリティー（平衡）が非対称であるケースが存在することを明らかにしたことだった。

インタビューはニューヨーク市内にあるコロンビア大学の教授の研究室で行い、教授は三面ある黒板に数式をいっぱいならべて、素人になんとか分からせようと説明してくれた。聞けばこの研究室は湯川秀樹博士がかつて使っていた部屋だということだった。楊振寧教授のノーベル賞受賞は中国系の人としては初めてだっただけに、中国でも歓迎された。ただこのとき彼はすでにアメリカ国籍を取っていたから、正確には中国系アメリカ人への授賞であった。

欧米の文学が選考対象の中心だったノーベル文学賞が、一九八〇年代以降ラテンアメリカ、アジア、アフリカの作家にも広くあたえられるようになると、中国の人たちの間でノーベル賞への期待がにわかに高まった。中国現代文学の研究者によると、中国ではその頃からノーベル賞を意識した雑誌や本が刊行されるようになったとのことである。中国人初の受賞者が誰になるか、中国本土はもとより、台湾をはじめとする中国人社会では大きな話題となっていた。

そうしたなかで、スウェーデン・アカデミーは、二〇〇〇年十月、この年のノーベル文学賞を中国人作家の高行健（ガオ・シンヂエン）にあたえると発表したのである。授賞理由は、「世界に通じる重要性をもつ作品は、苦渋をともなう洞察力と絶妙な言語によって中国語の小説芸術と演劇に新しい道を開いた」というものだった。

この発表は台湾、香港、その他海外の中国人社会では、中国民族に栄誉をもたらすものとして歓迎されたが、中国国内での反応はきわめて冷ややかなものだった。その大きな理由は、このとき高行健はフランスに移り住んでいて、中国本土の一般の人たちは、授賞対象となった作品をほとんど読んだことがなかったからである。事実、中国国内で知られていた彼の作品は、一九八〇年代前半に発表された短篇小説といくつかの戯曲にすぎなかった。

高行健は一九四〇年一月、江西省南部の贛州に生まれた。父親は銀行員、母は元女優であった。中学・高校は南京第十中学で学び、自由な校風のなかで文学や芸術に親しんだ。一九五七年、十七歳で北京外国語学院フランス語科に入学し、在学中に学生劇団を組織して、演劇活動に没頭するとともに創作もはじめた。

一九六二年に卒業したあと、外文出版局の国際書店に配属されてフランス語の翻訳の仕事に従事した。一九六六年に文化大革命がはじまると、それまで書き溜めていた原稿を焼却し、一九七〇年には安徽省の農村へ行って、幹部学校で労働改造教育をうけ、そのあと農村の中学校の教師となった。

一九七五年には北京に戻ることができて、外文出版に復帰したあと、中国作家協会対外連絡委員会に移り、一九七九年には作家・巴金が団長をつとめた代表団の通訳としてフランスを訪れた。この旅行のことを書いた『パリの巴金』が、彼の文章が雑誌に掲載された最初だった。

一九八一年に北京人民芸術劇院の所属となってからは、彼が書いた戯曲が小劇場で上演されるようになった。学生時代に研究テーマとしたサミュエル・ベケットや、演劇における異化作用（見慣れた事物を対象化し、その本質を観客にさとらせる手法）を提唱したベルトルト・ブレヒトなど、ヨーロッパの不条理演劇に学んだ斬新さが高く評価されたのである。そして一九八七年末には、ドイツとフランスから招聘されて、合法的に中国を離れ、翌年からはパリに滞在した。天安門事件が起こったのはその一年後、一九八九年六月である。事件を知った彼は小説『逃亡』を発表して、二度と祖国の土を踏まない覚悟を明らかにし、一九九七年にはフランス国籍を取得した。

フランスに移ってからも、高行健の創作活動は旺盛で、およそ十年の間に、二篇の長篇小説と七篇の戯曲を発表した。こうした作品が評価されて、彼は中国語で書く作家として初めてノーベル文学賞を得たのである。

人称の実験

一九八三年、高行健は戯曲『バス停』を発表したが、これは明らかにサミュエル・ベケットの『ゴドーを待ちながら』に触発された作品で、郊外のバス停でバスを待つ人たちが登場する。何台かのバスが素通りする間に一年あるいは数年が経過し、彼らはようやくバス停が廃止されたことに気づいて、街をめざして歩き出す。

バス停を待つ間、彼らのセリフが同時に発せられ、それらによって各人が街へ行こうとする目的が明らかにされる。だがこうした複雑な構造をもつ芝居は、当時の中国では西欧の退廃的な文化によって精神的に汚染されたものとして厳しく指弾され、上演が禁止された。

このダメージに加えて、高行健は医師から癌を宣告された。のちにこれが誤診だったことが分かるのだが、傷心の彼は長江流域をめぐる旅に出た。一九九〇年に発表された長篇小説『霊山』は、この旅の収穫であって、中国各地をめぐる一人の男の見聞や体験、それをめぐる思考や幻想がないまぜになった全八十一章の作品である。

小説は魂の救済をもとめて旅する主人公の内的告白の形をとっているが、語り手の人称が奇数章では二人称の「おまえ」、偶数章では「私」で語られ、やがて第五十二章にいたって、同じ章に「おまえ」と「私」が登場して、二人が同一人物であることを種あかしする。「おまえは知っている。私は独りごとを言って自分の孤独を慰めているにすぎない。……おまえは私の長々しい独白の聞き手、私の言葉に耳を傾ける私自身だ」（飯塚容訳『霊山』）。

「私」は旅の途中で出会った下放中の女子学生の過去を聞かされたことから、幼年時代や恋愛経験などを彼女に語って聞かせ、さらに貴州省と四川省の少数民族地域を旅しながら、さまざまな民謡や伝説を耳にする。さらに野生のパンダの生態を見て、環境破壊の実態を知る。作品はこうした中国の現実を伝えるとともに、主人公の魂の彷徨、彼が語る人生観や死生観が大きな魅力となっている。

高行健は自己をさらけ出した最初の作品である『霊山』について、ノーベル文学賞受賞後にストックホルムで行った講演で、次のように述べている。

「一九八三年から八四年にかけて、私はこの本を書くために三度にわたって長江流域を旅行しました。そのうちの一度は、全行程一万五千キロに及んでいます。そこで、私はこの本の基本的な構造をつかみました。一人称の『私』と二人称の『おまえ』です。前者は現実世界を旅しており、前者から派生した後者は想像の世界に遊んでいます。その後、「おまえ」から「彼女」が派生し、さらに「彼女」が消えたあと、「私」の異化作用によって生まれた「彼」が現れるのです。」（飯塚容「『人称』の実験と『多声部』の試み」、『「規範」からの離脱』収録）

高行健にとって、中国の地に生をうけ、下放を経験し、その後「文化大革命」の混乱を機に祖国に戻らない決心をした体験を語るには、異化作用をともなうフィクションという形式が必須だったのである。この形式は次の長篇『ある男の聖書』へと引き継がれていく。

「ある男の聖書」

彼が書いた二冊目の長篇『ある男の聖書』（一九九九年）は、高行健の自伝的色彩の濃い作品で、裕福な生い立ちからはじまって、大学でフランス語を学び、北京の出版社に勤務していた主人公は文化大革命の嵐にみまわれる。この小説でも中国にいた頃の主人公は「彼」という三人称で書かれ、現在の自分は「おまえ」で表現される。「おまえ」は作家、演出家、そして画家としてパリを拠点に活動しており、中国と訣別してフランス国籍を取得している。

「彼」の上司や同僚は文革のなかでつるしあげにあい、死に追いこまれた者もいる。父親が銀行員で母親が元女優だった「彼」自身にも危険が迫る。「彼」は新たに反造反派を組織して反撃に出るが、職場は混乱し、武力闘争の日々がつづく。やがて秩序を回復するために軍が介入してくる。「彼」は志願して労働改造農場へ行き、さらに山奥の村に移り住んで中学の教師となって文革の嵐を逃げ切ったのだった。

一方の「おまえ」は現在の主人公で、自らが創作した劇作の演出を行い、作家会議に出席するために世界各地を旅している。「彼」と「おまえ」は、ここでも同一の主人公で、中国にいた頃留学生として知り合ったドイツ国籍のユダヤ人女性マルグリットと香港で再会してホテルに同宿する。「おまえ」はパリではフランス人女性シルヴィーとも付き合っているが、こうした西欧人女性との性愛は、人間の本能的欲望の解放であると同時に、主人公が求める人間らしい生き方の象徴でもある。中国の社会で個人が抑圧されている状況は、性をタブー視することに現れているが、出国後の主人公は自由の証として性を享受しているようにみえる。この作品に性愛描写が多く出現するのはそのためである。

「彼は本気で彼女を愛していた。そしてさらに、ほかの女を愛することもできた。
おまえは身軽で、重さがなく、国と国、都市と都市、女と女のあいだを漂い、どこかに落ち着こうとしない。得意げに文字を吟味し、射精するときのように生命の痕跡を残す。何ひとつ得るところはないが、過去も未来も気にしない。どうせ拾い物の命なのだから、こだわる必要はなかった。おまえは、その瞬間を生きているだけ。風に散ろうとしている木の葉のようなものだ。ナンキンハゼか、ポプラか、ムクゲか？　いずれにせよ、木の葉は落ちることになる。せめて風に揺れているあいだは自由でありたい。おまえは没落する運命にあった一族の救いようのない放蕩息子だった。祖先、妻、記憶のしがらみ、つながり、煩わしさから逃れようとした。ちょうどあの音楽、黒人歌手のジャズのように。不埒な恋だと人は言う、だけどいかすぜ、最高なのさ、だけど最高、やめられない……。」（飯塚容訳）

主人公は、どこにも、なにものにも縛られない生き方を選び、それを「最高」と言ってのけるが、小説に色濃く漂っているのはデラシネ（根無し草）の悲哀である。ここには時代状況のゆえに故国を離れざるを得なかった高行健の本音がのぞいている。

「彼が創作を続けるのは、その必要を自ら感じたからであるはずだ。それでこそ自由な創作が可能になり、単なる飯の種ではなくなる。彼は筆を武器として何かのために戦うこともしないし、使命感も持っていない。創作を続けるのは自分の楽しみ、ひとり言で、それによって自分自身を観察し、残り少ない人生を実感するのだ。

彼は唯一、この言語によって、過去とつながっている。もちろん、彼は他の言語で創作することもできた。この言語を放棄しないのは、それが便利だからだ。辞書を引く必要もなかった。しかし、この便利な言語は彼にとって決して使い勝手のよいものではない。彼は自分なりの語り口を追い求め、音楽を聴くように自分の言説に耳を傾けなければならなかった。そしていつも、この言語は粗雑だと思った。いつかはこれを放棄し、より豊かに感情を伝えられる媒体に

移行するかもしれない。」(同)

事実、高行健は『週末四重奏』という戯曲をフランス語で執筆したが、ノーベル文学賞選考委員たちは、彼が中国語の表現に新たな地平を開いたことを授賞理由の一つにあげたのだった。

南アフリカの二人

二〇〇三年のノーベル文学賞はジョン・マックスウェル・クッツェーにあたえられた。これは南アフリカ出身の文学者としては、一九九一年度のナディン・ゴーディマ以来二人目のものだった。ゴーディマの小説『バーガーの娘』(一九七九年)は、南アフリカのアパルトヘイト(人種分離法)と戦い続けた白人一家の物語である。ゴーディマはアフリカ民族会議(ANC)が非合法のときからこれに加わり、アパルトヘイトに反対するデモに参加した。一九九〇年、ネルソン・マンデラが二十七年におよぶ投獄生活から釈放され、アパルトヘイト体制の崩壊がはじまるが、この作品はフィクションながら、この歴史的事実を忠実に描いており、南アフリカの現実を知る手がかりをあたえてくれる。

そして『この道を行く人なしに』(一九九四年。このタイトルは芭蕉の俳句からとられた)の主人公ヴェラ・スタークは女性弁護士で、アパルトヘイト廃止後に、白人地主に奪われていた土地を取り戻そうとする黒人たちの側に立って問題の解決に奔走する。追いこまれた白人の強硬派は、テロや暗殺で運動のリーダーを消し去ろうとする。こうした情況のなかで改革が進められたのには、少数の白人改革派の努力があった。

ネルソン・マンデラの新体制のもとで、南アフリカは一九九五年に、ラグビーのワールドカップを開催した。この大会で白人と黒人で構成された南アのナショナルチームは優勝をはたし、人種をこえた国民の一体感をつくりだすことに成功した。こうして誕生した新体制で、小説の主人公ヴェラは憲法制定委員会の委員に抜擢される。

ヴェラは公的活動の一方で、私生活では問題をかかえている。年下の青年と関係をもち、最後には夫と子どもと別れて、ともに闘ってきた男性と同居生活をはじめる。彼女はそこに性も人種の違いもこえた新しい人間関係を築こうとする。

「友とはなにか。友とは、異なった個人でありながら、告白や秘密を打ち明けられる存在のことだ。こうした友情という行為では、自己のさまざまな面のすべてをひとりの友人に託すことはできないけれども、しかし相手の内部に自己の重荷を下ろすことはできる。ヴェラがかつてそう定義した性行為とまったく同じだ。」(福島富士男訳『この道を行く人なしに』)

ヴェラは南アフリカの現実を見すえつつ、女性としての性の欲望も含めた自己を肯定し、その上で人種をこえた友情に未来を託そうとする。ここにはナディン・ゴーディマ自身の体験と思想が色濃く投影されている。

ノーベル文学賞受賞の翌年、彼女が来日した折に行われた座談会のなかで、小説の現在についてこう語っている。

「何世代にもわたって小説は死んだといわれてきましたが、いつも死者は蘇ってきましたね。なぜかというと、物語というのは、有史以来ずっと続いてきたものです。人間の意識の一部に物語があるのです。しかし物語にとってかわってテレビが出てきたことは、文学にとってたしかに大きな脅威となっていることは事実です。……しかし、逆のような現象もありますよ。文学というのは、多くの戦いを経て芸術の民主的な一つの形態になったのです。識字率が高まるにつれて文学が広く読まれるようになりました。ところが識字率が現在ではかえって落ちてきているのです。単に開発途上国だけではなく、全体の、ほんとうの意味での読み書きの能力が落ちてきているのです。それで、かつて文学は、字の読めるエリートだけのものだったのですが、そういう時代に戻りつつあるのかもしれませんね。」(岩波ブックレット『ナディン・ゴーディマは語る』)

J・M・クッツェー

南アフリカのもう一人の受賞者、J・M・クッツェーはケープタウンに住むオランダ系植民者の一家の息子として、一九四〇年二月に生まれた。教育は英語でうけ、ケープタウン大学で英文学と数学の学士号を得たあとイギリスに留学して、ロンドンのIBMでコンピュータプログラマーとして働きながら修士論文を完成させた。一九六五年にはフルブライト奨学金を得てアメリカに渡り、テキサス大学でサミュエル・ベケットの初期の作品の言語学的研究で博士号を取得した。

その後ニューヨーク州立大学で教壇に立ったが、学内のヴェトナム反戦集会に参加して逮捕された。その結果、居住許可をとり消されて南アフリカに帰国。一九七二年からはケープタウン大学で英文学を講じながら創作活動をはじめた。

彼の文学の特徴は、南アフリカの現実を踏まえつつ、作品ごとに作風を変えるという実験的なこころみを行うところにある。ノーベル文学賞の授賞理由は、「数々の装いを凝らし、アウトサイダーが巻きこまれていくところを意表を突く形で描いた。その小説は緻密な構成と含みのある対話、素晴らしい分析を特徴としている。しかし同時に、周到な懐疑心をもって、西欧文明のもつ残酷な合理性とみせかけのモラリティを容赦なく批判した」というものであった。

クッツェーの作品『鉄の時代』（一九九〇年）は、七十歳になるケープタウンに一人住む元ラテン語教師の女性主人公が、娘にあてた遺書の形をとった小説である。彼女は癌の再発を医師から知らされた日から書きはじめて、自分が南アフリカの激動期をどう生きてきたかを物語る。そこには時代状況とともに、死を前にした心の揺れや、親から子へと受け継がれる生命の不思議、人を気遣う気持ちなど、人間としての本質的な問いが静かに克明に語られていく。

小説の訳者、くぼたのぞみは、この小説を書いたのが男性作家で、このとき四十六歳だったことに驚きを禁じえないと書いているが、この豊かな想像力こそがクッツェーという作家の真骨頂なのであろう。二〇一二年春の時点で、クッツェーの代表作『鉄の時代』や『マイケル・K』をはじめ十作をこえる作品が日本でも紹介されている。

オルハン・パムク

トルコ語で創作する作家として、オルハン・パムクが初めてノーベル文学賞を受賞したのは二〇〇六年である。授賞理由は、「生まれた街のメランコリックな心情に応じて、諸文化の破壊と絡み合いのための新たなシンボルを発見した」というものであった。

オルハン・パムクは一九五二年にトルコの首都イスタンブールで生まれた。イスタンブールは長い歴史のなかで東西の文明が交差する国際都市である。彼は経済的に恵まれた環境のなかで成長した。そうした経験は小説『ジェヴデット氏と息子たち』（一九八二年）や『黒い書』（一九九〇年）で、イスタンブールの個人的な思い出として描かれている。

彼の家族はイスタンブールのヨーロッパ側で暮らしていたから、「ロバート・カレッジ」で中等教育をうけたのち、イスタンブール工科大学に入学して建築学を専攻した。将来の夢は画家になることだった。だが三年後には工科大学をやめて、イスタンブール大学でジャーナリズムを学びながら、一九七六年に卒業した。二二歳から三〇歳まで、彼は母親と生活をともにしながら最初の小説を書いて、出版してくれるところを探した。

こうした努力によって、彼は一九七四年からは毎年作品を発表し、最初の小説『闇と光』が、一九七九年に新聞社ミチエット紙が催した小説コンクールで一位を獲得した。これがのちにタイトルを変えて出版された『ジェヴデット氏と息子たち』である。彼が育ったイスタンブールのニサンタシ地区に住む裕福な一家の三代にわたる物語だった。

パムクの初期の作品はトルコ国内で数々の文学賞を得ているが、一九八五年に出版された歴史小説『白い城』は欧米の言葉に翻訳されて、彼の名前は世界的に知られるようになった。アメリカの代表的な新聞「ニューヨーク・タイムズ」はその書評で、「東方に輝く星があらわれた」とまで絶賛した。

二つの長篇小説

この評判を裏打ちするように彼の文名を一段と高めたのが、一九九八年に出版された『私の名は紅《あか》』である。この小説は三十二カ国の出版社が翻訳権を取り、いままでに二十五カ国以上で翻訳出版されている。英訳だけでも二十万部近くが売れたという。

ミステリーと恋物語と哲学的瞑想を織り交ぜた物語の舞台は、十六世紀オスマン・トルコのスルタン、ムラト三世治下のイスタンブール。時は一五九一年の雪模様の冬の九日間である。この頃のオスマン・トルコは絶頂期をすぎて、政治的にも経済的にも文化的にも難題が生じていた。長びく戦争、疫病の流行、大火、そして敗北を知らなかったトルコ軍は、この少し前に、ヴェネツィア共和国とスペイン王国のキリスト教連合艦隊に敗北を喫した。イスラム原理主義者は、こうした災厄は異教徒に寛大な態度を取り、ぶどう酒の販売を認めるなど、予言者の言葉に背いたためだと説いて民衆の心をつかみはじめていた。

細密画家のカラはエニシテに呼び戻されて、十二年ぶりにイスタンブールに戻ってくる。スルタン、ムラト三世は翌年の一五九二年がイスラム暦の千年目にあたることから、これを寿ぐために祝賀本の作成を命じる。元高官で細密画の造詣が深いエニシテに監督を命じ、豪華本を飾る細密画を四人の職人に描かせることになる。

オルハン・パムク

カラにとっては細密画もさることながら、軍人に嫁いだはずのエニシテの美貌の娘シェキュレが二人の子どもを連れて帰ってきているのが気になってしかたがない。十二年前に彼女に結婚を申しこんだが手ひどく断られ、それが原因で十二年もの間諸国を彷徨していたのである。シェキュレの軍人の夫は生死も分からないまま戦場からは戻ってきていないらしい。……

作品の軸となるのは、細密画の技法をめぐって展開される議論である。頭領のエニシデはヨーロッパの技法を取り入れ、陰影や遠近法を使って新しい細密画を制作しようというのにたいして、これをアラーの神への冒瀆とみなす守旧派は激しく抵抗する。そしてこれが原因で工房では殺人事件が起こるのだが、パムクはこの議論を通して、東西文明の衝突というテーマを取りあげたのである。結論から言えば、パムクは「東は東、西は西」という考えを全篇で展開している。こうした文明論のほかにも、細密画の世界や当時のイスラム世界の風俗や生活が克明に描かれていて興味深い。

この作品の特徴のもう一つは構成上の工夫で、全五十九章のすべてで語り手が異なる。登場人物はもとより、死体や犬、木までが語り手となって、複数の視点から物語が進行していく。

二〇〇一年九月十一日の「9・11」事件が起こると、この作品はイスラム原理主義や文明間の衝突と共存、世界におけるイスラムの役割を考える上で大いに役立つとみなされて、欧米で多くの読者が手にとったといわれる。その点ではパムクの七冊目の小説『雪』(二〇〇二年)も同様で、彼の文名を大いに高めたとされる。

『雪』の主人公のKa(本名はケリム・アラクシュオウルというが、学生時代から頭文字をとってこう呼ばれている)は四十二歳の詩人。かつて左翼新聞に記事を書いた責任を問われて有罪判決をうけ、ドイツに亡命していたが、母親が死んだというので十二年ぶりに帰国したのだった。だが生まれ育ったイスタンブールの風物はすっかり変わっていて馴染むことができず、思い出を取り戻すこともできない。イスラムの社会も文化も亡命の間に急速に変化したように感じられる。

帰国後まもなく、昔の学生運動の仲間がKaに仕事を頼んでくる。「共和国新聞」にカルスの市長選挙を取材してほしいというのである。カルスで少女たちの連続殺人事件が起こっているらしいので、それもついでに取材してほしいという依頼だった。カルスはトルコの北東部にあるアルメニアと国境を接していて、ここは古代以来さまざまな文明が通りすぎたところだが、一九九〇年代はじめには貧困にあえぐ地方都市の一つである。

Kaはここ数年いい詩が書けずに悩んでおり、辺境に行けばかつてのイスラム社会と自分を見出せるかもしれないと考え、友人の申し出を受け入れる。カルスには分離派のテロリストが活動しているらしいことも気になった。

しかし、カルスにはイスタンブール大学時代に学生運動をともにして、思いを寄せていたイペッキがいることがカルス行きを引き受けた最大の理由だった。彼女は詩人のムフタルと結婚したが、その後離婚して、いまは一人暮らしをしているはずだった。

Kaはこうしてカルスに向かう。途中吹雪に見舞われ、雪の中を二日間バスにゆられてようやくカルスに着く。街に入るとロシア風建築の「カルバラス（雪宮殿）」に宿をとった。そこはイペッキが父親と妹とで経営しているホテルだった。

雪はいっこうにやまず、Kaは雪のカルスに閉じ込められることになる。……これが物語の発端で、イペッキとのその後が大いに気になるのだが、事態は意外な方向に展開する。連続殺人と思われた少女たちの死は自殺で、それを扇動するイスラム過激派がいるらしいこと、そのリーダーは「紺青」という名で呼ばれ、イペッキの妹が少女たちの自殺と深くかかわっているらしいことが分かってくる。さらに市長が殺害され、その背後ではイスラム主義と欧化主義の対立があるらしい。例年にない大雪で交通が遮断され陸の孤島と化したカルスで、Kaはいやおうなく宗教と暴力の渦に巻きこまれていく。

著者オルハン・パムクはこの小説のエピグラムとして、「文学作品において政治とは、コンサートの最中に発射された拳銃のように、耳障りだが、無視することもできないものである。今や、このひどく醜悪なものに触れることになるのである」というスタンダールの『パルムの僧院』の一節を引用し、それとならべてドストエフスキーの『カラマーゾフの兄弟』の創作ノートから、「民衆を片付けてしまえ、殺ってしまえ、奴らを黙らせよ。／何故なら、ヨーロッパ啓蒙運動こそ民衆より遥かに重要なのだから」という文句を書きつけている。

『雪』は芸術や詩や恋を語るとともに、現代イスラム社会（なかでもケマル・アタチュルクの革命によっていち早く近代化と政教分離を達成したトルコ社会）における宗教と政治、異なる文明との出会いとイスラム原理主義の台頭といった今日的問題をあつかっている。しかもパムクは、それをスリリングな一篇の小説に見事に仕立てあげたのである。

この作品をトルコ語から翻訳した和久井路子によれば、パムクは9・11事件のあとで、イギリスの新聞「ガーディアン」に、「テロを引き起こしているのはイスラムでもなければ貧困でもない、彼らの言うことに誰も耳を貸そうとしないことだ」（同訳『雪』）と書いているという。パムクの一連の作品はイスラムの人たちの思いに耳を傾けるための絶好のツールである。

第17章　独裁政権下の文学

驚き

二〇〇九年十月、この年のノーベル文学賞の受賞者がドイツの女性作家ヘルタ・ミュラーだと発表されたときの驚きを、フランスの同じ女性作家で翻訳家のセシル・ヴァシュブロットはこう伝えている。

「私はヘルムート・ペシナ〔オーストリアの劇作家〕とウィーンのあるカフェにいて、ヨゼフ・ロートについて話していた。ペシナは自分の作品を書かないときに、ロートの作品をラジオドラマか演劇台本にしようとしているところだった。外は十月の晩夏で、私たちは煙草を吸いつづけだったが、彼の携帯電話の呼び出し音でそれが中断された。会話は短く、電話はすぐに切られた。

彼が私に言った。ヘルタ・ミュラーだって。一瞬、私は何のことか分からなかった。ヘルタ・ミュラーだよ。黙っている私に、彼がもう一度言った。フィリップ・ロートでも、アモス・オズでもなく、――ヘルタ・ミュラー、しばらくして、ノーベル文学賞が今日発表されることを思い出した。イェリネクだった年は、私はあそこに座っていたんだ、と彼は奥にあるテーブルを指しながらつけ加えた。

ヘルタ・ミュラーにノーベル文学賞があたえられたのは意外だし、エルフリーデ・イェリネク（二〇〇四年受賞）のときよりも驚きだった。

イェリネクとミュラーをならべることは、まったく意味のないことではない。二人の女性作家。一人は一九四六年生まれ、もう一人は一九五三年、一人はオーストリアの小さな村で生まれ、もう一人はルーマニアの小さな村で生まれている。二人ともドイツ語で書く。――ヘルタ・ミュラーはバナートのドイツ系マイノリティに属し、ドイツに移住して、いまはベルリンに住んでいる。二人とも倦むことなく、独裁政治のもたらしたものを追及している。だがそのやり方は同じではなく、比較もここまでだ。いや、そうでもない、二人とも力強い独特の文体の持ち主でもある。」

ヘルタ・ミュラーがノーベル文学賞を受賞したというニュースは、セシル・ヴァシュブロットだけでなく、世界の文学好きにも驚きをもって迎えられた。第一、彼女の作品を出版してきたベルリンのハンザー出版社の担当者も、最初に感じたのは驚きだったと語っている。

二〇〇九年は、ベルリンの壁崩壊からちょうど二十年目にあたった。スウェーデン・アカデミーは、ミュラーの授賞理由について、「故郷喪失を凝縮した詩的言語と事実に即した散文で描いた」と発表し、ヘルタ・ミュラーの受賞は彼女の祖国ルーマニアを含む東欧革命を記念する政治的な意味がこめられているのではないかとの噂が、まことしやかにささやかれた。だが彼女の小説を読めば、そうした噂はまったく事実無根で、ノーベル文学賞選考委員が彼女の業績を高く評価したその慧眼にだれもが納得した。

故郷喪失

ヘルタ・ミュラーは一九五三年に、ルーマニアの西部ティミシュ県（中心都市はティミショアラ）の農村ニツキードルフに生まれた。彼女の家系は十八世紀にドイツ西南部のシュワーベン地方から入植してきた農民の一族である。この一帯はハンガリー平原の東の端に位置し、南はドナウ川、東北は南カルパチア山脈に達し、ルーマニア語では「バナート」とも呼ばれる。今ではハンガリー、ルーマニア、セルビアに分かれているが、第一次大戦の敗戦で、オーストリア＝ハンガリー二重帝国が崩壊するまでは、一つの地方としてさまざまな民族が共存していた。

バナートのシュワーベンの人たちは帝国が崩壊したあとも、ルーマニア領となったこの地に留まって、ドイツ語を話し、昔からの風俗習慣を守り、他の民族とは交わらずに純血主義を貫いてきた。

その人口は第二次大戦終戦のとき三十五万にのぼった。

一九六五年に、ルーマニアではニコラエ・チャウシェスクが政権の座につき、七〇年代には社会的矛盾が噴き出して、チャウシェスクは国民に耐乏生活を強いるとともに、独裁政権を維持するため、国中に秘密警察の監視網を張りめぐらすようになった。その結果、少数民族であるシュワーベン人への締めつけは一段と厳しくなった。

ミュラーはこうした時代に、ティミショアラ大学でルーマニア文学を専攻し、卒業後は農業用トラクターの製造工場「テーノメタル」で技術翻訳者となった。だが三年目に秘密警察（セクリターテ）への協力を拒んだことから、ある日突然、勤務先の机や椅子を片づけられて、入室も禁じられるという目にあった。ノーベル文学賞受賞後に新聞「ツァイト」とのインタビューで、彼女自身がこう語っている。


「ある朝出勤すると、私の辞書類が部屋のドアの前の床に散乱していました。私の席は誰か別のエンジニアのものになっていて、もう部屋に入ることも許されませんでした。だからといって家に帰るわけにもいきません。そんなことをしたら、すぐに解雇されるでしょうから。でも、いまや職場には私の机も椅子もありません。それから二日間、私は意地になって、辞書をもって一階と二階のあいだのコンクリートの階段に八時間座り続け、翻訳をしようとしました。誰にも仕事をしていないと言わせないためです。」（浅井晶子訳）

彼女への攻撃は上からの指示で、秘密警察のスパイだという噂を流されて、仲間から孤立し、ついには辞職させられてしまった。当時のルーマニアでは、職業についていないことは犯罪とみなされて、生きていくことさえむずかしい状況だった。こうした混乱がはじまってまもなく、運悪く父親が亡くなり、彼女は代用教員などをしながら、かろうじて社会的存在として生きながらえたのだった。ミュラーは、「もう自分を保っていられず、この世界に自分が確かに存在するという証を求めずにはいられませんでした。こうして、私はそれまでの人生について書き始めました」（同）と語っている。

ヘルタ・ミュラー（毎日新聞社提供）

こうして書かれた作品の数々を集めた最初の作品集『澱み』は一九八二年にブカレストの出版社から刊行されたが、出版までに原稿は四年間、出版社で眠っていたという。しかも出版に際しては随所に検閲が入り、もとの原稿は原形をとどめないほどであった。その後一九八四年にベルリンで再版された機会に、彼女はようやく削除された個所などを修復することができた。

この新版が出ると、当時の西ドイツの雑誌「シュピーゲル」などが取りあげて絶賛した。こうしてミュラーの存在は西側で知られることになったが、それがかえってルーマニアの独裁政権下での圧力を増す結果となり、彼女は秘密警察により脅迫や尋問をうけ、さらには家に突然侵入されて強制的に捜査され、最後は執筆禁止の処分をうけるにいたった。ミュラーはついに一九八七年、仲間とともに西ドイツに出国する道を選んだ。ミュラーがドイツ人の血統であるために、自動的にドイツ国籍があたえられたのである。

スウェーデン・アカデミーが授賞理由として、「故郷喪失」というとき、直接的にはチャウシェスク政権下でのこうした迫害と、故郷からの脱出の事実を指すのは明らかだが、ミュラーにとっての故郷はそれほど単純なものではない。この点を指摘しているのが、ヘルタ・ミュラーのよき理解者で、これまで彼女の作品三冊をすぐれた日本語に翻訳している山本浩司（早稲田大学文学部准教授）である。

山本はルーマニアのドイツ人たちが歴史的にたどった運命をこう述べている。「ルーマニアが枢軸国側についた第二次大戦が事態を一変させる。ルーマニアのドイツ人たちは、失地回復の名目のもとになされたナチの東欧侵略の先兵役を務めることになるのだ。特に、その残虐さで悪名高い武装親衛隊に五万人以上が動員されている。その一方で、戦争末期にはルーマニア政府が黙認するなか、ソ連軍によって何万もの若者たちがラーゲリに強制連行されるという悲惨を体験してもいる。……『故郷喪失の風景』とは、直接には独裁制によって故郷を追われた事実を指すと考えられようが、同時に故郷そのものの変質、つまり歴史的経験ゆえにもはや素朴に『故郷』を根拠に持ち出せない現実をも指し示している」（『澱み』、「訳者あとがき」）。

この事実はミュラーの最初の短篇集（連作集といった方がいいかもしれない）の冒頭に置かれた

「弔辞」という小品で言及されている。これは彼女の父親の葬儀に際しての、現実の出来事と彼女がみた夢がまじりあった思い出を描いたもので、父の棺が置かれた部屋には、ベビー服を着た赤ん坊の父親から、トラックのハンドルを握って、牛を屠畜場へ運んでいくところまで、さまざまな写真がかざられている。その部屋でうたた寝をした語り手（作者にほかならない）は、先取りして埋葬の場面を夢にみる。父の棺を墓穴に下ろそうとしている酔っ払いの小男の一人が、こんなことを言った。

「あんたの親父はたくさんの死者に疚《やま》しいところがあるんやで、……ニンジン畑で女に乱暴したこともある、……兵隊四人と一緒に姦《まわ》したんや。あんたの親父はニンジンを女の股間に突っ込みよった。俺たちが逃げだしたとき、女は血を流していた。ロシア女やった。その後、俺たちは何週間もずっと武器はなんでもニンジンと呼んだんや」。夢では、父親の埋葬に集まった全員が、彼女に敵意を示す。

「風が私のワンピースの袖を引きちぎった。袖は黒い吐息のように宙にふわりと浮かんだ。一人の男が杖を分厚い石に立てかけた。そして猟銃を構えて袖を撃ち落とした。私の目の前に落ちてくると、袖は血だらけになっていた。参列者たちが一斉に拍手をした。私の片腕は丸見えになった。冷気を浴びて石のように硬くなるのが分かった。弔辞読みが合図した。拍手が鳴り止んだ。我々はこの共同体に誇りを感じている。有能さが我々を没落から守ってくれている。我々は誹謗されるいわれなどない、と彼は言った。中傷されるいわれなどないんだ。我々ドイツ人共同体の名において、おまえに死刑の判決を言い渡す。

みんなが私に銃を向ける。耳をつんざくばかりの銃声が頭のなかに響き渡った。

私は吹っ飛んで倒れたが、いつまでも地面には届かなかった。彼らの頭上で宙に斜めに浮かんだままだった。それから私は音も立てずに家中のドアを押し開けていった。」（山本浩司訳『澱み』）

夢にはつづきがあって、こうして家に戻った語り手に、母親がロシアに連行されたとき頭を丸坊主にされたと過去を告白する。それが一番軽い罰で、ひもじさからニンジン畑に忍び込んでニンジンを盗んだのだという。そう言うと母の姿は見えなくなった。そのとき目覚ましの音が聞こえた。土曜日の朝、時刻は五時半だった。

「弔辞」は父の死というミュラーの人生を一層困難にした出来事をあつかい、父を弔う意味で書かれたものと推測されるが、肉親へのいたわりとはほど遠い作品である。彼女一家の生活に暗い影を投げかけていたにちがいない、父親の戦争中の犯罪と母親の強制収容所ラーゲリでの抑留体験が、ニンジンという共通する小道具を用いて描かれる。そしてこうした共同体の暗い過去を暴こうとする語り手は、人びとによって銃殺されるほどの後ろめたさを感じていたのだ。

『澱み』はミュラーの生い立ちの記ともいえ、暗い過去への風変わりな記憶の旅ともみえる。この短篇集が出版されると、バナート地方の人たちはお互いが顔見知りの共同体の内部を描いたとして反感をもったのも事実だった。

ミュラーはそんな圧迫に堪えて次々に作品を書いた。短篇『蟻は死んだハエを運ぶ』は、人生のひとこまを拡大鏡でのぞいたような作品で、そこには恐怖政治による脅威と歪みが投影されている。これをかわきりに、監視の目がすみずみまで張り巡らされた社会で、そこに生きる人たちの生活がいかに破壊されていくかを描いた長篇小説が相次いで書かれた。

『狙われたキツネ』(一九九二年)では日常生活に重くのしかかる緊張と不安が、『心獣』(一九九四年)では、慣れ親しんだものにふと疎外感を抱く心の揺れが、そして『今日は自分に会いたくなかったのに』(一九九七年)では、友情が徐々に崩壊していく様子がたどられる。

「狙われたキツネ」

本のタイトルに使われている『狙われたキツネ』(原題は「キツネはすでに猟師だった」)は、このなかの一章「キツネは罠にかかるものなんだ」で語られる挿話からきている。主人公アディーナ(作者のミュラーと同じように学校の教師をしている)が、毎日、学校での授業を終えて帰ってみると、アパートの飾りのキツネの敷物が少しずつ切られていることを指している。こうした嫌がらせを行ったのが秘密警察なのは明らかだった。

『狙われたキツネ』は、それぞれが掌小説を思わせる三十三の章を積み重ねる形式で、チャウシェスク政権下で生きる若い女性アディーナと、近くの金網工場で働いている友だちのクララが体験し、見聞する出来事を通して監視社会の実態を描き出す。

「カールした前髪」の章は、次のようにはじまる。

「新聞紙はざらざらした悪い紙だが、そこに掲載された独裁者の写真のカールのかかった前髪はそれでもほのかに輝いている。その前髪はオイルでてかてかに光り、がちがちに固められている。カールした独裁者の髪のなかで前髪だけが大きく目立っていて、他の髪は後頭部に追いやられ、新聞紙に飲み込まれて見えない。「民族の最愛の息子」とざらざらの紙には書かれている。

光り輝くもの、それは何でも見ることができるのだ。……

独裁者の黒い瞳も、アディーナがいま何気なく曲げた親指の爪ぐらいの大きさはあって、来る日も来る日も新聞のなかから国じゅうを監視しているのだ。」（山本浩司訳『狙われたキツネ』）

アディーナやクララは街のはずれにある集合住宅に住んでいるが、街の居住地域は截然と区別されている。街の公園の向こうは、市長、工場長、秘密警察の人間や高級将校たちが住む地区で、閑静な住宅街が広がっている。「そこでは吹く風までが、何かに突き当たるたびに心配顔になる。つむじ風を起こしたときはおろか、普通に吹いていても、そうなのだ。……というわけで〈権力の閑静な住宅街〉はそよ風のなかにいつも安らっている。ところがそのそよ風も、公園までくると人が変わったように強風になって枝を分かれさせても知らん顔をするのだ。それでも人の会話を立ち聞きできるようにその枝を葉で覆っておくことだけは忘れない」(同)。

　独裁政権下では、人だけでなく動物や自然までもが、監視の目を開き、聞き耳をたてているかのようだ。事実、クララが勤める金網工場に住みついている猫は、管理人のグリゴーレが倉庫のかげの窪地に女子工員たちを引っ張り込んで押し倒す様子を、いつも高いところからじっと見ている。グリゴーレは裏で闇商売に手を出して大儲けをしている。

『狙われたキツネ』は単なる告発の書ではない。そこでは人びとがそれぞれの日常を生きていく。権力者たちの住宅街に住む将軍閣下は、毎日家に帰ると軍服のズボンを脱いで奥さんに渡す。すると奥さんは、「コウノトリを取りだしなさい」と命じて、家政婦にぬるま湯の入った洗面器をもってこさせる。将軍閣下はそこに下半身をつける。奥さんはこう言う。「袋が水に沈めば、許してあげるわ」。ところが将軍閣下のものが水面に浮かぶようだと、「あんた、撃ち止めになるまでやってきたわね、あんたの長靴までぐったりとして元気がないじゃないの」。そうなると将軍閣下は顔を膝の間に沈め、ぷかぷか浮いているものを見ながら言う。「誓って言うよ、ねえ、おまえ、誓って言うけど」。

　これは将軍閣下の家で働いている家政婦の母親から娘が聞いてきた話で、権力者たちが住む地域で繰り広げられる日常は一皮むけばこうしたものである。

　アディーナは秘密警察の目に見えない脅迫をうけて、反体制派の作家で作曲家と親密な関係になる。だが彼はクララとも関係があり、二人の女ともだちの間は壊れ、クララは弁護士を自称する秘密警察の人間と近づくようになる。つまりキツネが猟師になったのである。犠牲者たちは互いに非難しあい、警戒しあい、裏切るようになる。そして独裁者が失墜しても、大きな変化は起きないのだ。

二十四章の「あざ」では、アディーナがクララの行為を非難して、彼女の部屋を飛び出したあと、市内のスタジアムのそばを通りかかると、スタジアムの門が開け放たれていた。

「駐車場には警官隊と警察犬が待機している。男ばかりの群衆が門から押し寄せてくる。彼らは歌をがなり立て、歓声をあげている。照明がこうこうと照りつけるスタジアムのなかでは、ルーマニアのナショナル・チームが相手ゴールめがけてサッカーボールを蹴り込み、デンマークを打ち破ったのだ。スタジアムの土塁からは光が空に向かって立ちのぼっている。まるで月が迷い込んだように明るい。

『デンマークが何だっていうんだ』

男たちはみな三色の布を継ぎ合わせた手製のルーマニア国旗を手にしている。赤貧の赤、沈黙を表す黄色、そして監視の青、それぞれの色がこの孤立した国のありようを示している。」

（同）

この挿話は実際に起こったことで、ヘルタ・ミュラーが出国したあとの一九八九年十一月十五日に、ルーマニアの首都ブカレストで行われたワールド・カップ予選では、ルーマニアがデンマークに勝利して、二十年ぶりに本大会出場を決めた。ルーマニアの各地で盛りあがった祝勝デモは、テイミショアラで人望のあった少数派プロテスタントの神父の釈放を求める運動に転化していった。混乱は首都にも波及し、やがて独裁政権を揺るがす事態へと発展した。

サッカーはルーマニアの政治を動かす隠れた要因だった。ルーマニアではテレビ局はチャウシェスク政権に握られていて、厳しく管理されていた。国外で行われるサッカーの試合もなかなか中継されず、ブカレストの市民たちは近くの小高い丘に車でテレビ受信機を持っていき、高いアンテナを立てて隣国ハンガリーの放送を見るようになった。その結果、サッカーの試合以外にもテレビ画面に映し出される国外の現実は、人びとにとって重要な情報源となったのである。

当時アメリカのレーガン大統領は「エレクトロニクスの小人が全体主義の巨人を倒す。この流れは戦車でも止められない」と語ったが、東欧革命はまさしくテレビ時代の革命だった。『狙われたキツネ』には、「この国を世界から遮断してくれるドナウ川があるおかげで、世界はずいぶん幸せな思いをしているんだよ」（同）という文章が出てくるが、電波はドナウ川をもこえたのである。

ベルリンの壁崩壊

そもそも東欧革命の発端はハンガリーでの小さな動きだった。ドナウ川はスロバキアからハンガリー、そしてルーマニアへと流れるが、ハンガリーの労働党政権はドナウ川流域のナジマロシュにダムを建設する工事をひそかに進めた。これにたいして一九八〇年に、ジャーナリストや一部市民が環境破壊反対の運動をはじめ、やがてこれが共産主義政権を倒壊に追いこむ運動のスタートとなったのである。

運動は次第に市民の関心を呼ぶようになり、最初は百人規模だったデモが、千人、一万人と集まるようになり、一九八八年夏には十万人をこす人たちが、「ダム建設の是非を国民投票に」と叫んで行進した。そして十月、盛りあがる世論を押さえきれずに、国会でダム建設の是非を問う議論が行われ、投票に際して十九人が反対、三十一人が棄権した。政府の政策は満場一致の賛成が原則の国会で、公然と反対の声があがったことは体制側に強い衝撃をあたえた。

ハンガリーではやがて「複数政党制」が認められ、改革派が政権を握り、一九八八年から八九年の初めにかけて変革への準備が進んだ。ネーメト首相はゴルバチョフの了解を取りつけた上で、一九八九年五月二日の朝、隣国オーストリアとの国境沿いに設置されている鉄条網の一部を切断した。数時間後、鉄条網を大きな金鋏で切る兵士の写真が通信社の手で配信された。かつてイギリス首相チャーチルが「鉄のカーテン」と称したものが破られた瞬間だった。

ハンガリーがオーストリアとの国境を開いたことで、一九八九年の夏、東ドイツの人たちがハンガリーをへて大量に西側へ流出し、これが十一月九日の「ベルリンの壁崩壊」をもたらした。そして変革の波は最後にルーマニアにも達した。

サッカーの祝勝会にはじまった独裁政権への抗議は、十二月十六日にはティミショアラでの十万人の抗議デモとなり、首都ブカレストでもこれに呼応してデモが起こった。チャウシェスク大統領は軍に弾圧を命じ、軍は武力で民衆を弾圧し、一一〇四人の死者と三三二一人の負傷者を出す事態となった。それでも民衆の抗議はやまず、やがて軍はチャウシェスクに反旗をひるがえして逮捕状を出した。

十二月二十二日、大統領夫妻が逃亡をはかると、彼らを逮捕して死刑判決を出した上で即刻射殺し、その映像をテレビで流した。東欧各国の変革は「ビロード革命」といわれるように血を流さずに行われたが、ルーマニアだけが唯一の例外となった。

西ドイツに移住したヘルタ・ミュラーは、ルーマニア時代にうけた監視の実態を明らかにすべく、セクリターテが管理していたレポートの開示を求めた。しかしそれはなかなか実現しなかった。ルーマニアの知識人層は、自分に関するレポートにほとんど関心を示さず、彼女は友人たちにさえ煙たがられるようになった。

二〇〇九年の春、ある研究グループが「バナート活動グループ」に属していたルーマニア出身のドイツ人作家に関するレポートを見つけた。ミュラーは「ツァイト」紙とのインタビューでその内容を知ったときのことを語っている。

「研究グループが見つけたなかに、『クリスティナ』という名前をつけられた私に関するレポートもありました。ファイル三冊分、九一四ページにおよぶレポートです。作成開始は一九八三年ということになっていましたが、それより何年も前からの記録もありました。レポート作成開始の理由は、私の著書『澱み』が、『国内、とくに地方村落における現実をゆがめて伝える傾向にある』からでした。この主張を根拠づける、スパイたちによる『澱み』のテキスト解釈が添付されています。それに、私が『国家に対する敵対的な仕事で有名』な『ドイツ語で書く作家の輪』に属していることも、理由の一つでした。

実のところこのリポートは、ルーマニア情報当局がかつての秘密警察セクリターテの名を借りてつくりあげたまがい物でした。情報局は十年もの間、レポートを『変更』し続けたんです。『改訂』とはとても言えません。すっかり内容が空疎になっていたからです。」

研究部グループが見つけ出した「クリスティナ」に関するレポートで、ミュラーがルーマニアにいた間だけでなく、西ドイツに移住してからも監視がつづいていたことが明らかになった。トラクター工場勤務のときから友だちのジェニーが、ベルリンへ移住した一年後に訪ねてきた。ジェニーは工場を解雇されたあとも付き合いつづけた心を許した友だった。彼女は癌を患っていて、ぜひミュラーに会いたくて来たということだった。だが彼女のパスポートには西側各国へのヴィザが捺されて、その点を追及すると、自分をここへ送りこんだのはセクリターテだが、帰国したら、ここで会ったことしか報告しないと約束した。だが不信を感じたミュラーが彼女のトランクを調べると、ルーマニア領事館の電話番号とアパートの合鍵が出てきた。そして数年後、ミュラーが見たレポートによって、ジェニーがアパートの見取り図や彼女の生活を事細かに報告していたことが分かった。ミュラーの存在は、一九八九年後の新たな政権にとっても目障りであり、政権の本質は政変後も変わっていなかったのである。

ミュラーはノーベル文学賞受賞後、十二年の沈黙を破って、『息のブランコ』を発表した。これは二〇〇六年に亡くなったルーマニアのジーベンビュルゲン地方出身の詩人で友人のオスカー・パスティオールへのオマージュともいえる作品である。ミュラーはこの作品では彼女自身ではなく、友人と母親が体験した国家による仕打ちを描いている。彼らドイツ系の住民八万人は、ルーマニアがナチスに協力した罰として、第二次大戦後ソ連の強制収容所に連れて行かれ、五年の間、過酷な労働を強いられた。ミュラーはパスティオールのことを語りながら、極寒のもとの飢餓と過酷な労働という屈辱的なあつかいが、いかに人間性を奪っていくかを描いている。

ヘルタ・ミュラーの作品にフランツ・カフカの影響を読みとる人が少なくない。だが考えてみると、それはカフカからの直接の影響というよりも、独裁政権下の管理社会がカフカの小説を後追いしたのであり、そこで生きざるを得なかったミュラーは、自らの体験を描いた結果がカフカの創作した世界に近似していたというのが本当であろう。ミュラーはそれを「凝縮された詩的言語と事実に即した散文」で描いたのだった。

一九八九年十一月のベルリンの壁崩壊ではじまった東欧革命は、ルーマニアではチェウシェスク夫妻の銃殺で幕を下ろした。当時新聞やテレビで繰り返し伝えられたニュースは、いつしか記憶のなかで薄らいでいくが、じっくり醸成されたミュラーの作品は読む者に迫ってくる。これこそが文学のもつ力なのである。

第18章　散文と詩と

バルガス＝リョサ

テレビ番組として放送するために、マリオ・バルガス＝リョサにインタビューをしたのは、彼が最初に来日した一九八九年十月である。この一カ月後にベルリンの壁が崩壊するが、私は二度目のフランス滞在から帰国したところだった。

インタビューの場所は彼が宿泊していた東京・六本木の国際文化会館の庭で、バルガス＝リョサは次の年に行われる祖国ペルーの大統領選挙に正式に立候補したところだった。選挙では思いがけなく、日系ペルー人アルベルト・フジモリに敗れるのだが、インタビューでは、政治への進出を決断させたペルーの現実とともに当然文学に話がおよんだ。彼はフランスに滞在した経験があり、インタビューはフランス語で行った。

バルガス＝リョサが文学に関心をもったのは少年の頃だが、フランスに滞在中、フローベールの『ボヴァリー夫人』を読んだことが大きなきっかけだった。
彼は興味深いフローベール論『果てしなき饗宴』で、そのことを次のように述べている。
「一九五九年の夏、わたしはわずかばかりの金と奨学金の約束をふところに、パリに到着した。わたしがまっ先にやったことのひとつは、カルチエ・ラタンの本屋で、クラシック・ガルニエ版の『ボヴァリー夫人』を一冊買い求めることだった。その日の午後に、クリュニー美術館にほど近いホテル・ウェテルの小さな部屋で、読みはじめた。ここで本当に、わたしの物語がはじまるのだ。冒頭の数行から、わたしは雷に撃たれたように、強力な妖術のごとき書物のまやかしにとっつかまってしまった。こんなふうに小説が、わたしの気持をずんずんと吸いつけ、周囲の世界を忘れさせ、その素材のなかにわたしをどっぷりとつけこんでしまったのは、もう何年来なかったことだ。夕方になり、夜が訪れ、やがて空が白みはじめたが、それにつれて現実の世界とフィクションをすりかえるあの魔法の力は、ますますわたしを金縛りにした。もう夜明けだった——おりしもエンマとレオンは、ルーアンの劇場の桟敷で偶然に出会ったところだったが——わたしはついに、疲れ果て、本をおいて眠ることにした。」（工藤庸子訳）
この読書体験はバルガス＝リョサにとって決定的だった。彼はこの体験の十六年後に、『果てしなき饗宴』を書くのだが、これには「フローベールと『ボヴァリー夫人』」という副題がついているとおり、作家とその作品をめぐって精緻に構築された批評の書である。アルベール・ベンスサンのフランス語訳で紹介されているように、表題はフローベールの「この世を生きる唯一の支えは、果てしなき饗宴におけるように、文学に酔いしれることだ」という文章から取られている。バルガス＝リョサはこの言葉に触発されて、文学と人生の関係を『ボヴァリー夫人』を通して考えようとしたのだった。

南米アルゼンチンの作家ホルヘ・ルイス・ボルヘス（彼こそノーベル文学賞にあたいするが、残念ながら受賞せずに終わった）は、「書物」と題した講演のなかで、「書物は人間のつくりだしたさまざまな道具類のなかで、もっとも驚くべきものである。ほかの道具はいずれも人間の身体の一部が拡大延長されたものでしかない。たとえば、望遠鏡や顕微鏡、これらは人間の眼が拡大されたものだし、電話は声が、鋤や剣は腕が延長されたものである。それにくらべると、書物は記憶と想像力が拡大延長されたものであるという点で、ほかのものとはまったく性格を異にしている」（木村榮一『ラテンアメリカ十大小説』）と述べている。

バルガス＝リョサの批評は、「想像力の拡大延長」である書物という装置が、読む者にどう働きかけ、魅了するかを熱く語っている。第一部では小説の主人公エンマ・ボヴァリーと読者バルガス＝リョサがどのようにつきあってきたかを熱っぽく語り、第二部では作品としての『ボヴァリー夫人』について、作者フローベールと作品の成立過程の両面から客観的に分析している。そして最後の第三部では、この作品を歴史的に位置づけ、この小説があったおかげでさまざまな現代小説が生まれ、小説の世界を豊かにしたと指摘している。

『果てしなき饗宴』を興味深いものにしているのは、著者が経験豊かな実作者だからである。バルガス＝リョサはここで、「現実界のレアリテ」と「虚構のレアリテ」という一対の概念を提示しているが、これは彼の文学を理解する上のキーワードでもある。「虚構のレアリテ」についてはこう述べられている。

「たったひとつのテーマから、ひとつ小説がつくられるわけではない。重要であったり、そうでもなかったり、取るに足らなかったり、じつにさまざまの経験のよせ集めから小説が生れ出る。それぞれにちがった時期、異なる環境で身におきたこれらの経験は、潜在意識の奥にしまわれていたり、あるいは新鮮に記憶されていたりする、なかにはその人自身の生々しい体験もあり、伝え聞いた話もあり、あるいは本で読んだ話もあるだろう。そんな経験がいっしょくたに、ほんのすこしずつ、作家の想像力のなかに流れ込む、すると想像力はさながら強力な攪拌器のように、それを粉々にして新しい物質につくりなおす、これに言葉と内的秩序が与えられたとき、あらたな存在が誕生する。現実界のレアリテが崩壊し、溶解したところから、今度はまるでちがった何か、つまりコピーではなく解答としての何かが出現するだろう。これが虚構のレアリテである。」（同書）

これは小さな新聞記事をもとにボヴァリー夫人の悲劇を生み出したフローベールと同様に、彼の小説にもあてはまる。さらにバルガス＝リョサは、作品の文学性は、テーマよりもそれを処理する技法にあるとする。その例として、フローベールが導入した自由間接話法が、小説の世界を豊かにする内的独白へ発展した点をあげるのである。

素材としての体験

マリオ・バルガス＝リョサは一九三六年三月、ペルー南部の都市アレキーパで生まれた。両親は首都のリマに住んでいたが、折り合いが悪くなり、母親は父親の住むペルー第二の都市アレキーパに戻って、彼を生んだのだった。マリオは祖父たちの庇護のもとで育てられたが、幼い頃から本を読むことが好きで、物語の世界にひたって成長した。

その後両親が和解して、外交官の父が領事としてボリビアのコチャバンバへ赴任するのにしたがって、母親ともどもコチャバンバで暮らすことになった。ただ父と息子は性格が合わず、事あるごとに対立したという。

一九四五年、両親とともにペルーに帰国し、ピウラに移り住むことになった。物心がついて初めて踏んだ故国の土地ピウラは、マリオにとって驚異に満ちた新世界だった。砂原にぽつんと建つ緑色のペンキを塗った奇妙な家と、掘っ立て小屋の立ちならぶマンガチェリーア地区は、危険だからと近づくのを禁じられていたが、夜になると灯火が輝き、陽気な音楽や嬌声が聞こえてきた。「緑の家」は売春宿なのだが、マリオ少年の空想を刺激し、消しがたい印象を残した。

彼はピウラ時代にも本を読み、創作の真似事をはじめ、やがて小説家になる希望をいだくようになる。しかし識字率が低く、読書人口も限られたペルーで、小説を書いて生計を立てるなどとは現実離れした夢のような話である。父親は文学かぶれの息子を危ぶみ、一九五〇年に、軍人養成を目的とした規律の厳しい全寮制のレオンシオ・プラド学院に入学させた。だがこの学校では、意欲を失った教師が生徒に平気で体罰をあたえ、上級生は下級生にリンチを加えるといった違反行為が横行していた。

こうした環境に堪えられなくなったマリオは、三年生のクリスマス休暇に退学届けを出して中退した。そしていつかこの学校での体験を小説に書こうと決心した。それが一九六三年に出版される『都会と犬ども』である。

学校で試験問題の盗難事件が起こる。ボスの生徒が一年生に指示して盗ませたのだが、生徒はみな真相を知りながら黙っている。だが「奴隷」という渾名をもつ苛められっ子の生徒が教師に事実を告げて、犯人の生徒は放校処分になる。その直後に密告した「奴隷」も野外での軍事教練中に殺されてしまう。犯人はボスだと生徒たちから告発されるが、学校当局は名誉に傷がつくことを恐れて、事件を事故死と処理してうやむやに葬り去る。

小説はかつてバルガス＝リョサが在学した学院とおぼしき学校で展開する事件を縦糸に、学校という閉じられた社会の実態と、大都会リマの現在と過去を交錯させつつ、暴力が横行するペルー社会の現実が描かれる。舞台となる学校は、人種的にも経済的にもさまざまな階層の少年がペルー各地から集まっており、その点でも社会の縮図なのだ。

作品全体は八十一の断片で構成され、断片が移行するごとに舞台と時間が移動し、語り手をはじめ、叙述の形態が変化する。客観的描写と意識の流れにそった内的独白、会話を積み重ねる手法を駆使して物語はつむがれる。実験的な技法を用いてペルー社会の病巣を告発したこの小説が発表されると、バルガス＝リョサは一躍スペイン語文学の若き旗手の一人として認められることになった。

「緑の家」

『都会と犬ども』に続く二作目の長篇小説が、三年後に発表された『緑の家』である。この作品の舞台は、彼が物心ついて最初に住んだピウラである。レオンシオ・プラド学院を中退したバルガス＝リョサはピウラに戻り、サン・ミゲル学院で残りの単位を取得した。この間彼は家からの援助を受けずに、地元の新聞社にコラムを書くなどして自活していた。その上、かつてはあれほど輝いて見えた「緑の家」は、変哲もない娼家の正体をあらわし、旧市街の貧民街はモダンな街並みに変わりつつあった。この変化が物語の一つの材料として用いられる。材料を提供しているもう一つの経験が、アマゾンの密林地帯への旅行だった。

バルガス＝リョサは高校を卒業すると、リマのサン・マルコス大学文学部へ進学、卒業後は助手として大学に残った。やがてスペインのマドリッド大学への留学が決まったが、その前にメキシコの人類学者が行うアマゾン流域のインディオの調査に参加する機会を得た。彼はこの調査旅行を通じて、ペルーには石器時代そのままの生活をしている先住民の部落があることを知った。

　調査隊はサンタ・マリア・デ・ニエバの村を訪れ、伝道所の尼僧やそこで教育されているインディオの少女たちに会った。さらにはブラジルの監獄を脱獄して密林に来て、剽悍《ひょうかん》なインディオを手なずけ、他部族を襲う日系人ファン土屋の存在などを知った。バルガス＝リョサはこうした調査を詳細に記したノートをたずさえてスペインへ旅立ったのだった。マドリッドでの一年間の留学のあと、パリへ行き『ボヴァリー夫人』を読んで決定的な影響をうけたのは先に述べたとおりである。彼はこの間も『緑の家』の執筆をつづけた。

　この作品は最初別々の二つの物語として書きはじめられたが、やがてこれを一つのものにすることを思いついた。アンデス山脈をはさんで隔てられた二つの場所、現代の都市ピウラで生きる住民たちと、石器時代そのままに密林で暮らす人びとという、空間的にも時間的にも隔たった二つの地域を舞台に、五つの物語が組み合わされて進行する。

　五つとは、密林の村にある伝道所で暮らす先住民の娘ボニファシアと彼女に恋する治安警備隊のリトゥーマ軍曹の物語。白人の搾取に抵抗して逆に殺されてしまう先住民の部族長フムの物語。ファン土屋をモデルにした日系人フシーアと友人アキリーノ老人の物語。ピウラの貧民街とそこに生まれた四人の不良仲間の物語。そしてこの小説の中心となる「緑の家」とその建設者である謎の男アンセルモの物語である。バルガス＝リョサはこれらのストーリーを小さな断片に分け、それをパッチワークのように組み合わせた。読者は自ら想像力を動員しながら各断片を組み合わせていくと、四十年におよぶ年月の間に起こった壮大なドラマが立ちあらわれてくる仕組みで、『緑の家』はラテンアメリカ文学を代表する一作となった。

多様な形式

『ラ・カテドラルでの対話』（一九六九年）は、ペルーで一九四八年から八年間続いたオドリア独裁政権の実態を素材にした作品である。だがこれは単なる政治小説ではなく、バルガス＝リョサがめざす全体小説の大きな成果であった。

十年ぶりに偶然出会った新聞記者のサンティアゴ・サバラと、彼の父の運転手をしているアンブロシオ・パルドが、場末のバー「ラ・カテドラル」で長時間交わす対話を枠組みとして、権力の中枢にいる四人の人物を軸に、社会の底辺に生きる人たちを含むさまざまな人びとのエピソードが語られる。そこから浮かびあがるのは混沌とした醜悪なペルーの現実である。

バルガス＝リョサは次々に小説作品を書く一方で、ガルシア＝マルケスの伝記と作品を論じた浩瀚な研究書『ガルシア＝マルケス　ある神殺しの歴史』やジョイス、パステルナーク、ナボコフなどの作品を取りあげた小説論『嘘からでた真』など作家論や小説論も発表した。

次の重要な長篇小説『世界終末戦争』（一九八一年）は、彼自身が「ある物語についての物語」と名づけたとおり、ブラジルで起こった「カヌードスの反乱」と呼ばれる事件をあつかった、ブラジルの作家エウクリデス・ダ・クニャの『奥地（セルタンゥ）』（一九〇二年）を下敷きにした作品である。

十九世紀末、ブラジル北東部の奥地セルタンゥにあらわれて、キリストの再来と信じられた説教師アントニオは、帝政から共和制に移行して、政教分離を実現した共和国政府は反キリスト的であると宣言して信者を反乱へと導いた。こうして一八九六年十一月から翌年十月までの十一カ月間、「カヌードスの反乱」が起きたのだった。反徒である信者たちは州政府が数度にわたって送りこんだ討伐隊との戦闘には勝利したが、事態を重視した軍隊の攻撃をうけて、三万人とみられた「神の国」カヌードスの住民の大半は殺されて、反乱は収束した。バルガス＝リョサは実際に起こったこの反乱に、今日のラテンアメリカの政治と宗教の対立の根底にある不寛容を見出し、登場人物にそれぞれの立場から語らせる手法で魅力的な歴史小説に仕あげた。

バルガス＝リョサの創作活動は衰えることなくその後も続いた。都会を捨てて、アマゾンの密林のなかの先住民の部族の「語り部」として転生するユダヤ人青年を描いた『密林の語り部』（一九八七年）では、かつてのアマゾン奥地の調査の際に知った、部族の伝説や歴史を語り伝える「語り部」がヒントになっている。彼らの存在を通して、個人や社会にとって物語ることの意味を問いかけた作品である。

そして『楽園への道』（二〇〇三年）では、十九世紀の女性解放家で社会主義の実現に奮闘したフローラ・トリスタンと、彼女の孫である画家ポール・ゴーギャンを主人公にした物語をつむいだ。

バルガス＝リョサは回想録で、「一九八六年、私が五十歳を迎えたときに、フランス人でありペルー人である革命家フローラ・トリスタンに着想を得た小説を書く計画をしていた。その計画はずっと以前から、大学時代に彼女の『ある女賤民《パリア》の遍歴』を読んで以来のものだ」と語っている。彼女に魅せられたバルガス＝リョサは、一年以上パリに住んで、彼女の著書を探して読破し、十九世紀の革命運動をつぶさに調べた。さらに彼女の孫のゴーギャンが楽園を夢みて渡ったタヒチや、彼が亡くなったマルキーズ諸島のヒヴァ・オアにまで足をのばして資料を集めて作品を書いた。

彼はスペインの新聞とのインタビューで、「近代的視点から見れば、二人（フローラ・トリスタンとゴーギャン）は反ナショナリストだ。彼らにとって大切なものは祖国ではなくて人類だった。彼らにとって正義と自由は単にフランス人のためのものではなく、人類のためのものだった。フローラが彼女の闘いを始めたとき、女性のための正義を主張していたが、最終的には女性を含むあらゆる被害者、労働者、貧乏人、被搾取者のための正義の要求になった。フローラの労働組合という概念は完璧に国家の枠を超えていた。では、ゴーギャンが行った生命力に満ちた豊かで多様な芸術の追究は彼をどこに連れて行ったか。……別の美的規範に基づいた世界が存在していること、そして活力の衰退した西洋美術には原始文化の生命力を注入しなければならない、ということだった」（田村さと子『楽園への道』、「解説」）と述べている。

バルガス＝リョサは、奇数章ではフローラを、偶数章ではゴーギャンを語ることで、二人の先駆的人物の思想と行動を描いていく。この手法は『緑の家』や『ラ・カテドラルでの対話』でも用いられているが、これは彼がフローベールから学んだ方法にほかならなかった。

「『ボヴァリー夫人』の中のもっとも印象深いエピソードのひとつをもう一度読み返してみる必要があるでしょう。そのエピソードというのは、（第二部、第八章の）《農業祭》のことですが、この場面では実のところ二つの（三つと言ってもいい）異なった出来事が語られています。それらの出来事がない交ぜにして語られているので、互いに影響しあい、またある意味で修正しあっています。通底器方式で結び合わされているそれぞれにちがった出来事が上に述べたような構成になっているために、経験的なさまざまな出来事が相互に混ざり合い、そこからひとつの相互作用が生まれてきます。おかげで、エピソードはひとつに統一されて、単なるエピソードの並列とはちがったものが現れてきます。そうした統一が《農業祭》に見られるように、エピソードの部分的な集積以上のものをもたらすときにはじめて、通底器という言葉が使えるのです。」（『若い小説家に宛てた手紙』）

バルガス＝リョサが推奨してやまない《農業祭》の場面では、馬、牛、羊など品評会に連れ出された動物たちの描写と、その一方で村役場の前の壇上では、農業の素晴らしさを讃える県知事代理の官僚的な紋切型の演説が繰り広げられる。この情景を見物しようと、エンマ・ボヴァリーを村役場の二階に連れこんだロドルフは、県知事代理の演説が聞こえるなかで彼女を口説く。情景描写と紋切型の演説と口説きという、三つの異なる文章《エクリチュール》が衝突するうちに、エンマは口説き落とされてしまうのである。フローベールのつくりだした革新的な表現方法だった。

フローベールに学んだバルガス＝リョサは、長い創作活動の末に、二〇一〇年ノーベル文学賞を受賞した。彼が読んできた世界の文学を材料に、自身の創作の秘密を語ったこのエッセーは、バルガス＝リョサという作家を理解する上でまたとないものである。

スウェーデンの国民詩人

二〇一一年のノーベル文学賞が、お膝元の国民的詩人トーマス・トランストロンメルに決まったとき、スウェーデン国中が祝福の声で湧いた。スウェーデン・アカデミーは、「濃密かつ透明感のあるイメージを積み重ねることによって、私たちに現実への新たな道筋を示してくれた」との授賞理由を発表した。詩人の受賞は一九九六年のポーランドの詩人シンボルスカ以来のことであった。

アカデミー会員でノーベル賞委員会の事務局長をつとめるペーテル・エングルンドは、「彼はわたしたちを見据え、わたしたちを想像しつつ、死と歴史と記憶に関して描写する。人間はこの三つの大きな要素に出会う一種の監獄のようなもので、彼の詩を読んだあとでは、自分が決して小さな存在ではなく、大きな存在に思えるようになる。彼は寡作で、しかもその詩集はみなポケットサイズほどの大きさで、したがってとても早く読めるが、中身は大変濃密だ」と讃えた。トランストロンメルの詩は、二〇一二年現在、ストックホルム在住で詩人と交流のあるエイコ・デュークによって『悲しみのゴンドラ』（一九九六年）が邦訳されているが、その詩集のほとんどが英語の翻訳で読むことができ、その他にも世界六十カ国の言葉に翻訳されている。

英訳詩選集『偉大なる謎』(二〇〇四年)の訳者のロビン・フルトンは、選集の序文で一つの詩を引用して、これが彼の詩作の特徴をよく示していると指摘している。その詩とは「朝の鳥たち」(『響と軌跡』所収、一九六六年)という作品で、その最後の連は次のようになっている。

詩が育つのを感じるのはなんと素晴らしいことか
それは育って、わたしの場所を奪ってしまう。
それはわたしを押しのける。
それはわたしを巣のそとに投げ出す。
そこに詩が出来あがっている。

これはトランストロンメルの詩の成立の秘密を端的にあらわしていて、詩人が意図的に創作するというよりは、自分の内面や周囲の自然に注意を払っていると、そこに詩(言葉)がおのずと結晶してくるというのである。

トーマス・トランストロンメルは一九三一年四月十五日に、スウェーデンの首都ストックホルムで生まれた。母のヘルミは学校教師、父のグスタ・トランストロンメルは新聞記者だった。一九五〇年にゲルダ・ラテン文法学校(高等学校)を卒業後、ストックホルム大学で歴史、詩学、宗教史、それに心理学を専攻して、一九五六年に芸術学士号を取得した。大学卒業後はストックホルム大学の心理学研究所の助手として採用され、一九六〇年から六六年まではロクチュナの青少年更生施設で心理カウンセラーとして働き、その後は労働市場研究所に勤務した。

こうして心理学者として働く一方で、早くから雑誌に詩を発表し、一九五四年には処女詩集『十七の詩篇』を刊行した。そこにはすでに自然と音楽への関心という、その後の詩作を彩る特徴があらわれている。

「近づく朝」

闇―遠のく鷗、太陽―船長、その歩みを保つ。
その背後には水。
世界はまだ眠っている
水中の多彩な石のように。
判読されない日。日々――
アスティカの象形文字のような。
音楽。そして私は

民芸品の中から抜けだした
武器を掲げた人物のいる
ゴブラン織のなかに捉えられて
立っている。

もう一つ、「プレリュード」の冒頭は次のように語り出される。

目覚めは夢からの落下傘でのジャンプ。
息苦しい乱気流を逃れて旅人は
朝の緑の地帯に向って降下する。

ここで注目されるのは、朝の目覚めが通常のような何かの表面への上昇ではなく、下降（落下傘でのジャンプ）として捉えられている点である。さらには夢と覚醒とのあわいへの強い関心が特徴的で、それは同時に私たちがよく知る日常世界と他の世界――しかと知ることはできないけれども、その存在を決して否定できない世界の神秘な地帯へのこだわりを示している。

その後のトランストロンメルは、数は少ないが着実に詩集を出して行った。一九五八年の『途上の秘密』、六二年『未完成の天』、六六年『響と軌跡』、七〇年『闇の視界』、七三年『小径』、七四年の『バルト海』。トランストロンメルは少年のときから休みのたびに、ストックホルムからバルト海にいたる水路に浮かぶ島の一つに滞在して、自然を満喫した。そこに母方の家があり、祖父はそこで船の水先案内人をしていたのである。

六つのパートからなる長篇詩「バルト海」のうたい出し――

それは無線マストの時代以前だった

祖父は成りたての水先案内人だった。日誌に彼は案内した船のことを記した――
名前、行き先、喫水。
一八八四年の例では
タイガー蒸気船　船長、ローワン、十六フィート、フル・ゲルフ・フルサンド
大西洋航路船　船長、アンデルセン、八フィート、サンドヨルト・ヘルノサンドフルサンド行
サンクト・ペテルスブルク蒸気船　船長、リーベンベルク、十一フィート、ステッテン・リバウ・スタンハム

彼はこれらの船を、島々と水の見事な迷路を通って、バルト海の外へと導いた。
船上で出会った人たちは、数時間あるいは数日の間、同じ船体で運ばれていった、

どうやってお互いを知ったのか?

おぼつかない英語の会話、理解し誤解もしながら、でもそこに嘘は少しもなかった。

どうやって彼らは知り合ったのか?


濃霧のときは半速で、前はほとんど見えない。ちょっと進むと、突然右手に岬が姿をあらわした。

毎分ごとに汽笛を鳴らし、彼の目は見えないものの中を真直ぐ見据えていた。

(彼の頭には迷路が入っていたのか?)


……

「バルト海」では、先祖への愛情と詩人を育んだ多島海への讃歌が綴られるのだが、簡潔な日常的な言葉が読む者の想像力に働きかけて壮大な絵が浮かびあがる。

Haiku

トランストロンメルが重い脳卒中に襲われたのは一九九〇年秋のことであった。右半身が不随となり、話す機能が失われた。この悲劇で隠喩に富む詩をふたたび読む機会はなくなったという重苦しい気分が読書界にただよった。だが詩人は六年後の一九九六年、詩集『悲しみのゴンドラ』を発表して見事に再起をはたした。これが十二冊目の詩集だった。この詩集には十篇の「Haiku」と題する短詩が収められていたのである。

彼は早くから日本の俳句に関心をもち、短い詩形のなかに叙情を凝縮して、硬い結晶のような作品を生み出すことに成功した。言葉を失うことで、逆に新たな言葉を獲得したともいえて、『悲しみのゴンドラ』では、病と向き合う詩人の閉塞感や苦悩が、簡潔な表現でみごとに表現されている。

力は真直ぐな線を引く
霜の王国を横切って
すべての音楽の北方へ

生きなければならない
細かく生え揃う草と
地中の嘲笑とともに

太陽は低く
私たちの影は巨大になる

間もなくすべては陰となるだろう

樫の樹と月
光り。沈黙の星座
そして冷たい大洋

これらにうかがえるのは、生と死の間に漂う透明な幻想の世界である。最新の詩集『偉大なる謎』（二〇〇四年）では、「Haiku」と題された四十五篇をはじめ、すべての作品が短詩であって、それらは自由の利く左手でコンピュータのキーを操作しながら書かれた。「トランストロンメルの俳句」とでも呼ぶべき作品は、絵画的メタファーにあふれ、ときにユーモアを交えて独自の世界をつくりだしている。

なお、トランストロンメルはピアノの名手で、作曲も手がけ、その作品は音楽界にも強い影響をあたえてきたことも忘れてはならない。

第19章　莫　言

出自

二〇一二年十月十一日の午後一時、報道陣が待ち構えている前で扉が開き、例年のようにスウェーデン・アカデミーの事務局長ペーテル・エングルンドが姿をみせた。

彼は差し出された多くのマイクの前に歩み寄ると、この年のノーベル文学賞受賞者の名前を読み上げた。

「今年度のノーベル文学賞は、過去や現代の民話と幻想的リアリズムを組み合わせた中国の作家、莫言（モ・ヤン）に授与される。」

優に一世紀をこすノーベル文学賞の歴史のなかで、中国語で作品を書く文学者に初めて文学賞があたえられた瞬間だった。

中国出身の受賞者としては、二〇〇〇年に中国人の作家高行健（ガオ・シンヂエン）がいるが、彼は当時すでにフランス国籍であり、しかも主要な作品をフランス語で発表していた。そのため香港や台湾をはじめ、世界中の中国人社会では喜びをもって迎えられたが、中国本土の反応は冷ややかだった。これに比べて莫言の場合は、中国文学に栄光をもたらしたとして本国で大歓迎をうけた。ただ世界の文学好きのなかでさえ、莫言の作品を読んだことのある人は、中国現代文学に通じた人以外それほど多くはなかった。

莫言。本名は管謨業といい、ペンネームの莫言は名の一字「謨」を二つに分けたものである。これは「言う莫《なか》れ」とも読め、現代の中国ではタブーとされる政治や性の問題に、果敢に挑戦する彼の文学の本質をよくあらわしている。

莫言は一九五五年に山東省高密県（現在は濰坊市）大欄郷平安村に生まれた。ここは山東半島のつけ根に位置する農村地帯である。生家は中農に区分される農家で、兄が二人、姉一人の末っ子だった。

革命後の中国では、一九五八年一月の「戸口登録条例」によって、戸籍制度が農村戸籍と都市戸籍に厳密に分けられ、農村から都市への転居や戸籍の移転は、大学進学や解放軍への入隊以外は原則として認められていない。しかも貧農や下層農民を優先する共産党政権下にあっては、中流農家の莫言の環境はけっして条件的に恵まれているわけではなかった。その上莫言は小学五年生のときに放校処分になっていた。

莫言は自伝的な作品『変』のなかで、「私という人間は小さいときから、ツキに見放されており、ことをうまくやろうとしてはしくじってばかりいた。先生にゴマをすろうというあからさまの行為も、当の先生からは自分を陥れるものだといつも誤解された。母はいくども嘆いて言ったものだ。『息子よ、お前は、〈吉報を伝えるフクロウ、評判を落とす〉ってやつだよ』と。そのとおり、よい行いを私と結び付けて考える人なんかいたためしがなかったが、おおよそ悪事の方は決まって私がやったことになった。おおくの人は、私の後頭部には反逆の相を示す反骨があり、思想水準が低く、学校ばかりか先生のことも恨んでいるとみなした、……こうして私は小学校を除籍された。」（長堀祐造訳『変』、明石書店、二〇一三年）と書いている。

正規の学校教育の道を閉ざされた莫言は、牛を追う牧童となり、自然を相手に生活するなかで想像力を育んだ。その後一九七三年、十八歳のときに叔父の紹介で、地元の綿花加工工場に就職した。同じく『変』にはこう述べられている。

「一九七三年の秋、私は綿花加工工場の会計をしていた叔父のコネで、その工場の臨時工となった。臨時工とはいえ、毎月生産隊に二十四元を上納しても自分の手元には十五元は残せた。当時豚肉は一斤七角、卵が一個六分だったから、十五元あればかなりのことができた。私は流行のものを着て、髪を伸ばし、真っ白な手袋も何組か持っていて、いささか有頂天だった。……とはいえ、農民という私の身分が変わったわけではなかった。農民の身分が変えられないということは、下等民ということだった。……当時私は、すでに『三国志演義』、『紅楼夢』、

『西遊記』などの古典小説を読破しており、数十首の唐詩や宋詩を暗唱できたうえ、きれいなペン字が書けた。私はいつも工場を定年退職した老職工が杭州で兵役についている息子に手紙を書くのを手伝ってやったものだ。書き言葉と話し言葉が半々の、美辞麗句を連ねた文章は今思い出すだに、恥ずかしさに顔が熱くなる。その老職工は、みんなの前で私のことを『小インテリ』と大げさに褒めてくれたが、私自身も自分は才能がありながらチャンスに恵まれていないと感じており、広大な天地で才能を目いっぱい開花させたいと熱望していた。」(同)

自分がもっていると信じる才能を伸ばすためには、綿花工場で働いていては駄目だと思った莫言は、大学へ進むことを考えた。当時大学へ入るのに試験はなく、貧農・下層中農の子弟は推薦によって入学が決められたから、制度上は莫言にも進学資格はあった。だが、実際には不可能だった。毎年数人しかない推薦の枠は、人民公社の幹部の子弟の分だけでも不足している上に、小学校五年生の学歴しかなく、中農家庭の出身で、容貌魁偉な彼にまでその枠がまわってくることなどあり得ない話だった。

そんな莫言にとって、農村を飛び出して運命を変える唯一の方法は兵隊になることだった。軍に入るのも大変むずかしい道だったが、大学へ入るよりは可能性があった。

「一九七三年から、私は毎年兵隊の募集に応募し、公社にも体験参加に行ったが、毎回不合格となった。一九七六年二月、ついに紆余曲折の末、多くの地位の高い人たちの援助を得て、『入隊通知書』を受け取ったのである。ボタン雪の舞い降るとある夜明け前の古都、私は五十里の道のりを歩いて県城に着くと、軍服に着替え、軍の車両に乗り込んで、黄県〔山東半島北部の県〕に行き、有名な『丁家荘』に泊まり込んで、新兵の合宿訓練に参加した。」(同)

軍隊生活にはすぐとけこみ、精勤する莫言に部隊の指導者が目をかけてくれた。数年後、解放軍の鄭州工程技術学院の試験に出願する人員一人の枠が、彼の所属する部隊に割り当てられたとき、莫言がその候補に選ばれ、学科の復習をした上で受験させるということになった。

受験先の専門はコンピュータ端末の点検保守で、受験科目の国語と政治はなんとかなるにしても、数学、物理、化学はまったく分からなかった。必死に勉強したが、結果は不合格だった。

こうして大学進学の夢は断たれたが、反対に文学への志は高まった。世の中には、短篇小説一篇で一気に有名になった例もあった。莫言は「人民文学」と「解放軍文芸」を定期購読し、一九七八年九月から創作をはじめており、手はじめに『お母さん』という短篇と、『離婚』という六幕の戯曲を書いて投稿した。

「解放軍文芸」からは原稿が返却されてきて、『離婚』は長すぎるので、他の雑誌に投稿してはどうかという編集者の手紙が添えられていた。

作家デビュー

この挫折から三年後、莫言は河北省保定市で軍の政治教員をしているとき、『春夜に降りしきる雨』で作家デビューをはたした。その後、一九八四年には北京へ行き、解放軍芸術学院文学科へ入学することができた。そして翌一九八五年、『透明な人参』を雑誌「中国作家」に発表して中国文壇で大きな話題となった。これが文学者としての莫言の実質的なデビューだった。

『透明な人参』の主人公は、村人から「黒ガキ」と呼ばれる、色の黒い十歳ほどの男の子で、父親は出稼ぎのために村を出ており、継母からは捨て子同然にあつかわれている。この子が員数合わせのために、村の洪水防止のダムの拡張工事に行かされる。他人とはめったに口をきかない子どもは、じつは大人には見えないものが見え、聞こえない音を聞く特異な能力をもっていて、小説では彼が五感を通して抱く村の光景や出来事が、幻想的に描かれる。題名の「透明な人参」は、工事現場の鍛冶屋の金床におかれた人参が、炉の明かりと重なって金色に光り、やがて透明なものに見えてくる場面に由来している。

莫言は誰もが子どものときにもっていた感覚世界を通して、村の苛酷な現実を描いたのだった。莫言はのちにこの「黒ガキ」は自画像だと述べている。

小説の舞台とされる高密県東北郷は、莫言が熟知する生まれ故郷の高密県大欄郷をモデルにしたものだった。彼はこれ以後、故郷の名前に由来する高密県東北郷を架空の場所に選び、そこを舞台にした物語を創作することになる。それはウィリアム・フォークナーが故郷であるアメリカ南部ミシシッピー州に姿を借りて、架空の土地ヨクナパトーファをつくりだしたのと同様である。

一九九九年十月、来日した莫言は京都大学で、「わたしの文学」というタイトルで講演をした。

そこに注目すべき個所がある。

「十五年ばかりも前（一九八四年）のある冬の夜、わたしは川端康成の『雪国』を読んでいました。そして、次の一節を読んだとき、生き生きとした一枚の絵があたかも生き物のように、わたしの目の前に現れたのです。

『黒く逞しい秋田犬がそこの踏石に乗って、長いこと湯を舐めていた』

これを読んで、わたしの心は待ちに待った人の手によって愛撫されたかのように感激にうち震え、激しい興奮を覚えました。小説とは何かが分かったのです。何を書くべきかを知り、どのように書くべきかを知ったのです。……

わたしは『雪国』を読み終えるのを待たずして本を放り出し、自らの筆を執りました。そして次の一行を書きました。

『高密県東北郷原産のおとなしい白い犬は、何代かつづいたが、純粋種はもう見ることが難しい』

これがわたしの小説のなかで『高密県東北郷』をはじめて登場させたものであり、また『純粋種』なる概念を出現させた最初です。……そのときからわたしは『高密県東北郷』なる大旗を高々と掲げて、まるで荒野を走る若き英雄のように、兵馬を集めてわが王国を築いてきたのです。もちろんそれは文学の王国ですが、そこではわたしがこの王国の国王です。」（吉田富夫訳）

このとき書かれたのは『白い犬とブランコ』で、莫言はこの架空の地を舞台にした作品を書き続ける。その最初の大作が、一九八六年に「人民文学」に掲載された『赤い高粱《こうりゃん》』だった。小説は次のようにはじまる。

「一九三九年旧暦八月九日、馬賊の血をひくわたしの親父は十四をわずかに出た歳で、のちに天下に名をとどろかせる伝説の英雄余占鰲司令の軍とともに、膠平国道で日本人の自動車部隊を待ち伏せした。袷を引っ掛けた祖母が、二人を村はずれまで送って行った。」（吉田富夫訳『莫言の世界』）

小説は語り手である「わたし」によるルーツ探しの形で展開する。十四歳で馬賊に身を投じた父親を介して、祖父母の物語が語られるのだが、祖母は結納金目当てにハンセン病に罹った、造り酒屋の主人に嫁がされたのに反抗して、祖父と謀って夫を殺し、酒屋をのっとった過去が分かってくる。

そんな祖父は日本との戦争のなかで、日本軍を待ち伏せて凄惨な攻防を繰り広げる。この戦闘場面では、日本軍による人間の皮剝ぎなどの残酷な描写が出てくるが、莫言の狙いは歴史的事実の告発以上に、人間の性《さが》を描くことにある。莫言は語り手である「わたし」に、こう言わせている。

「わたしはとうとう分かった。高密県東北郷は疑いもなく地球上でもっとも美しくもっとも醜悪、もっとも超脱にしてもっとも通俗、もっともノーブルにしてもっともこせこせ、もっとも英雄好漢にしてもっともバカたれ、もっとも酒飲みにしてもっともエロな場所である、と。」

（同）

莫言はこの作品で、人間の生と死や性にからむ剝き出しの欲望を描いた。作品の真の主人公である祖父母、そして彼らとかかわる人びとは、日本軍も含めてそれぞれの欲望を剝き出しにしてぶつかり合い、殺し合い、死んでいく。だがその描き方は客観描写を旨とするリアリズムではなく、「わたし」の語りという形を導入することで幻想味が加味され、不思議な雰囲気がかもし出される。『赤い高粱』が発表されるとセンセーションを巻き起こした。すぐに張芸謀（チャン・イーモウ）監督によって映画化され、撮影隊が莫言の故郷にやってきた。これは農村の人たちにとって天地開闢以来の出来事で、他県から数十里の道を自転車で駆けつけた人もいた。完成した映画は、一九八八年のベルリン映画祭で最高の金熊賞を獲得し、これによって原作者の莫言の名前も世界的に知られるようになった。

莫言は『赤い高粱』のあと、『高粱酒』、『犬の道』など六作を書きつぎ、全部で七作品が高密県東北郷サーガとしてまとめられることになった。

逆境

一九八八年八月、莫言は北京師範大学と魯迅文学院が共同で運営する文学大学院の院生クラスに入学を許された。しかし、四年前に解放軍芸術学院に入学したときほどの喜びはなかった。大学院を卒業すれば修士号が取れるものの、彼はすでに作家としての地位と名声を得ており、作家にとって学歴や学位が、作品以上の力にならないことが分かっていたからである。

一九八九年春、中国は激動の季節を迎えた。国内では学生や若者を中心に、民主化を求める運動が進んだ。六月三日、当局は反革命暴動が発生したと断定。深夜になって、戒厳部隊が北京市内の中心部に進出し、民主化を求めて集まった人びとに発砲した。

翌四日未明には、天安門広場を占拠していた学生や市民を装甲車や戦車で制圧し、市内では数百人の死者が出たと伝えられた。このとき両手を広げて装甲車の前に立ちはだかる若者の姿が世界中に中継されて大きな反響を呼んだ。

この第二次天安門事件は、莫言にも大きな影響をあたえずにはおかなかった。彼の政治的立場が民主派とみなされ、在学中の大学院の学籍を失いそうになり、卒業後も二年間は、所属の軍から宿舎をあたえられずに、倉庫暮らしを強いられた。その上、代表的な文芸誌「人民文学」は莫言を名指しで批判し、そのため作品の発表は不可能になった。事実、彼は一九八九年後半から一九九〇年末まで、ほとんど作品を発表することはなかった。

一九八九年十一月九日、ベルリンの壁が崩壊したのをきっかけに東欧革命が起こり、東ヨーロッパの共産主義政権が次々と倒れた。

十二月二日には、アメリカのブッシュ大統領とソビエトのゴルバチョフ議長が地中海のマルタ島で会談し、東西冷戦の終結と新時代の到来を記者会見で確認した。こうした国際情勢の激変は、中国共産党政権にも少なからぬ影響をおよぼした。莫言は周囲の友人や先生たちの援助もあって執筆ができない危機的状況を乗り切り、ふたたび作品を発表できるようになった。

一九九〇年代に入ると、彼はまた旺盛な創作意欲をみせ、一九九三年には『酒国』、一九九五年には『豊乳肥臀《ほうにゅうひでん》』の二つの長篇を発表した。莫言は、「『酒国』が、美しく、しかし時に悪戯もする愛人であるとするなら、『豊乳肥臀』は、寛大で、心温かく、穏やかな祖母なのです」(「わたしの文学」)と語っている。

この二作はともに莫言の代表作とされるもので、『酒国』は、探偵小説の態を装った告発の書である。特捜検事丁鈎児(トランプのジャックの意味)は、美酒、美食で繁栄している酒国市で、市の高級幹部たちが嬰児の丸焼きを食べているという奇怪な告発をうけて現地に向かう。丁は途中で酒と女の接待をうけるなどして、どうしても捜査の対象にたどり着けない。一方、酒国には作者である莫言を崇拝する文学青年の李一斗がいて、彼から莫言に手紙が届く。

著者の莫言は、李と手紙で文学談義を交わすうちに小説の構想が浮かび、『酒国』という小説を書きはじめる。一方、李も現に小説を書いていて、そこには嬰児の丸焼きの調理教室や、酒国を裏で操っているらしい謎の人物、深山で猿がつくるという幻の酒を調査する酒文化研究所の話が出てくる。

こうして複雑にからみあう物語から浮かび上がるのは、改革開放政策によって生まれた特権階級の存在と、底知れぬ汚職の闇である。

特捜検事の丁も酒や女に弱く、この闇にからめとられて核心にたどり着くことができない。「嬰児を喰らう」というイメージに託された現実風刺は、現代中国が抱えこんだモラル崩壊という課題を適確に射抜いていた。

「豊乳肥臀」

一方、莫言の代表作とされる『豊乳肥臀』は、一九九四年の母親の死をきっかけに書かれた。華字で四十万字をこえるこの大作もまた、高密県東北郷を舞台にして、二十世紀になって以降の中国の素顔を描こうとした野心作である。

物語には二つの軸がある。一つは村の鍛冶屋の上官家の嫁、魯氏が生んだ八人の娘たちの運命。もう一つは最後に生まれた末っ子の男の子、金童がたどる人生である。

魯氏の亭主は多くの村人とともに抗日の戦いで死に、以後、魯氏は八人の娘と一人の男の子を抱えて、抗日戦争、国共内戦、毛沢東時代、改革開放と、半世紀をこえる時代を生き抜くことになる。この間成長した娘たち八人はそれぞれ奔放な生き方をする。日本の傀儡軍の隊長の嫁になる者、馬賊の頭目の囲われ者、共産ゲリラの隊長と結婚する者、アメリカ人飛行士の妻になる者など、時代の変遷とともに敵となり味方となって争うことになる。そして彼女たちは性の欲望のままに次々と子どもを生むが、それを母親に押しつけて勝手に生きてゆく。

一方、末っ子の金童は、生まれたときから乳房に異常なほど執着し、母親の母乳のほかはすべて吐き出してしまう。成長するにつれて、この拒食症はなんとか克服するが、手紙をやりとりしただけのロシア人の娘と架空の恋愛をするなど、女性とまともな関係を結ぶことができず、性の欲望のままに生きる姉たちとは対極的な存在である。

小説では最後に、魯氏の亭主はじつは子どもができない身体で、九人の子どもたちはみな魯氏が複数の相手と不倫した結果だったことが明かされる。莫言が山東省高密県東北郷の鍛冶屋の一家の人びとを通して描こうとしたのは、地方の農村がこうむった歴史であった。そこに生きる人びとにとっては、日本兵も馬賊も傀儡軍も、共産ゲリラや国民党軍も、次々にやってきては村人を殺していく存在であり、村人たちは踏みつけられながら生き抜いてきた。そして、こうした村人たちの象徴が、鍛冶屋の女房で、父親の違う九人の子どもを生み育てた魯氏であった。

『豊乳肥臀』が発表されると、莫言はさまざまな批判にさらされた。タイトルが猥褻だというのにはじまって、彼にたいする誹謗や中傷は激しく、中国作家協会の第五回代表大会の場では、彼を非難する印刷物がばらまかれた。この結果、単行本は増刷停止を余儀なくされた。当局が『豊乳肥臀』を事実上の発禁処分にしたのは、中国共産党が語ってきたものとはまったく違う視点から二十世紀の中国の歴史を描いたからであった。小説は発禁となったが、逆にそれが評判を呼び、すぐに海賊版が書店に並んで売り上げは五十万部にも達したといわれている。

こうした中国国内で苦境のなかで、一九九四年にノーベル文学賞を受賞した大江健三郎は授賞記念講演で、アジアの優れた作家の一人として莫言の名前をあげた。これによって莫言の名前は世界の注目を集め、のちのノーベル文学賞受賞に少なからぬ影響をあたえたといわれている。

莫言はその後も旺盛な制作をつづけ、『紅樹林』（一九九九年）、『白檀の刑』（二〇〇一年）、『四十一炮《じゅういっぽう》』（二〇〇三年）、『蛙鳴《あめい》』（二〇〇九年）などの長篇を発表し、官僚や共産党の腐敗、一人っ子政策の影の部分など、中国の社会が抱え込んだ問題を果敢に俎上に載せた。

『蛙鳴』は大江健三郎との交流が生み出したものである。高密県東北郷の劇作家万足が、交流のある日本の作家杉谷義人に宛てた長い手紙として、自身の伯母である万心の生涯を綴ったのがこの作品である。

伯母の万心は優秀な産婦人科医で、村の誰もが彼女に取りあげられたというほど、多くの出産に立ちあってきた。彼女は忠実な共産党員で、政府の方針で一人っ子計画が実施され、計画出産の指導員に任命されると、一転して男性のパイプカット、女性の避妊リングの装着などを実施する。さらに二人目の妊娠が判ると、本人の承諾もなく強制的な堕胎手術も辞さない。しかし子どもが欲しい農家の人たちは避妊リングを外す闇医者の許を訪れる。……

莫言はここで国策の一人っ子政策をただ批判しているだけではない。彼は万心をして、「産みたい放題にしたら、一年で三千万、十年で三億だよ。あと五十年したら、地球は中国人でひしゃげてしまうじゃないか。だから、あらゆる代価を払って出生率を下降させなくちゃ」とも言わせている。

訳者の吉田富夫は訳書の「あとがき」で、万足が手紙を出した相手の杉谷義人は大江健三郎がモデルであることを明かしている。二〇〇二年に大江が莫言を訪ねたときに、莫言は次の小説の主人公に考えている元産婦人科医の伯母を紹介した。こうした経緯のもとに本書は誕生したのだった。なお莫言は、『蛙鳴』のモデルは伯母だが、小説の伯母と現実生活の伯母との間には天地ほどの開きがあるとも述べている。

「語り部として」

莫言へのノーベル賞授与が発表されると、賛否両論が巻き起こった。中国では中国籍の作家の初受賞に湧いたが、香港の新聞各紙は、表現の自由を規制する中国政府と関係の近い中国作家協会の副会長をつとめる彼を、体制側の作家だとして批判した。

海外では、第17章で取りあげた二〇〇九年度の受賞者、ドイツのヘルタ・ミュラーが、スウェーデンの新聞とのインタビューで、「莫言氏は〔中国政府による〕検閲を称賛しており、彼への授与決定は破滅的だ」と、強い口調で非難した。かつてルーマニアのチャウシェスク政権のもとで秘密警察に監視され、執筆を制限されて、結局は国を捨てなくてはならなかった彼女にとって、権力による作家活動の制限は最も忌むべきものであった。

莫言のノーベル文学賞の授与式は、二〇一二年十二月六日にストックホルムで行われ、翌七日の夕方、スウェーデン・アカデミーの第四講堂で授賞記念講演があった。

「語り部として（講故事的人）」と題したスピーチは中国語で行われ、聴衆には入口で英語その他の言語に翻訳されたペーパーが配布された。そのなかにこんな一節があった。

「私がノーベル文学賞を獲得すると、論争が起こりました。……私はまるで芝居の見物人よろしく、みんなの演技を見物させてもらいました。見ていると、賞を獲得した人物は花で埋まりましたが、石ころも投げつけられ、汚水もぶっかけられました。その人物が潰されてしまいはしないか心配しましたが、彼は微笑みながら花と石ころのなかからもがき出るや、身体の汚水を拭って平然とそこに立ち、みんなにこう言ったのでした――

作家にとって、何よりふさわしい物言う手立ては書くことです。言うべきことは、すべて作品に書き込んであります。口から出たことばは風で散りますが、ペンで書いたことばは長く不滅です。どうか辛抱して私の本を読んでいただきたい。」

莫言はまた講演で、自分はかつてヨーロッパのモダニズム小説を懸命に学び、さまざまな語りの手口をこころみたが、最後には中国文学の伝統に回帰した。自分が書いてきた作品は、自国の文学的伝統と外国の小説技法の混合であって、小説の領域における創造とは、こうした混合の所産だと述べている。

これこそがノーベル文学賞委員会が莫言を評して、「過去や現代の民話と幻想的リアリズムを組み合わせた中国の作家」とした所以であった。

第20章　短篇と長篇と

アリス・マンロー

二〇一三年のノーベル文学賞はアリス・マンローにあたえられた。カナダ人としては初めて、女性としては十三人目である。カナダ生まれの受賞者には、一九七六年のソール・ベローがいるが、彼は子どものときにアメリカへ移住していてアメリカ国籍だった。

マンローの受賞については、近年ともすると政治的姿勢を明確にする作家にあたえられる傾向があるといわれる文学賞が、文学としての価値を純粋に評価された結果で、喜ばしいという論調が目立った。

この年の授与式も、十二月十日にスウェーデンのストックホルムで行われたが、アリス・マンローは体調不良のため出席せず、七〇〇〇キロ離れた母国カナダのブリティッシュコロンビア州ヴィクトリアで、式典の模様をテレビで見た。

ノーベル財団のカール・ヘンリック・ヘルディン理事長は、アリス・マンローを賞賛するとともに、文学賞の重要性を強調して、「ノーベル賞は、物理学賞、化学賞、生理学・医学の受賞者の発表の方が、社会へのインパクトは大きいが、創設者アルフレッド・ノーベルは、人類が単に科学の発展のみならず、平和的な文化の世界を必要としていることに気づいていた。科学と文化の融合は、この二つの領域を強めるものである。人類にとって有益な科学の発展の基盤となっているものは、平和な世界であることはあえて述べる必要はない。ノーベル文学賞と平和賞は、科学分野のノーベル賞とともに、ノーベル賞の特別な立場を高める全体像を生み出している」と述べた。

二〇一三年も選考結果をめぐって予測が過熱したが、結果として、短篇小説の巨匠とされるアリス・マンローが選ばれて、ノーベル文学賞はその権威を保持することができた。「現代のチェーホフ」とも評される彼女の受賞は、ノーベル文学賞選考委員たちが短篇を軽視しているといった疑念を払拭させたのである。

主婦作家

ノーベル財団が発表している受賞者のプロフィルや、雑誌「パリ・レヴュー」が行ったインタビューを参考に、アリス・マンローの生涯と業績をたどってみる。両者はともにウェブ上で読むことができる。

マンロー（旧姓レイドロー）は、一九三一年に、カナダのオンタリオ州ウィンガムという小さな田舎町で生まれた。両親はともにイギリス系の農民の出だった。

父親は優しい人で、銀狐やミンクを飼育していたが失敗し、七面鳥を育てることで一家を養った。元教師だった母は上昇志向が強いしっかり者で、三人の子どもを産んで育てた。だがマンローが九歳のときにパーキンソン病を患い、長女の彼女は家事を手伝うことになった。

彼女の故郷であるこの地域は、信仰心の篤い長老派教会のアイルランド人によって開拓されたところで、保守的な気風が支配していた。女性は家庭を守るものという気風のなかで、読書が好きで、空想の世界に遊ぶ彼女は、小さいときから作家になることを夢みていた。

きっかけはアンデルセンの『人魚姫』を読んだことだった。人魚のお姫様は、嵐で難破した船から人間の王子を助けるうちに彼に恋をする。だが王子は彼女に助けられたことを知らず、他の娘と結婚してしまう……。少女のアリスはこの不幸な人魚姫の物語を、なんとかハッピー・エンドに終わらせようと、時間がかかる小学校への行き帰りにいろいろと空想しては物語を考えたという。

学校の成績がよかったマンローは、奨学金を得て大学へ進学することになり、病んだ母のいる家を出て、ウェスタン・オンタリオ大学に進学した。在学中は図書館の司書やウェイトレスのアルバイトをしながら勉強し、学内の文芸誌に短篇を投稿したりした。一九五〇年の『陰を測る』が、彼女が書いた最初の短篇小説である。

二年後、奨学金の期限が切れて学業が続けられなくなった彼女は、同級生のジム・マンローと結婚して大学を中退した。ジムはトロント近郊の中流家庭の出で、アリスとは違った環境で育っていた。こうした育ちの異なるカップルの生き方は、のちの彼女の小説でしばしば取り上げられることになる。

マンローと名前を変えた彼女は、夫とともにヴァンクーバーへ移り、公共図書館に勤めながら三人の娘を産んだ（うち一人は生後すぐに死亡）。妻と母親の役をこなしながら、創作をあきらめられない彼女は、炊事や洗濯、アイロンかけといった家事の合間に、こつこつと作品を書き続けた。「パリ・レヴュー」とのインタビューによると、娘たちが幼いときは、彼女たちが昼寝をしている午後一時から三時までタイプライターに向かい、学校に通うようになってからは、学校に出かけるとすぐに書きはじめたという。

一九六三年、カナダ西南部のヴィクトリアへ引っ越したマンロー夫妻は書店を開いた。彼女は週に二回書店を手伝い、夜の家事をすませると午前一時まで執筆して、翌朝は六時に起きるという生活だった。

そして作品ができると、「タマラック・レヴュー」という地方誌に掲載し、一九六八年には最初の短篇集『幸せな木陰の踊り』（Dance of the Happy Shades）を出版した。この作品集はカナダで最も権威があるとされる「総督文学賞」を受賞した。これにより主婦作家と呼ばれてきたアリス・マンローは、三十七歳にして短篇作家としての地位を確立したのである。

さらに三年後の七一年には、自らの少女時代から青春期を迎えるまでを描いた連作短篇集『少女と女性の生き方』（Lives of Girls and Women）を発表し、今度は「カナダ本屋大賞」を受賞した。こうして彼女の文名は定まったが、執筆と家庭生活の両立はむずかしく、ジム・マンローと離婚するにいたり、娘二人を連れてオンタリオに戻った。

彼女はその後も先夫の名前のマンローで作品を発表し、カナダ国内だけでなく、著名な雑誌「ニューヨーカー」から原稿の注文が舞い込むなど、活躍の舞台を広げていった。

一九七四年には、雑誌に掲載された作品をまとめた短篇集『何か、あなたに伝えたかったこと』（Somthing I've Been Meaning to Tell You）を出版。七八年には、若い娘が大人になる過程で経験する、恋愛、結婚、離婚などをテーマにした『あなたは自分が誰だと思う』（Who Do You Think You Are?）で、ふたたび「総督文学賞」をうけた。

彼女は一九八〇年代から九〇年代にかけて、ブリティッシュ・コロンビア大学の創作科で教えながら創作を続けた。そしてこの間、大学時代の同級生だった地図製作者のジェラルド・クレムリンと再会して結婚した。

アリス・マンローは作品を書くと、まず雑誌や新聞に掲載し、それが溜まるとほぼ四年に一冊の割合で短篇集を編んで出版した。新作を待ち望むファンは多く、小説『クマが山を越えてきた』は、サラ・ポーリー監督により映画化され、二〇〇六年のトロント映画祭で絶賛を博した。

この年、彼女は代表的な作品集『林檎の木の下で』を発表し、さらにその後『小説のように』を出版した。

作風

マンローの短篇は数多く、しかもそれぞれ変化に富んでいるため、一括りに語ることはむずかしい。映画化された『クマが山を越えてきた』は、短篇集『イラクサ』(原題はHateship, Friendship, Courtship, Loveship, Marriage「嫌い、お友だち、片思い、両思い、結婚」)のなかの一篇で、こんな話である。

主人公の男の妻は歳をとって痴呆がはじまっている。そこで彼女を施設に入れるが、妻は同じ施設にいる男性に恋をしてしまう。しかも彼女は自分のことも夫のことも認識できなくなっている。――こうした話は洋の東西を問わず、高齢化する社会ではよくある話だが、マンローはここで一つ仕掛けをしのばせる。

主人公である夫はもともと浮気性で、妻が施設に入った今を浮気の好機と考えている。ところが妻が夫である自分を認知できず、別の男に心を移しているのが分かると、浮気はそっちのけで、おろおろするのである。そして、妻が恋した男性がやがて施設を出てしまい、妻がすっかりしょげてしまったのを見て、なんとかしてこの男に会わせてやりたいと思って、男の家を訪ねて行く……。

マンローの小説の基本的テーマは想像から生まれたものだが、作品の舞台を提供しているのは故郷のカナダ・オンタリオ州の小さな村で、そこで暮らす人たちの生きざまをヒントにして、屈折したストーリーが描き出される。物語にはいたるところに伏線がほどこされていて、推理小説のような要素もそなえている。だから丁寧に読まないと、つい大切なところを見落としかねず、逆にそれを読み解くことが、読者にとっては彼女の短篇を読む醍醐味にもなっている。

ノーベル文学賞委員会のエングルンド事務局長は授賞式で、「アリス・マンロー氏は、その作品の中で、日常のありふれた静かな世界を、詳細かつ人間学的に表現している」と語り、同委員会の委員の一人ベンジャミン・モッテは、「マンロー氏の作品のみずみずしさは、立場的な要素にはそれほど関係がなく、すべての事柄が人物を中心に形成されている。これらの人物は、読者を引き込み、また自分を知っていると共に、リスクをいとわず勇敢であり、喜びに溢れている」（小竹由美子訳『ディア・ライフ』の「訳者あとがき」）と評した。

またイギリスの作家ジュリアン・バーンズは、彼女の受賞を聞いて、「アリス・マンローは他の作家には真似のできない手際で登場人物の時間を経過させる。人は時間が過ぎている途中は気づかず、過ぎてしまってからそれと気づく――この点においては読者も登場人物と似たようなものだが、時間が過ぎてしまったこと、人生が変わってしまったことには気づいても、いつどうやって、なぜそうなったのかということは、いまいちわからない。ひとつには、この類まれな能力のせいで、マンローの短篇は他の作家の長篇並の密度や広がりを持っている。マンローのやり方を解明しようとしてみても、うまくいった試しがない。だが失敗してもちっとも構わない。偉大なるアリス・マンローのように書くことのできる者などいるわけがないのだし、いてはならないからだ」（同）と述べた。

そしてアリス・マンロー自身は、二〇〇九年に行ったあるインタビューで、自らの小説について次のように語っている。

「これらはすべて、私にとってはある意味で少々パズルに似ています。私が普通の人々の生活について、どのように表現しているかを分析したものは沢山あり、そのなかには惰性として語られているものもあります。しかし、私が知っているのは人間であり、どんな人も、私にとっては普通の人ではありません。それぞれが何かしらを望んでいるがゆえに、人間とは、まったく予想不可能な存在なのです。」

マンローは世界でも優れた短篇小説の作家の一人であり、その物語は小さな世界のなかで、典型的な人生を送る人物で成りたっている。彼女の文学の核心は、人と人との関係を描くことにあり、人間心理の不可解さをあらためて教えてくれる。

雑誌「パリ・レヴュー」のインタビューの別の一節では、こうも語っている。

「インタビュアー　あなたはよく旅行されますが、でも基本的には地方の感性で書かれているように思えます。この近辺で耳にする話があなたの心にはより響くのでしょうか、それとも、都会に住んでいたときのことも材料として使っているのでしょうか？

マンロー　小さな町に住んでいれば、あらゆる種類の人たちについて、いろいろな話が耳に入ってきます。都会で聞こえてくるのは、あなたご自身のような人たちについての話だけです。あなたが女性なら、多くはいつもお友だちからね。ヴィクトリアでの生活からは、〈違った風に〉材料をもらいました。『白いお菓子の山』（White Dump）の大半がそうです。『発作』（Fits）は、ここで実際に起こったひどい事件——六十代のカップルの無理心中から材料を得ました。都会では出来事については新聞で読むだけです。細かなところまで集めようとは思いませんでした。

インタビュアー　あなたにとって、物事を発明したり組み合わせたりするのは簡単ですか？

マンロー　今では個人的なことを書くのはずっと少なくなっていますが、それはごく簡単な理由からです。子ども時代のことは、ウィリアム・マックスウェル〔アメリカの小説家〕みたいに、立ち戻るごとに、素晴らしく、新しいものが見つけられなければ、ネタ切れになりますから。歳を重ねた後半生で、個人的なもので深い材料になるものといったら、自分の子どもたちでしょう。自分の両親については、亡くなれば書けますけれど、子どもたちはこれからもここにいるわけですし、いずれ養老院に訪ねてきてもらいたいですからね。観察にもとづいた小説を書くようにした方が賢明でしょう。

インタビュアー　家族小説のほかにも、歴史小説と呼べそうなものが結構ありますね。そうした材料は探しに出かけるのですか、それとも待っていると向こうからやってくるのですか？

マンロー　素材を見つけるのに苦労したことはありません。待っているとやってくるのです。

必ず現れます。問題は押し寄せてくる素材にどう対処するかです。歴史物については、史実を沢山探さなくてはなりませんでした。何年間か、ヴィクトリア朝時代の女性作家について小説を書きたいと考えたことがあります。この地域の女性作家の一人です。ところが、私が欲しい韻文が見つかりません。見つかったのはすべてひどい代物でした。私としてはもう少しましなものが欲しかった。そこで、自分で書いてしまいました。

この小説を書いているときは、昔の新聞を沢山読みました。夫が集めていたのです。——夫はオンタリオ州のこのあたり、ヒューロン郡の歴史を研究しています。引退した地理学者です。おかげで町のイメージがしっかりつかめました。私はその町をワリーと呼ぶことにしました。しっかりしたイメージをもてたのは、新聞の切り抜きのおかげです。それ以来、なにか特定の材料が必要なときは、図書館の人にときどき探してもらっています。昔の車とか、そんないろいろなもの、一八五〇年代の長老派教会とか。彼は喜んでやってくれます。」(「パリ・レヴュー・インタビュー」)

マンローへのノーベル文学賞授賞が伝わった直後から、ネットには、彼女の受賞を喜び、賞賛する言葉が相次いだ。そこには世界中の読者にまじって著名な作家の名前も多くあった。マンローの短篇がプロの間でどれほど高く評価され、目標とされているかをあらためて証拠立てるものだった。

パトリック・モディアノ

前年の受賞者アリス・マンローが「現代のチェーホフ」なら、二〇一四年度受賞のフランスの作家パトリック・モディアノは、さしずめ「現代のプルースト」であろうか。

二〇一四年は、十月九日の木曜日にノーベル文学賞が発表されたが、事務局は発表のアナウンスをするときまで、受賞者のモディアノと直接連絡をとることができなかった。発表からおよそ一時間後に、モディアノの出版元であるガリマール社で記者会見が行われ、作家は街を散歩しているときに娘さんからの電話で、受賞の事実を知ったことを明かした。そして「私は少し驚いたので、そのまま散歩をつづけた」と言い、受賞を知った瞬間は、「現実ではないと思い、すぐに一九六四年に、アルベール・カミュが受賞したのを思い出した。彼らが私を選んだ理由を知りたいものだ」と述べた。

この点について、ノーベル文学賞選考委員会はモディアノの授賞理由を、「彼はその記憶の芸術で、人間の最も捉えがたい運命のすべてを呼び起こし、またナチス占領期の世界を明るみに出した」と発表した。

フランスのオランド大統領は、「国民は私たちの偉大な作家の一人が、ノーベル賞を得たことを誇りに思っている。パトリック・モディアノはこの特別な賞をうけたわが国十五番目の作家であり、文学の世界における〔フランス文学の〕偉大な影響を証明した」というステートメントを出した。

曖昧な過去

普段めったに人前へ出ないモディアノは、この年の十二月七日にストックホルムで行われた授賞式に出席した。作家は翌日の授賞記念のスピーチでは、よく練られた分かりやすい草稿を訥々と読みあげた。そのなかで彼は、自身の文学の拠ってきたるところとその小説作法を語ったのである。パトリック・モディアノは一九四五年七月三十日、パリ近郊のブーローニュ＝ビヤンクールで生まれた。この終戦直後の誕生と両親の素性が、モディアノ文学の方向を決定づけることになる。

彼の父アルベール・モディアノは、一九一二年にパリで生まれたユダヤ系イタリア人で、その父親（パトリックの祖父）はギリシアのテッサロニキを出て、地中海世界を転々としたあとパリに流れ着いた。

アルベールは父を四歳で亡くし、若いときから生きるために不法なこともやったらしく、ドイツ占領下では偽名を使って、闇市で不法な取引にも手を染めたという。一方、母親のルイザ・コルペンは、一九一八年に隣国ベルギーのフランドル地方の港町アントワープで生まれた。若くして芝居に関心をもった彼女は、地元の映画に出演し、一九四二年には伝手《つて》を頼って、ドイツ軍によってパリへ送られる機会を得ると、占領下のナチスの管理下にあった「コンチネンタル映画社」で働くことになった。もっぱら吹き替えの仕事だったという。

偽の身分証明書でパリで生きる男と下積みの女優が、ナチス・ドイツ占領下のパリで出会い、結婚した末に生まれたのがパトリックだった。

幼いモディアノにとって、両親は身近な存在とはいえなかった。母親は舞台公演でヨーロッパ中をまわり、父親は事業のために不在だった。その間子どもは、母方の祖父母や、パリやスペインとの国境の街ビアリッツに住む両親の友人たちの許にあずけられた。この間、二歳年下の弟リュディが十歳で亡くなってしまう。パトリックは学齢に達すると寄宿舎に入れられて、あいかわらず両親と離れた生活をつづけた。

その後両親は別れ、父親は別の女性と暮らしはじめる。モディアノ自身もかつての両親のように、家出や放浪を繰り返す青春時代を送った。そして一九六六年、親子とは名ばかりの父親と訣別する。この経緯は、二〇〇五年に出版された『血統』（Pedigree、未訳）に詳しく書かれている。

モディアノは、父親がこの時期、セーヌ川にのぞむコンティ河岸の自宅に、あえて自分を近づけなかったのではないかと疑念を抱いたことがあった。彼はのちに自宅の書棚に並んだ本を読んでいて、その多くがユダヤ人作家モーリス・サックスに捧げられたものであるのに気づいた。

サックスはドイツ占領下で闇の商売に手を染め、仲間をゲシュタポに密告する対独協力者だった。その彼がモディアノの両親が入居する前、同じアパルトマンに住んでいたのである。サックスの存在は、モディアノにナチス・ドイツに占領されていた時期の父親の行動に目を向けさせるきっかけとなった。こうしてモディアノは、占領期のフランスや、両親を含めて、そこで生きていた人たちへの関心をもつようになった。

処女作

処女作にはその作家のすべてが含まれていると言われるが、モディアノはその典型的な例といえる。

母ルイザは、一九六〇年代には、知識人が集うサンジェルマン＝デ＝プレ界隈に出入りし、そのとき知り合った作家のジャン・コーやレイモン・クノーに息子を引き合わせた。クノーは高校生のモディアノを家に呼んで数学の幾何を教えたり、ガリマール社のカクテルパーティーに連れて行ってくれた。この縁で、モディアノは『エトワール広場』を書き上げると、クノーに原稿を託し、彼の紹介で一九六七年にガリマール社と出版契約を結ぶことができた。こうして誕生したのが彼の第一作『エトワール広場』だった。ちなみに本の序文はジャン・コーが書いている。

自伝的な要素を含む『エトワール広場』の概要は以下のようである。

第二次大戦後に生まれた主人公で語り手でもあるラファエル・シュレミロヴィッチはユダヤ人で、戦争とそこで行われた迫害のイメージに憑かれていている。彼は個人的体験を、事実とフィクションをまじえて物語る。

彼自身はフランス人のゲシュタポ組織に属する反ユダヤ主義者で、ジュネーヴに住んでいて、フランス人貴族のデ・ゼッサールや、奇跡的に生きのびたモーリス・サッシュと親交を結ぶ。主人公ラファエルはその後、ニューヨークで成功した実業家の父を見つけ出し、父は叔父から引き継いだ遺産のすべてを遺贈してくれる。

こうしてラファエルは、エリートをめざすボルドーの高等師範学校の準備クラスに入学し、そこで文学教師のドビゴールの影響を強くうける。この文学教師は戦時中ナチス・ドイツのもとでヴィシー政府を率いたペタン将軍を信奉している人物で、学生たちから馬鹿にされているが、ラファエルは彼を擁護する。

小説では、次にユダヤ人貴族のレヴィ＝ヴェンドームのことが語られる。この人物はブランシュ協定の専門家で、ヴィシー政府が統治する自由フランスのもとにあるサヴォワ地方やノルマンディー地方でラファエルに便宜をはかってくれる。

その後、ラファエルはウィーンへ逃れ、そこで売春婦のひもとなり、エヴァ・ブラウンの愛人で、親衛隊SSの将校ハイドリッヒのようなナチス第三帝国のユダヤ人将校になることを夢みる。

戦争が終わり第三帝国が崩壊すると、ラファエルはイスラエルへ渡る。彼はヨーロッパからやって来たユダヤ人の思想や根性を矯正し、良きイスラエル人に生まれ変わらせるための矯正キャンプに入れられる。そこでは多くのユダヤ人が経験した強制収容所と同様に厳しいあつかいが待っている。

ただこの矯正キャンプの場面は、どうやらラファエルの抱く幻想のように思える。というのも最後の場面のすぐあとには、彼がウィーンのベンチに座っている姿が描かれており、そこで精神分析医の治療をうけているのだ。……

『エトワール広場』は、フランス人の多くが忘れようとしてきた時代——占領期をまざまざと思い出させるもので、そこには父親アルベールの影が強く投影されている。事実この本が出版されると、別れた父親は怒りに駆られて、本を買い占め、すべてを焼いてしまおうとした。

こうした行為に象徴されるように、占領期の歴史はモディアノ一家だけでなく、フランスの多くの人たちのトラウマになっており、若い作家の想像力がそれを暴いてみせたのだった。

占領下のフランスを主なテーマとした彼の作品は、初期の三部作、『エトワール広場』、『夜警』、『パリ環状通り』と、映画監督ルイ・マルと共同執筆したシナリオ『ルシアンの青春』であった。その後に書かれた代表作の一つ『イヴォンヌの香り』では、占領期は登場人物が経験した過去として描かれる。八〇年代になると、このテーマは直接的に語られることはなくなるが、それでも過去は作品から消えることはない。

この時期の出来事は、『1941年。パリの尋ね人（原題はDora Bruder）』（一九九七年）でふたたび取り上げられる。ただそのアプローチの方法は、六〇年代、七〇年代とは違って、モディアノ自身の個人的記憶をこえた集団的記憶として、フランス社会がタブーとしてきた第二次大戦の敗戦からナチス占領期の歴史を明らかにする方向へと変わっていく。

自伝的要素と記憶

フィリップ・ルジュンヌは一九七五年に刊行した『自伝契約』（Le Pacte autobiographique）で、自伝を、「実在の人物が自分自身の生涯を散文で回顧的に語った物語で、その個人の生活、特にその人格の歴史が強調されている場合」と定義している。

フランス文学の歴史の上で、最初の自伝はルソーの『告白』とされるが、自伝には自分のアイデンティティーの探究や自我の歴史といったテーマと、語り手という手法の点で共通した特徴がある。シャトーブリアンの『墓の彼方の回想』もそうした典型である。戦後、自立的文学空間としての作品の確立を旗印にしたヌーボー・ロマンの作家たち、ナタリー・サロート、アラン・ロブ＝グリエ、マルグリット・デュラスなども、晩年には自伝的な作品を残した。

こうした自伝、あるいは自伝的作品とパトリック・モディアノのものを比べてみると、ともに自分や家族の過去を素材にしてはいるが、モディアノの場合は、小説のリアリティーを過去の事実に全面的に依存するのではなく、自らの人生や家族の経験をフィクション化し、そこからリアリティーを生み出そうとする。彼の場合は方法論として、過去と意識的に向き合おうとするのが新しい点である。

ルジュンヌの『自伝契約』の二年後の一九七七年に、セルジュ・ドゥブロフスキーが、小説『糸

／息子』(fils)を発表し、それをオートフィクションと名づけた。自伝のように作者と語り手が同一人物でありながら、フィクションで構成された作品で、これ以後一つのジャンルとして認識されるようになった。モディアノの作品はまさにこのジャンルに入るもので、一見日本の「私小説」の再来のように思えるが、フィクション化を意識する度合いが大きく違っている。

モディアノの文学世界を支えるもう一つの柱が記憶、とりわけ家族の記憶である。一九四五年に生まれた彼には、第二次大戦や占領期の直接的記憶はない。だがそれはユダヤ系イタリア人の父を通した家族の記憶、あるいは共同体の記憶としてあり、彼はこれを活用するのである。

一九七八年に刊行されてゴンクール賞を受賞した『暗いブティック通り』は、記憶喪失の状態で私立探偵事務所に雇われている主人公が、みずからの出自とアイデンティティー探索へと乗り出すミステリ仕立ての物語で、「私は何者でもない」という冒頭のことばと、自分たちの人生が「夕べの闇に、没していくのではあるまいか?」という最後の一文が、この作品だけでなく彼のすべての小説のあり方を表現している。いったい自分は誰か。過去の記憶を追えば追うほど、自らのアイデンティティーは曖昧になっていく。

『1941年。パリの尋ね人』は、「パリ・ソワール」紙の一九四一年十二月三十一日付けの紙面で、モディアノが見いだした十五歳の少女の尋ね人広告が発端になっている。その後、少女はどうなったのか。モディアノは粘り強い調査を重ね、彼女とその両親が強制収容所に送られたことを突きとめ、そこに自身の父がたどったかもしれない過去を重ねる。

モディアノはその後もほぼ一年に一冊の割合で新作を発表し、これまでに小説、シナリオ、子ども向けの作品をふくめて三十冊をこえる本を書いていて、そのどれもが雑誌のベストセラー欄にランクされた。その上、目の肥えた批評家の賛辞を得るという、二律背反ともいえる奇跡をおこしてきた。フランスでは「モディアノ中毒」という言葉があるほど熱烈な人気があり、インターネット上には愛読者がつくるサイト、**Le réseau Modiano** が設けられているほどである。

その一方で、モディアノの作品は英語をはじめ数多くの外国語に翻訳されているが、ノーベル文学賞を受賞するまでは、必ずしも世界的に知られた作家ではなかった。一九七八年に権威あるゴンクール賞を受賞した『暗いブティック通り』の英訳の初版は、アメリカでは二四二五冊売れただけだったという。モディアノが非常にフランス的な作家で、その作品の主要なテーマが、自分たちの記憶をひたすら掘り下げることにあることの現れといえる。

フランスでは、「モディアノを読むには辞書はいらないが、パリの地図が必要だ」と言われるくらい、そのほとんどがパリを舞台にしている。パリ好き、フランス好きにはたまらない魅力だが、アンチ・フランスの人びとには苦手な作家なのかもしれない。

人前にはめったに姿をみせないモディアノは、ノーベル文学賞の授与式ではにこやかな笑顔をみせた。十二月七日に行われた授賞記念講演では、冒頭に触れたように、自らの創作やその根底にある幼年時代のこと、さらには影響をうけた過去の文学作品や次の世代の小説家への期待を語った。

そして最後に、ノーベル文学賞委員会が彼のことを、「記憶の技法によって、最も捉えがたい人びとの運命を浮かび上がらせた」とした点を引用しつつ、こう語った。

「こうした個人の記憶は、過去のいくつかの断片と、匿名や無名の人たちが地上に残したほんのわずかな足跡を寄せ集めようとしたものです。そしてそれは、また私が生まれた年、一九四五年と結びついています。多くの街が破壊され、住民がすべて死んでしまった後の一九四五年に生をうけたことで、おそらくは同年齢の人たちと同じように、私は記憶と忘却のテーマに敏感になりました。

残念なことに、失われた時の探究が、マルセル・プルーストの鮮やかさと力強さをもってなされることはもうないという気がします。彼が描いたのは、まだ安定していた十九世紀の社会でした。プルーストの記憶は、生きた絵のように、その細密の部分にわたって過去を蘇らせました。今日では、記憶はそれ自身ずっと不確かなもので、絶えず記憶喪失と忘却に抗わなくてはならないように感じられます。あらゆるものを覆いつくす忘却の塊や忘却の層のせいで、わずかに過去の断片を集め、途切れた足跡をたどり、ほとんど捉えることができない人間の運命をわずかに知ることしかできないのです。」

モンディアノは、「自分は四十年にわたって同じ一冊の本を書いてきた」とも語っているが、この記念講演はその「一冊の本」のまたとない解説となっている。

第21章　スヴェトラーナ・アレクシエーヴィチ

ジャーナリスト出身者の受賞

二〇一五年度のノーベル文学賞が発表される十月八日、テレビ朝日から取材の申し入れがあり、日本時間の夕方六時にスタジオでインタビューを受けた。受賞者の発表は二時間後だが、それを待っていては夜十時放送の「報道ステーション」に編集が間に合わない。事前に受賞者を予想して、その文学の概要について話してほしいという難題であった。

ノーベル文学賞選考委員会からは誰が候補になっているか、事前情報は一切出されない。だが、なんでも賭けの対象にするイギリスのブック・メーカーの予想では、賭け率が最も低い人、つまり受賞の可能性が一番高いとされたのが、ベラルーシ出身の記録文学作家スヴェトラーナ・アレクシエーヴィチ、二番目が村上春樹、その他にケニアの小説家グギ・ワ・ジオンゴ、シリアの詩人アドニス、アメリカのフィリップ・ロスの名前があがっていた。

グギ・ワ・ジオンゴは母語のキクユ語で作品を書き、一九六四年に発表した『泣くな、わが子よ』をはじめ多くの作品が英語に翻訳されて、広い支持を得ていることは知っていた。だが作品は読んだことがなかった。フィリップ・ロスは存命しているアメリカ人作家のなかでは作品も多く、著名な作家である。村上春樹は二〇〇六年にドイツのフランツ・カフカ賞、二〇〇九年にはイスラエルのエルサレム賞を得て以来、毎年賭け屋の候補にあげられてきた。

インタビュアーの質問は村上春樹受賞の可能性が中心だったが、私見として、アレクシエーヴィチが受賞するように思うと答えた。彼女の作品を読んで共感しての願望をこめたものでもあった。

日本時間の午後八時（現地時間午後一時）、ノーベル賞選考委員会は、二〇一五年のノーベル文学賞をスヴェトラーナ・アレクシエーヴィチにあたえると発表し、「現代の苦しみと勇気を如実に表す、多様な声を集めた記念碑的作品」を書いたことが授賞の理由だとした。

その上で、サラ・ダニウス事務局長は、「アレクシエーヴィチ氏は一九四八年五月三十一日、ウクライナの町イヴァーノ＝フランウシクで、ベラルーシ人の父親とウクライナ人の母親の間に生まれました。大学卒業後、地方紙の記者としての勤務を経て作家となり、才能を開花させました」、「過去三十から四十年にわたり、アレクシエーヴィチ氏はソ連時代とソ連崩壊後の個人を描くことに力を注いできました。そこに描き出されているものは出来事の歴史ではなく、感情の歴史です。彼女が見せてくれているのは、感情の世界です。いくつかの作品の題材となっているチェルノブイリの惨事やアフガニスタン紛争などの歴史的事件は、いわばソ連時代の個人とソ連崩壊後の個人を探求するための切り口として使われているのです。人類に降りかかり、多大な影響をおよぼしてきた悲劇を記録したアレクシエーヴィチ氏の作品は、ドイツ語、フランス語、スウェーデン語、英語など数カ国語に翻訳されています。」と述べ、「アレクシエーヴィチさん、受賞おめでとうございます！」としめくくった。

二〇一三年のアリス・マンロー、一四年のパトリック・モディアノはもとより、近年の文学賞は純文学の作家や詩人にあたえられてきたが、彼女の作品はドキュメンタリーと呼ばれる分野に属する記録文学であり、フィクション以外の作品が賞の対象になったのは、一九五三年のウィンストン・チャーチル以来、六十九年ぶりの出来事だった。チャーチルの場合は、著書の『第二次世界大戦回想録』が直接の授賞対象だった。

世界を揺るがした原発事故

一九八九年十一月九日、ベルリンの壁が崩壊し、そのあと雪崩を打つかのように東ヨーロッパ諸国で民主化が起こった。当時私はＮＨＫにいて、民主化の遠因を知るために一カ月にわたり東欧各国を取材してまわった。そして分かったことの一つが、第17章のヘルタ・ミュラーの項で述べた、ハンガリーで起こったドナウ川のダム建設反対に端を発した環境保護の動きだった。

この運動を発端に、やがてハンガリーに民主政権が生まれ、一九八九年五月、ハンガリーは隣国オーストリアとの国境を隔てる鉄条網を撤去した。そしてこの年の夏、活動家たちが「ヨーロッパ・ピクニック計画」を企画し、バカンスでハンガリーの避暑地バラトン湖に集まっていた東ドイツの人たちに、国境の街ショプロンへ行くように呼びかけた。

彼らは街の郊外の原っぱで開いた集会のあと、鉄条網をこえてオーストリアへ脱走した。政府からあらかじめ指令を受けていた国境警備隊は、彼らを黙って通した。このとき西側へ逃れた東ドイツの人たちは二千人をこえ、これが二カ月後の壁崩壊へとつながっていったのである。

東ヨーロッパの人たちに共産主義政権にたいする強い不信感を抱かせたもう一つの出来事が、一九八六年四月二十六日に起きたチェルノブイリ原子力発電所の大事故であった。

ベルリンの壁崩壊後、オーストリアのウィーンを経由してスロバキア（当時はチェコスロバキア）の首都ブラティスラバを訪れたときのことである。街の中心に近い場所で開かれていた市《いち》を取材すると、黒い衣服に身を包んだ三人の老婆が、毛糸で編んだ人形の帽子のようなものを並べて売っていた。ゆで卵が冷めないように被せるものだという。市場は閑散としていた。いつもこのような状態だということだが、これまで一度だけ大量の野菜やチーズ、バターが安く出まわったことがあったという。街の人たちは何があったのか分からないままに、貴重な品を手に入れて喜んだ。

しかしその後しばらくして、それらの品物がチェルノブイリの原発事故のせいで、西側へ輸出していたものが返品されてきたのだという噂が聞こえてきた。事故のことは新聞で小さく報じられていたが、その放射能で原発があるウクライナをはじめ、東ヨーロッパの広い地域が汚染されたことを、共産主義政権は一切知らせなかったのである。

当時の観測データによると、事故の四日後の四月三十日に、ポーランド、ドイツ、オーストリア、ルーマニアで大気中の高い放射能が記録され、その翌日にはスイス、イタリア北部で、さらに五月二日にかけては、フランス、ベルギー、オランダ、イギリス、ギリシャ北部、三日には、イスラエル、クウェート、トルコでも放射能が記録された。しかしスロバキアなど共産圏諸国では、汚染の実態はほとんど伝えられなかった。

こうした情報隠しが人びとの不信感を増大させたのはいうまでもない。それがやがて変革を求める大きなうねりを呼び覚ますことになったのだった。

アレクシエーヴィチ自身が最も重要な本という『チェルノブイリの祈り』が出版されたのは一九九七年で、翌年に出たフランス語訳を読んだが、フランス語版のタイトルは、『祈り：チェルノブイリ、黙示録後の世界の年代記（La Supplication: Tchernobyl, chronique du monde après l'apocalypse）』となっていた。同じ年の十二月、松本妙子による日本語訳も岩波書店から刊行された。そこには次のような一節があった。

「記憶に残っているのは、タクシーに乗り、ハトがフロントガラスに当たったとき、年とった運転手さんが絶望したように悪態をついたことだった。『一日に二、三羽、鳥が落っこちてきて死んでいるっていうのに、新聞は〈状況はコントロールされている〉なんて書いていやがる。』

町の公園では落ち葉が掻き集められ、郊外に運び去られて埋められた。汚染された場所から土が削り取られ、これまた埋められた――土の中に土を埋めたのだ。薪も草も埋められた。だれもが少し気がおかしくなったような顔をしていた。年寄りの養蜂業者がこう話していた。『その朝、庭に出ると、何か馴染んでいる音が足りないような気がした。ミツバチが一匹もいない……ミツバチの羽音がまったく聞こえないんだ。一匹もいない！　何だって？　いったいどうしたんだ？　翌日もミツバチは外に出てこない。三日目もだ。それからようやく原子力発電所で事故があったって知らされた。原発はすぐ近くだっていうのに、おれたちは長いこと何も知らなかったんだ。ミツバチは知っていたのに、おれたちは知らなかったんだよ。』」

アレクシエーヴィチの受賞を聞いて真っ先に思い出したのは、ブラティスラバで出会ったあの老婆たちの姿だった。

彼女はこれまでに、「ユートピアの声」シリーズと呼ばれる五冊の作品とソビエト連邦崩壊後に多発した自殺者の証言集『死に魅入られた人びと』を公けにしている。シリーズの五冊とは、『戦争は女の顔をしていない』（一九八三年）、『最後の生き証人』（日本語訳の題名は『ボタン穴から見た戦争』）（一九八五年）、『亜鉛の少年たち』（同『アフガン帰還兵の証言』）（八九年）、『チェルノブイリの祈り』（九七年）、そして『セカンドハンドの時代』（二〇一三年）である。

証言

ノーベル文学賞を受賞したあとの記念講演会で、アレクシエーヴィチはこれまでの人生と自らの著作について率直に語った。これはノーベル賞委員会のホームページで読むことができ、日本語訳は岩波書店の雑誌「世界」の二〇一六年三月号に、「負け戦」（沼野恭子訳）と題して掲載されている。これらの文章と、『チェルノブイリの祈り』の「訳者あとがき」を参考に、彼女の歩みをたどってみる。

アレクシエーヴィチは、第二次大戦が終わた三年後の一九四八年五月に、ソビエト連邦ウクライナ共和国で生まれ、ソビエト連邦白ロシア共和国（現ベラルーシ）で育った。

軍人だった父が除隊したあと、一家は父の故郷であるベラルーシの田舎に移り、父も母もそこで教師になった。彼女自身は初等・中等教育を受けたのち、一九六七年に州都ミンスクにある国立ベラルーシ大学のジャーナリズム学部に入学した。講演では、「私には三つの家がある」と言い、「ベラルーシの大地は父の故郷で、私はこれまでずっと暮らしてきた家。ウクライナは母の故郷で、私が生まれた家。そして偉大なロシア文化という家があって、それを持たない自分を想像できない。どの家も私にとっては大切だ」と語っている。

大学を優秀な成績で卒業したアレクシエーヴィチは、地方新聞の特派員をしながら学校で教鞭を執ったが、その後ミンスクの新聞社やベラルーシ作家同盟の機関誌「ネマン」の特派員を経て、同誌のルポルタージュ・社会評論部の部長となった。

この間、彼女の進路を決定づけたのが、ベラルーシの著名な作家アレシ・アダモーヴィチと出会ったことだった。ロシア文学やベラルーシの文学に、初めてドキュメンタリーという分野をつくりだした人物である。

彼女は編集部に勤務するかたわら、アダモーヴィチや知人から五〇〇〇ルーブリを借りて、当時としては高価なオープンリールのテープレコーダーを買い、勤務先で研究休暇をとると、第二次大戦に参加した女性たちの回想を録音するために、ソビエト連邦の町や村をまわりはじめた。そのときの思いをこう述べている。

「第二次大戦の後、震撼させられたテオドール・アドルノ〔ドイツの批評家〕は『オシフィエンチム〔アウシュヴィッツのポーランド名〕のあとで、詩を書くことは野蛮だ』と書きました。私の師であるアレシ・アダーモヴィチもまた（ここで恩師の名前を感謝の念とともに挙げさせていただきます）、二十世紀の悪夢について小説を書くことは冒瀆だと考えていました。作り事ではない、真実をあるがままに提供するしかない、『超文学』が必要だ、証人が自ら語らなければならないと。ニーチェの言葉を思い出してもいいかもしれません。どんな芸術家も現実に耐えることはできない、現実を『持ち上げる』ことはできないと述べています。」（沼野恭子訳）

そして彼女は、「フローベールは自分のことを『ペンの人』と言ったそうですが、それなら私は『耳の人』といえるでしょう。道を歩いていると、言葉やフレーズや叫びが耳に飛び込んでくるのです。いったいどれだけの物語が跡形もなく時という流れの中に消えていってしまうだろうと思います。時という闇の中に。人間の生活には、文学が捉えきれない話し言葉の領域があります。いまだにきちんと評価されていない領域。いまだに驚いたり感嘆したりということがなされていない領域。でも私はそこに心惹かれ、虜になっているのです。」（同）とも言う。

アレクシエーヴィチは別のインタビューで、「この新しいジャンル、つまり人びとの声、証言、告白、心の記録というジャンルを、私は自分のものにしました。私の内にあったものすべてが生かせることが分かったのです。作家であると同時に、ジャーナリスト、社会学者、精神分析家、伝道者でなければなりませんでしたから」とも語っている。

彼女はこうして『戦争は女の顔をしていない』を書いた。彼女はこの本で、第二次世界大戦をソビエト軍人として体験した女性たちの証言を集めたが、これには七年の歳月がかかった。

ソビエトでは従軍女性の多くは十五歳から三十歳で第二次大戦に出征し、看護婦や軍医だけでなく戦闘に参加した。自らの銃で人を殺す兵士でもあったのである。

戦場では最初の高揚感がすぎると、彼女たちは理性的に物事を見るようになり、戦闘場面に直面すると、疑問や断腸の思いや苦悩の色が濃くなる。やがて彼女たちの多くは沈黙し、そこに逃げ込んでしまうのだった。

戦争で男以上の苦しみを体験した彼女たちを、戦後になるとその体験を隠さざるをえない状況が待ち受けていた。戦場を体験しなかった人たちから侮辱されるようになり、従軍手帳を隠し、支援をうけるために必要な戦傷記録を破り捨てた人もあった。

アレクシエーヴィチの取材でも、辛い体験を思い出したくないと口をつぐむ女性が少なくなかった。彼女はそれにたいして、黙っていてはいけないと相手を説得し、ひるみそうになる自分を鼓舞しつづけた。

『戦争は女の顔をしていない』は、こうして集められた五百人をこす女性たちの証言をもとに、一九八三年に完成したが、印刷された本は二年間、出版社のなかで眠ったまま刊行されなかった。ソビエト女性の英雄的なイメージを損なう、平和主義的だといった非難を浴びたせいだった。検閲官はこう言ったという。「たしかに我々が勝利するのは並大抵のことではなかった。しかし、そのなかでも英雄的な手本を探そうとするべきだ。そういうものは何百とある。ところがあなたは戦争の汚さばかりを見せようとしている。何をねらっているんです?」

これより前に書かれた第一作『私は村をはなれた』でも、彼女には反ソ的、反体制的ジャーナリストというレッテルが貼られて、当時のベラルーシ中央委員会政治宣伝部の指示で、印刷所でできあがっていた版組を解体させられた苦い経験があった。しかしその後、ソビエトではゴルバチョフが登場し、ペレストロイカがはじまるとベラルーシにも変化が訪れた。執筆から二年後の一九八五年、『戦争は女の顔をしていない』はモスクワとミンスクで同時に出版された。

アレクシエーヴィチは授賞記念講演のなかで、「私は本を五冊書きましたが、合わせて一冊の本になるような気がします。あるユートピアの歴史についての本です。ワルラム・シャラーモフ（ロシア詩人・作家）が書いていています。『私は、人類を本当に変革しようと願い、大いなる負け戦に参加していた』と。私はこの負け戦の歴史を、その勝利も敗北も含めて再現しようとしているのです」と述べている。

そして重要なのは、彼女が書こうと決めたのは、大文字の「歴史」ではなく、彼女がいつも関心を寄せてきた「小さな人」が語る「小さな物語」である。そしてそれが積み重なることで「大きな物語」になっていったのである。

記憶の掘り起こし

フランスの映像作家クロード・ランズマンが、ナチス・ドイツによって行われたユダヤ人絶滅を追及した映画『ショア』（一九八五年制作）は、同様の手法を映像の世界で用いたものである。九時間半におよぶ映画はNHKでも数度にわたり放送したが、私は放送の実現のために、パリでランズマンと交渉し、来日した彼と対談して番組にしたことがあった。

歴史上かつてない出来事をあつかった映画は、強制収容所とは別に、アウシュヴィッツ＝ビルケナウなど、全部で六カ所存在した絶滅収容所の実態に迫るものである。

ランズマンは絶滅収容所から奇跡的に生還した二人のユダヤ人、収容所の元ナチス親衛隊員、日々何千もの死体が焼却される臭気のなかで黙々と生活をつづけたポーランド人の農民たちを見つけ出して説得し、彼らの言葉やその沈黙を記録した。撮影したフィルムは一五〇時間分におよび、それを九時間半に編集して映画は完成した。

二〇〇一年の夏にランズマンと行った対談で、なぜ過去の記録映像を使わなかったのかを尋ねてみた。彼はその理由を次のように述べた。

「皆が知っている強制収容所と違い、ヨーロッパ中から連れてこられたユダヤ人がガス室で殺された絶滅収容所の様子を写した写真は、ナチスが撮ったたった一枚の写真以外には存在しないこと、そしてそれ以上に、この映画の狙いが、私たちの記憶の底に無理やり眠り込まされている体験的事実を意識の上に浮かびあがらせて、それを証言として積み重ねることにあったからだ。」

『ショア』という記録映画は、制作手法そのものが映像イコール過去の事実の記録という単純な考え方への反証なのである。

「ユダヤ人絶滅政策は、肉体を抹殺するだけでなく、事実の痕跡すらも抹殺してしまうという、その徹底性にこそ本質があった。抹殺の証拠がないことは、事実がなかったことを意味しない。証拠をすべて隠滅すること、それが絶滅計画の核心だった」とランズマンは語った。

こうした意図的な歴史的事実の破壊、それに伴う記憶の抹殺に立ち向かうために、ランズマンは一つの仕掛けを考えた。強制収容所から生きて帰った証言者の一人、アブラハム・ボンバの場合がそれである。

彼は収容所のユダヤ人特務班として、ガス室に送られる前の同胞たちの髪を切る役目だった。ランズマンはニューヨークに移住して仕事を引退していたボンバを説得して、理髪店を借りて仕事を再現してもらう。この状況のなかで、彼は思い出したくない記憶を蘇らせる。

ガス室の前で仕事をしていたとき、故郷の人たちが連れてこられたことがあった。ボンバは散髪は身ぎれいにするためだと伝えるが、人びとの眼には恐怖が宿っていた。

そして同じ仕事に従事する理髪師の同僚に残酷な事態が訪れる。ある日、彼の奥さんと妹が連れてこられたのである。そのとき同僚はどうしたかとランズマンに問われたボンバは、絶句し、首筋には脂汗が流れる。長い沈黙のあと、意を決した彼は目撃した事実をカメラの前で語りはじめる。同僚は妻と妹に、これが最後の瞬間であると語ることができないまま、「彼はできる限りのことをした。一秒でも一分でも長く二人とともにいようと抱きしめ、キスした」。カメラはこの証言にいたる一切を、混乱し動揺するボンバの姿と言葉を記録した。

ランズマンは十年の歳月をかけて証人を探し出し、隠されて、なかったものとされた過去を映像のうえに蘇らせた。かつては確かに存在したのに、その事実もろともに記録から抹殺された人びとが、これによって命を取り戻したのである。

生の証言

ランズマンがカメラをもってしたことを、アレクシエーヴィチは録音機を用いてなしとげた。『戦争は女の顔をしていない』の冒頭に置かれた「人間は戦争よりずっと大きい——執筆日誌一九七八年から一九八五年まで」（三浦みどり訳）から、幾つか言葉を拾ってみる。

「わたしはただ録音し、書き取っているだけではない……話を集め、苦悩のおかげでもっとちっぽけな人間が大きくなるときのその心の道筋をたどろうとしている。

これはわたしにとってはもの言わぬ跡形も残らないプロレタリアートではない。心の中を覗いて、その人自身の言葉を聞き取る。その人自身にしか書けないテキストを聞き取るのだ。当局との対立点はなんだろうか？　わたしは理解した、大きな思想にはちっぽけな人間が必要なので、大きな人間はいらない。思想にとって大きな人間というものは余計で、不便なのだ。手がかかりすぎる。わたしは逆にそういう人間を捜している。大きな内容を秘めたちっぽけな人間を捜している。虐げられ、踏みつけにされた人たち——スターリンの監獄とあの裏切り行為をかいくぐってきて、勝利した人たちを。奇跡を起こした人たちを。」

「思い出話は歴史ではない、文学ではないと言われる。その埃まみれのままの、芸術家の手によっては磨かれていない生の現実だ。語られた生の素材というだけ。それぞれの人間にはそんなものはたくさんある。いたるところに煉瓦は転がっているが、煉瓦はそれ自体ではまだ寺院ではない、などと。しかし、わたしにとってはすべてが違っている。まさにそこにこそ、まだ温もりの冷めぬ人間の声に、過去の生々しい再現にこそ、原初の悦びが隠されており、人間の生の癒しがたい悲劇性もむきだしになる。その混沌や情熱が。唯一無二で、理解しきれないものが、ここではまだなんの加工もされておらず、オリジナルのままある。

わたしは人々の気持ちを素材に寺院を組み上げる……わたしたちの願望や幻滅を。わたしたちの夢を素材に。」

「記録（わたしが相手にしている語り）は生きた証言であって、決して粘土のように冷め固まってしまわない。沈黙してしまうことがない。わたしたちと一緒に動いていく。今なら何をもっと訊きたいだろうか？　何を付け加えただろうか？　わたしがより関心を持つようになったのは……なんと言ったらいいのか……生物としての人間だ、時代や思想の存在としての人間だけでなく、人間の本性をもっと深く、その暗闇を、その意識下を覗き込もうとするだろう。

……

戦争に行ったことのある人たちが言うには、一般市民は三日間で軍人感覚に変わるとか。どうして三日で十分なのだろう？　それともこれも作り話だろうか？

おそらくそうだろう。人間とは知れば知るほどますます分からない、奥深いものなのだから。その手紙にも書いてある。『あのころあなたに話したことが全部じゃないんです。時代が違いましたから。黙っておくことに慣れてしまっていて……』、『あなたに全部をうちあけたわけじゃないのよ。つい最近までこんなことを言うのは恥ずかしいことだったから』、『医者たちが見限ったことを知っているわ……わたしにどんなおそろしい診断が下されたか……間に合ううちにすべて話しておきたいの』

最近、こういう手紙がきた。『われわれ老人は生活が大変だ。屈辱的なほど少ない年金のせいで苦しいのではない。何よりわれわれを傷つけているのは大きな過去から、耐え難くちっぽけな今に追い込まれてしまったことだ。もう、誰も学校や博物館で話をしてくださいと頼んでこない、われわれは誰にも必要がないのだ。われわれはいないのと同じだ、それなのに生きている。自分の時代より生きながらえてしまったというのは恐ろしいことだ……』

わたしは以前と変わらずこういう人たちが好きだ。彼らの時代は嫌いだが、この人たちは好きだ。」

アレクシエーヴィチは、常に時代に翻弄されつづけた人たちに寄り添い、彼らの声に耳を傾けてきた。一九八五年の『ボタン穴から見た戦争』では、第二次大戦のドイツ軍侵攻当時に、まだ子どもだった人びとの体験を集め、一九八九年出版の『アフガン帰還兵の証言』では、ソビエト連邦の介入のもとにあったアフガニスタンを取材して、この侵攻に従軍した人たちや家族の証言を記録し、一般には隠されていた事実を明らかにした。そのために一九九二年に、帰還兵やその母親の一部から、兵士の名誉を損なうものだと訴訟を起こされたが、海外の知識人の弁護もあって裁判は中断された。

そして、一九九四年の『死に魅入られた人びと――ソ連崩壊と自殺者の記録』は、ソビエト連邦の崩壊で急激な体制転換にさらされ、生きる支えを失って自殺しようとした人たちを取材している。彼女がこれまで公けにした作品はまさに、ユートピアを求めて夢やぶれた人たちの記録なのである。

アレクシエーヴィチがノーベル文学賞の有力な候補と噂されるようになった二〇一三年十二月、フランスの日刊紙「ル・フィガロ」が、「三十年間に五冊、スヴェトラーナ・アレクシエーヴィチは運命的で懐古的な人びとの記憶を救い出した」という見出しのインタビュー記事を掲載したことがある。以下はその抜粋である。

「――あなたはご自身の追究の対象は戦争そのものではなく、感情の物語だといわれますが、あなたの作品にはいたるところに戦争があります……

アレクシエーヴィチ　人びとは家族の戦争についてしか話してきませんでした。私の母方の祖父は戦闘で死にました。母方の祖母はドイツ軍に殺されました。ベラルーシでは住民の四人に一人が戦闘で死にました。レジスタンス運動はとても激しいものでした。戦後、人びとは森に入るのを怖がりました。そこに地雷が埋められていたからです。物乞いをする戦傷兵をいたるところで見かけました。彼らには住むところがありませんでした。それは一九六〇年代まで続きましたが、みな亡くなりました。ごく若いときから、私は歴史のなかで問題にされない人たちに関心がありました。痕跡を残さず闇のなかへ消えてしまった人たち、何も尋ねられたことのない人たちにです。父や祖母は、私が本で拾い上げたものよりもずっと混乱した恐ろしい話を聞かせてくれました。それが子どもの私にはショックで、私の想像力を刺激したのです。

――三十年に五冊の本を書かれ、数千の証言を集められましたが、個人的な攻撃や訴訟も起こされました。どうやってこのユニークなこころみを成功させることができたのですか?

アレクシエーヴィチ　私はずっとこれらを達成する力は自分にはないと考えていました。スターリンの収容所で十五年を過ごし、それでもスターリンを崇める女性の聞き取りをした日のことを思い出します。そのことで私は涙が止まりませんでした。そしてチェルノブイリ原発のあの災厄のあとで、特別な防護服もなしに原発で作業していた若い人たちを見たときのことも思い出します。アフガニスタンの病院では、私たちの兵士が犯した残虐行為の結果をまざまざと目にしました。私は何度も気を失いました。私は決してヒロインではありません。これらの声が私を追いかけて来て、つきまとうのです。私がこれらを積み上げて寺院を築くには、これらの年月が必要だったのでしょう。この冒険に身を投じたのは間違いだったかもしれません。いまやっと私は解放された気がしています。

――あなたの仕事は歴史でもなく、ジャーナリズムでもない、ご自身はどう定義されますか?

アレクシエーヴィチ　私たちは「声のロマン」と呼んでいます。アレシ・アダモーヴィチが提唱した文学の一ジャンルです。彼が私に示したのは、この方法によって内面と現実を融合することでした。これはジャーナリズムではありません。私はその職業で行き詰まりを感じていました。私が書きたいと望んでいたのは、人間の心の不思議、悪といったもので、それは新聞の興味を惹きません。そしてニュースには私はうんざりなのです。……

——いつかはご自身が純粋に想像による作品を書くことは考えられますか？

アレクシエーヴィチ　散文作家に詩で小説を書くことができるかなどと質問はしないでしょ！「声のロマン」は私が選んだジャンルで、私はこの分野の作品を続けます。テーマについては何も不安はありません。それほど悪がはびこっています。ドストエフスキー以降、誰もこの問題を彼以上に語った人はまだいません。〔赤い〕帝国の失墜後、誰もすべての戦争が必要だった理由を説明することはできません。ドストエフスキーは全人生をかけて、人間のうちなる人間的なものの探究をしたと語っています。チャラモフ〔ソビエト連邦時代の作家〕は、いつの日にか人類は収容所のなかで消えうせるだろうと答えました。」

ノーベル文学賞授賞記念講演の冒頭で、スヴェストラーナ・アレクシエーヴィチは、「この壇上にいるのは私ひとりではありません……。声をあげてくれた何百人という人たちが私とともにここにいます。その人たちはいつも私と一緒です」と語った。彼ら、彼女らの声を集めて証言としたアレクシエーヴィチの仕事は、世界のいたるところにある収容所で人類が消えてなくならないための絶えざる抵抗のように見える。

ノーベル文学賞の受賞者一覧

年	受賞者	国	国内外の主な出来事・文学作品
一九〇一	シュリ・プリュドム（1839～1907）	フランス	ヴィクトリア女王崩御。義和団事件最終議定書
一九〇二	モムゼン（1817～1903）	ドイツ	ホフマンスタール「チャンドス卿の手紙」
一九〇三	ビョルンソン（1832～1910）	ノルウェー	ライト兄弟、飛行機で初飛行
一九〇四	ミストラル（1830～1914） エチェガライ・イ・エイサギレ（1832～1916）	フランス スペイン	日露戦争。第一次日韓協約締結 プッチーニ「蝶々夫人」初演
一九〇五	シェンキェヴィチ（1846～1916）	ポーランド	ポーツマス条約調印 夏目漱石「吾輩は猫である」
一九〇六	カルドゥッチ（1835～1907）	イタリア	ゴーリキー「母」。クローデル「真昼の分割」
一九〇七	キップリング（1865～1936）	イギリス	ハーグ万国平和会議
一九〇八	オイケン（1846～1926）	ドイツ	オーストリアがボスニア等を合併宣言
一九〇九	ラーゲルレーヴ（1858～1940）	スウェーデン	米で全国黒人向上協会設立 レーニン「唯物論と経験批判論」
一九一〇	ハイゼ（1830～1914）	ドイツ	リルケ「マルテの手記」
一九一一	マーテルランク（1862～1949）	ベルギー	辛亥革命
一九一二	ハウプトマン（1862～1946）	ドイツ	三国同盟（独墺伊）更新
一九一三	タゴール（1861～1941）	インド	孫文、日本に亡命
一九一四	なし		第一次大戦勃発
一九一五	ロマン・ロラン（一六）（1866～1944）	フランス	カフカ「変身」発表
一九一六	フォン・ハイデンスタム（1859～1940）	スウェーデン	サイクス・ピコ協定締結

一九一七	ギェレルプ（1857～1919） ポントピダン（1857～1943）	デンマーク デンマーク	ロシア革命起こる ヴァレリー「若きパルク」
一九一八	なし		ドイツ降伏、第一次大戦終結
一九一九	シュピッテラー（二〇）（1845～1924）	スイス	ヴェルサイユ条約調印。中国の五・四運動
一九二〇	ハムスン（1859～1952）	ノルウェー	国際連盟成立
一九二一	アナトール・フランス（1844～1924）	フランス	ワシントン軍縮会議 魯迅「阿Q正伝」
一九二二	ベナベンテ（1866～1954）	スペイン	スターリン書記長となる ジョイス「ユリシーズ」
一九二三	イェイツ（1865～1939）	アイルランド	フランスとベルギーがルール地方を占領
一九二四	レーモント（1867～1925）	ポーランド	中国で国共合作なる
一九二五	ショウ（二六）（1856～1950）	アイルランド	中国で五・三〇事件起こる
一九二六	デレッダ（二七）（1871～1936）	イタリア	蒋介石、北伐を開始
一九二七	ベルクソン（二八）（1859～1941）	フランス	ハイデッガー「存在と時間」 プルースト「失われた時を求めて」
一九二八	ウンセット（1882～1949）	ノルウェー	パリ不戦条約。張作霖爆死
一九二九	トーマス・マン（1875～1955）	ドイツ	世界恐慌はじまる レマルク「西部戦線異状なし」
一九三〇	ルイス（1885～1951）	アメリカ	ロンドン海軍軍縮会議
一九三一	カールフェルト（1864～1931）	スウェーデン	金本位制を停止。満州事変
一九三二	ゴールズワージー（1867～1933）	イギリス	ドイツ総選挙でナチス第一党となる ムジール「特性なき男」

一九三三	ブーニン（1870～1953）	無国籍	マルロー「人間の条件」
一九三四	ピランデルロ（1867～1936）	イタリア	ヒトラー総統兼首相となる
一九三五	なし		ドイツがヴェルサイユ条約を破棄
一九三六	オニール（1888～1953）	アメリカ	スペイン内戦。フランス人民戦線成立
一九三七	マルタン・デュ・ガール（1881～1958）	フランス	盧溝橋事件起こる。日中戦争開始
一九三八	パール・バック（1892～1973）	アメリカ	ドイツ、オーストリアを合併。ドス・パソス「ＵＳＡ」
一九三九	シランペー（1888～1964）	フィンランド	独ソ不可侵条約締結。第二次大戦開始
一九四〇	なし		ドイツのパリ入城
一九四一	なし		独ソ戦開始。米、ハル・ノート提示
一九四二	なし		米英連合軍、北アフリカに上陸
一九四三	なし		米英連合軍の上陸でイタリア降伏
一九四四	イェンセン（1873～1950）	デンマーク	連合軍、ノルマンディー上陸作戦
一九四五	ガブリエラ・ミストラル（1889～1957）	チリ	ドイツ降伏。日本ポツダム宣言受諾。第二次大戦終結。国際連合成立
一九四六	ヘルマン・ヘッセ（1877～1962）	ドイツ	チャーチル「鉄のカーテン」演説
一九四七	ジッド（1869～1951）	フランス	インド、パキスタン独立
一九四八	エリオット（1888～1965）	イギリス	ベルリン封鎖。東京裁判判決
一九四九	フォークナー（1897～1962）	アメリカ	ＮＡＴＯ結成。ソ連の原爆保有を発表
一九五〇	バートランド・ラッセル（1872～1970）	イギリス	朝鮮戦争はじまる。マッカーシー旋風
一九五一	ラーゲルクヴィスト（1891～1974）	スウェーデン	サンフランシスコ講和会議 サリンジャー「ライ麦畑でつかまえて」

一九五二	モーリヤック（1885～1970）	フランス	英軍スエズ運河を封鎖
一九五三	チャーチル（1874～1965）	イギリス	スターリン死去
一九五四	ヘミングウェイ（1899～1961）	アメリカ	インドシナ休戦協定、フランス撤退
一九五五	ラクスネス（1902～98）	アイスランド	東欧八カ国ワルシャワ条約調印
一九五六	ヒメネス（1881～1958）	スペイン	ハンガリー事件。スエズ動乱
一九五七	カミュ（1913～60）	フランス	ヨーロッパ経済共同体設立条約調印
一九五八	パステルナーク（1890～1960）（受賞辞退）	ソビエト	フランスでドゴール内閣成立。フルシチョフ第一書記、首相を兼任
一九五九	クァジーモド（1901～68）	イタリア	キューバ革命。ソ連宇宙ロケット月面へ
一九六〇	サン＝ジョン・ペルス（1887～1975）	フランス	アフリカ諸国の独立相次ぐ ダレル「アレクサンドリア四重奏」
一九六一	アンドリッチ（1892～1975）	ユーゴスラビア	米、キューバと断交。ベルリンの壁構築
一九六二	スタインベック（1902～68）	アメリカ	キューバ危機。アルジェリア停戦協定
一九六三	セフェリス（1900～71）	ギリシャ	ケネディー大統領暗殺。南ヴェトナム厳戒令
一九六四	サルトル（1905～80）（受賞辞退）	フランス	ブレジネフ第一書記となる。トンキン湾事件
一九六五	ショーロホフ（1905～84）	ソビエト	アメリカ北爆開始
一九六六	アグノン（1888～1970）	イスラエル	中国で文化大革命はじまる
	ザックス（1891～1970）	スウェーデン	米機、ハノイを空爆
一九六七	アストゥリアス（1899～1974）	グアテマラ	ヨーロッパ共同体（ＥＣ）発足。第三次中東戦争勃発
一九六八	川端康成（1899～1972）	日本	フランス五月危機。チェコ事件
一九六九	ベケット（1906～89）	アイルランド	宇宙船アポロ月面着陸に成功

一九七〇	ソルジェニーツィン（1918～2008）	ソビエト	ビアフラ内戦終結。チリでアジェンデ政権成立
一九七一	ネルーダ（1904～73）	チリ	アメリカ金・ドル交換停止。林彪事件
一九七二	ベル（1917～85）	ドイツ	ニクソン中国訪問。ウォーターゲート事件
一九七三	ホワイト（1912～90）	オーストラリア	ヴェトナム和平協定調印
一九七四	ユーンソン（1900～76） マーティンソン（1904～78）	スウェーデン スウェーデン	ニクソン米大統領辞任。韓国朴大統領狙撃事件
一九七五	モンターレ（1896～1981）	イタリア	第一回サミット開催。フランコ総統死去
一九七六	ベロー（1915～2005）	アメリカ	ヴェトナム統一。毛沢東死去
一九七七	アレイクサンドレ（1898～1984）	スペイン	中国四人組追放。サダト、イスラエル訪問
一九七八	シンガー（1904～91）	アメリカ	世界軍縮会議
一九七九	エリティス（1911～96）	ギリシャ	イランでイスラム革命。サッチャー政権誕生
一九八〇	ミウォシュ（1911～2004）	アメリカ&ポーランド	ポーランド「連帯」結成。レーガン米大統領に当選
一九八一	カネッティ（1905～94）	イギリス	仏、ミッテラン大統領就任
一九八二	ガルシア=マルケス（1928～）	コロンビア	フォークランド戦争勃発。ブレジネフ死去
一九八三	ゴールディング（1911～93）	イギリス	フィリピンでベニグノ・アキノ暗殺。大韓航空機撃墜
一九八四	サイフェルト（1901～86）	チェコスロバキア	中英両国、香港返還に仮調印
一九八五	シモン（1913～2005）	フランス	ゴルバチョフ書記長に就任
一九八六	ショインカ（1934～）	ナイジェリア	ソ連チェルノブイリ原発事故
一九八七	ブロツキー（1940～96）	アメリカ	ブラック・マンデー、株大暴落
一九八八	マフフーズ（1911～2006）	エジプト	ミッテラン大統領に再選

一九八九	セラ（1916～2002）	スペイン	東欧各国で改革、ベルリンの壁崩壊
一九九〇	パス（1914～98）	メキシコ	湾岸戦争
一九九一	ゴーディマ（1923～2014）	南アフリカ	ソビエト連邦崩壊
一九九二	ウォルコット（1930～）	セントルシア	マーストリヒト条約調印
一九九三	モリスン（1931～）	アメリカ	細川内閣誕生
一九九四	大江健三郎（1935～）	日本	松本サリン事件
一九九五	ヒーニー（1939～2013）	アイルランド	阪神大震災。地下鉄サリン事件
一九九六	シンボルスカ（1923～2012）	ポーランド	南アフリカ共和国憲法施行
一九九七	ダリオ・フォ（1926～2016）	イタリア	香港返還。ダイアナ王妃事故死
一九九八	サラマーゴ（1922～2010）	ポルトガル	米軍イラク空爆。長野オリンピック
一九九九	ギュンター・グラス（1927～2015）	ドイツ	ユーロ始動
二〇〇〇	高行健（1940～）	フランス	南北朝鮮首脳会談。プーチン大統領就任
二〇〇一	ナイポール（1932～）	イギリス	アメリカ同時多発テロ
二〇〇二	ケルテース（1929～2016）	ハンガリー	モスクワ劇場占拠事件
二〇〇三	クッツェー（1940～）	南アフリカ	イラク戦争開始。ヒトゲノム計画解読完了
二〇〇四	イェリネク（1946～）	オーストリア	スペイン列車爆破事件。スマトラ沖大地震
二〇〇五	ピンター（1930～2008）	イギリス	ロンドン同時爆破事件
二〇〇六	パムク（1952～）	トルコ	イスラエル、レバノン侵攻
二〇〇七	レッシング（1919～2013）	イギリス	ｉｐｓ細胞の技術開発
二〇〇八	ル・クレジオ（1940～）	フランス	チベット騒乱
二〇〇九	ミュラー（1953～）	ドイツ	オバマ大統領誕生
二〇一〇	バルガス＝リョサ（1936～）	ペルー	北朝鮮延坪島砲撃

二〇一一	トランストロンメル（1931～2015）	スウェーデン	チュニジアのジャスミン革命。東日本大震災
二〇一二	莫言（1955～）	中国	ロンドン五輪
二〇一三	マンロー（1931～）	カナダ	ローマ法王に初の中南米出身枢機卿
二〇一四	モディアノ（1945～）	フランス	御嶽山噴火。「イスラム国」への米軍空爆
二〇一五	アレクシエーヴィチ（1948～）	ベラルーシ	シャルリ・エブド襲撃事件。パリ同時多発テロ事件
二〇一六	ボブ・ディラン（1941～）	アメリカ	熊本地震。米大統領選トランプ勝利

増補新装版　あとがき

二〇一六年度のノーベル賞は、第一週の月曜日十月三日に最初の生理学・医学賞が発表され、大隅良典東京工業大学栄誉教授が受賞して、日本中が喜びにつつまれた。これに物理学賞、化学賞、平和賞、経済学賞の発表がつづき、文学賞は恒例通り翌第二週の木曜日に発表され、その模様はYouTubeで生中継された。

隣室の扉があき、スウェーデン・アカデミーのノーベル文学賞選考委員会の事務局長サラ・ダニウスが発表会場にあらわれて、手にした紙ばさみを開いた。

まずスウェーデン語で今年のノーベル文学賞の授賞理由を述べ、その後で「ボブ・ディラン」とアナウンスすると、取材陣からどよめきが起こった。例年とは違った光景で、ダニウスが英語やフランス語で、「偉大なアメリカの歌の伝統に新たな詩的表現をつくりだした」と繰り返す授賞理由はかき消されがちであった。それほどボブ・ディランの受賞は大きなインパクトがあったのである。

ボブ・ディラン――いわずとしれたアメリカのシンガー・ソングライターである。彼の「風に吹かれて」、「時代は変わる」、「ライク・ア・ローリング・ストーン」、「いつまでも若く」など、彼が作詞、作曲して歌ったものでは、さまざまなテーマが豊かに表現されている。

フォークシンガーだった若い頃のボブ・ディランは、社会変革を求める運動と密接にかかわり、マーティン・ルーサー・キング・ジュニアやジョン・F・ケネディとともに、一九六〇年代初めを象徴する存在となった。その後は自分の音楽にレッテルが貼られるのを嫌って、ロックンロールに歌詞をのせて歌い、円熟期には愛や結婚や信仰や老いについて語る歌詞も書くようになる。

サラ・ダニウスは発表後に行ったテレビのインタビューで、「ボブ・ディランはアメリカ音楽の伝統を身をもって体現しており、五十四年の間、自分自身の殻を絶えず破りながら、新たなアイデンティティーをつくってきた」、「ディランの作品にまだ親しんでいない人は、一九六六年にリリースされたアルバム『ブロンド・オン・ブロンド』からはじめることをお勧めする」、「彼は耳で聴く詩を書いているが、それは詩として読んでも完璧だ」と語り、「押韻と鮮やかな光景を描き出す歌詞は彼独自のものだ。過去にさかのぼれば、ギリシアのホメロスやサッフォーは〔朗読などで〕詩を聴き、楽器と一緒に吟じられることを前提に詩的な文章を書いた。ボブ・ディランも同じだ。私たちはホメロスやサッフォーをいまでも読んでいる。彼もまた読まれるし、読まれるべきだ。彼は英語の偉大な伝統のなかの偉大な詩人だ」と讃えた。

ボブ・ディラン受賞のニュースが流れると、さまざまなツイッターが飛び交った。南米チリのミシェル・バチェレ大統領は、「大いなる喜びだ。私の青春時代は彼の音楽に結びついている」と祝福した。

アメリカの著名な作家で、彼女自身ノーベル文学賞候補にあげられるジョイス・キャロル・オーツは、「傑出したユニークな選択だ。心に残る彼の音楽と歌詞は常に深い意味で『文学的』に感じられる。思い出してみてほしい、ボブ・ディランという名はロバート・フロストのようにノーベル賞こそ受賞しなかったが、受賞に値した二十世紀の偉大な詩人、ディラン・トマスにちなんでいることを」と書きいれた。

その一方で、フランスの作家ピエール・アスリーヌは、「ディラン氏の名前はここ数年頻繁に取りざたされてはいたが、私たちは冗談だと思っていた。今回の決定は作家を侮辱するようなものだ。私もディランは好きだ。だが〔文学〕作品はどこにある？　スウェーデン・アカデミーは自分たちに恥をかかせたと思う」と辛らつに批判した。

問われているのはノーベル文学賞のあり方である。スウェーデン・アカデミーは文学賞の範囲を広げることにしたのだろうか？　サラ・ダニウス事務局長は、「選考基準に変わりはない。彼が偉大な詩人であるということにつきる」という。しかしディランの本質はあくまでミュージシャンであり、十九世紀末にフランスの詩人ポール・ヴェルレーヌが、「詩に音楽の富を取り戻そう」と宣言して以来、詩人たちが営々と行ってきたこころみはどうなってしまうのか。

もう一人の象徴派の詩人ステファヌ・マラルメは、『リヒャルト・ワーグナー、一フランス詩人の夢想』という評論で、音楽と言葉と仕草の総合芸術をめざすワーグナーの楽劇に対抗できる詩の創造を真剣に訴えた。

ノーベル文学賞がはじまったとき、すでに詩人たちはあえて音楽と手を切ることで、詩という表現手段を一層強力なものにする努力を積み重ねていた。スウェーデン・アカデミーはこうした文脈のなかで、今回のボブ・ディランへの授賞を決めたのである。

「ニューヨーク・タイムズ」は、「世界中で読書量が減るなかで、文学賞は以前よりも重要性を増している。ディラン氏はノーベル文学賞を必要としていないが、文学はノーベル賞を必要としている。今年は賞を得られない」と皮肉をこめて書いた。

ボブ・ディランは授賞発表から二週間沈黙したあとで、ノーベル財団に、「この栄誉をとてもありがたく思う」と電話をしてきた。彼ははたして十二月十日にストックホルムで行われるノーベル賞の授与式に姿をみせるのか。授賞記念講演でなにを語るのだろうか。

増補新装版の出版にあたっても、吉田書店の吉田真也氏にお世話になった。心から感謝申し上げる。

柏倉康夫

二〇一六年十一月

初版　あとがき

『ノーベル文学賞――作家とその時代』を丸善ライブラリーの一冊として刊行したのは、一九九二年十月のことである。類書がないこともあって、書評などに取り上げられ、読者からも好評だった。それから二十年が経ち、この間、ノーベル文学賞受賞者も二十人を数えた。これら受賞者の主だった人たちの業績について加筆するとともに、新たに修正をほどこした。旧著については増補を期待する声が多く寄せられていたが、今回それに応えることができたことを喜んでいる。

本文でも触れたように、この二十年間で、ノーベル文学賞受賞者の業績も、それが書かれた言語も多様化した。二〇一二年の夏、南フランスの街アルルにしばらく滞在したが、ここには「アクト・シュッド（Actes Sud）」というユニークな出版活動をしている出版社があり、大きな書店が併設されている。一日、書店をのぞくと、広いスペースが外国文学のために用意されていて、棚には欧米はもとより、南米、スラブ、アラブ、アジア各国語の本のフランス語訳が、ところ狭しと並べられていた。いまやフランスでもベストセラーの村上春樹の『1Q84』をはじめ、日本の現代作家の翻訳も多く平積みされていて壮観だった。こうした状況は二十年前には見られなかったことで、優れた翻訳家が育ち、彼らの献身によって、文学の世界的交流が起きていることを実感した。

本文でも触れたJ・L・ボルヘスは、『詩という仕事について』で、こう書いている。「そもそも書物とは何でしょうか? 書物は、物理的なモノであふれた世界における、やはり物理的なモノです。生命なき記号の集合体なのです。ところがそこへ、まともな読み手が現れる。すると言葉たち——言葉たち自体は単なる記号ですから、むしろ、それら言葉の陰に潜んでいた詩——は息を吹き返して、われわれは世界の甦りに立ちあうことになるわけです」。そして、ボルヘスはこの文章の前段で、アメリカの未来を予想したバークリー主教の言葉を引用して、「主教は、リンゴの味覚はリンゴそのものには無く——リンゴ自体は味を持たない——リンゴを食する者の口のなかにも無い、両者の接触が必要である、と書いています。一冊の書物、あるいは書物の集まり、図書館についても同じです。」(鼓直訳)

これは文学を愛する私たち読者はもとより、ノーベル文学賞をあたえられた作家たちにも当てはまる。彼らは国籍や文化の違いをこえて、先人の文学を学び、作家たらんという強固な意志のもとに、独自の文学を築きあげてきたのである。神はかつて、天にも達するバベルの塔を築こうとした私たち人間の傲慢さを罰するために、言語をばらばらにしてしまったという。だが私たちは言葉の壁を克服して、世界規模の文芸共和国を築きつつある。この本がその共和国へ参入するための入口の役をはたせれば幸いである。

二〇一二年八月

柏倉康夫

丸善ライブラリー版　あとがき

このところ毎年秋になると、ノーベル賞の受賞者を自宅や研究室に訪ねて、その素顔と歩みについてインタビューをする仕事が続いている。この稿の校正をしている今も、ＤＮＡの二重らせん構造を発見したジェームズ・ワトソン博士や「パリティ（平衡）の非保存」の理論を確立して一九五七年度のノーベル物理学賞を受賞した李政道教授をニューヨークで取材中である。とくに昨年（一九九一年）は、イギリスＢＢＣとＮＨＫが共同で制作したテレビ番組の解説をつとめ、それがきっかけとなって、この著作をまとめることになったのである。

中学生のときから随分本を読んできたつもりだったが、八十八人のノーベル文学賞受賞者を相手にしてみると、自分の読書がいかに偏っているかを思い知らされた。これを書くにあたって、未読の作品に、できるだけ目を通すように努めた。

その点で大変役に立ったのが、一九七二年までに翻訳出版された、『ノーベル賞文学全集』二十四巻、別冊一巻（主婦の友社）である。これは一九七一年度のネルーダまでの受賞者の主要作品を収め、その上でそれぞれの文学の特徴を解説し、各年度の選考過程についても詳述されている。関係者たちが明らかにした興味深い事実を利用することなしには、この小著は決して成立しなかった。またスウェーデン・アカデミーと日本の学術界との橋渡し役をつとめてこられている矢野暢氏の著書、『ノーベル賞――二十世紀の普遍言語』からも、多くをご教示いただいた。

さらに、さきに触れたテレビ番組と並行して書かれた、Stig Ramel編『The Nobel Century』を参考にした。

第一回のシュリ・プリュドムから昨年第九一回のナディン・ゴーディマ夫人まで、それぞれの作品の翻訳、研究について先学の業績を参照させていただいた。紙幅の関係で、いちいち列挙できなかったが、学恩に深く感謝する次第である。

文学賞にかぎらず、ノーベル賞をうけた人びとをその仕事場に訪ねてみて、ある共通した印象をもった。「偉人列伝」に登場する人たちだから、業績はもとより人間的にも偉大すぎて、近寄り難いのではと想像していたのだが、受賞者は実に気さくで人間味に溢れていたことである。そして皆がみな人類にたいして強い責任感をいだいている、そのことをひしひしと感じたのだった。同時に、ノーベル賞を受賞した人びとの業績を頂点に、知の共和国といったものが確実に築かれているという実感である。ノーベル賞という大木は青々と葉を繁らせているが、その根元には大勢の無名の人たちの仕事や研究が埋まっている。

一九九二年九月

著者

ヤ行

ラ行

ワ行

マ行

タ行

ナ行

ハ行

サ行

主要人名索引

＊　本文中に現れた主要な人名を並べた.
＊　現代の研究者・訳者は省略した.

ア行

カ行

本書は、二〇一二年小社発行の『ノーベル文学賞——「文芸共和国」をめざして』の増補新装版である。なお、同書の底本としたのは、一九九二年に丸善株式会社（現・丸善出版株式会社）より刊行された『ノーベル文学賞——作家とその時代』（丸善ライブラリー）である。

著者紹介

柏倉康夫（かしわくら・やすお）

放送大学名誉教授。1939年東京生まれ。東京大学文学部フランス文学科卒業。NHK解説主幹、京都大学大学院文学研究科教授、放送大学教授・副学長・付属図書館長などを歴任。フランス共和国国家功労勲章シュヴァリエを叙勲。

著書に『マラルメ探し』『生成するマラルメ』『アンリ・カルティエ＝ブレッソン伝』『敗れし國の秋のはて　評伝堀口九萬一』『評伝梶井基次郎　視ること、それはもうなにかなのだ』『思い出しておくれ、幸せだった日々を　評伝ジャック・プレヴェール』『指導者はこうして育つ』『石坂洋次郎「若い人」をよむ 妖しの娘・江波恵子』など。

ノーベル文学賞【増補新装版】

「文芸共和国」をめざして

2016年12月1日　初版第1刷発行

著　者　柏　倉　康　夫

発行者　吉　田　真　也

発行所　合同会社　吉　田　書　店

102-0072　東京都千代田区飯田橋 2-9-6 東西館ビル本館 32

TEL：03-6272-9172　FAX：03-6272-9173

http://www.yoshidapublishing.com/

DTP　閏月社

装丁　奥定泰之

印刷・製本　シナノ書籍印刷

定価はカバーに表示してあります。

ISBN978-4-905497-47-9